KB071854

만물박사 1

이광복
연작소설

만물박사 1

이광복 지음

발행처·도서출판 **청어**
발행인·이영철
영　업·이동호
홍　보·이수빈
기　획·천성래
편　집·방세화
디자인·김희주
제작부장·공병한
인　쇄·두리터

등　록·1999년 5월 3일
(제321-3210000251001999000063호)

1판 1쇄 인쇄·2018년 1월 1일
1판 1쇄 발행·2018년 1월 11일

주소·서울특별시 서초구 효령로55길 45-8
대표전화·586-0477
팩시밀리·586-0478

홈페이지·www.chungeobook.com
E-mail·ppi20@hanmail.net
ISBN·979-11-5860-531-5(04810)
979-11-5860-530-8(세트)

이 도서의 국립중앙도서관 출판시도서목록(CIP)은 서지정보유통지원시스템 홈페이지(http://seoji.nl.go.kr)와 국가자료공동목록시스템(http://www.nl.go.kr/kolisnet)에서 이용하실 수 있습니다.(CIP제어번호: CIP2017011990)

만물박사 1

이광복
연작소설

책머리에

문단에 나온 지도 어언 40년이 지났다. 짧다면 짧고 길다면 긴 세월이지만, 등단 이후 이것저것 참으로 많은 작품을 발표했다. 이 과정에서 어떤 작품은 발표하자마자 과분한 호평과 함께 일약 문학상 수상작으로 떠올라 세인의 주목을 받았다. 기뻤다. 그 기쁨은 제2, 제3의 또 다른 작품을 잉태하는 기폭제로 작용했다.

그 반면, 어느 누구의 언급조차 받지 못한, 어영부영 속절없이 묻혀버린 작품도 한둘이 아니었다. 허망했다. 꼭 누군가의 눈길을 끌기 위해 작품을 쓰는 것은 아니지만, 애써 공들인 작품을 발표했는데도 흐지부지 아무런 반응이 없을 때에는 알게 모르게 슬슬 힘이 빠지면서 괜히 허탈해지곤 했다.

하지만 어쩌랴. 일단 작가의 길로 들어선 이상 죽으나 사나 열심히 쓰는 길 이외에는 달리 더 좋은 방도가 없었다. 그랬다. 내 경우 남이야 알아주건 말건 죽기 아니면 살기로 최선을 다해 쓰고 또 썼다. 오죽하면 손아귀에 자가품이 날 정도로 원고지에 잉크를 발랐고, 컴퓨터를 사용하기 시작한 이후로는 극심한 목 디스크의 통증에 시달리며 열 손가락의 지문이 다 닳아 없어질 정도로 자판을 두들겼다.

글의 종류도 다양했다. 소설 이외에 칼럼과 논문과 시나리오 등 이것저것 가리지 않고 여러 부문의 원고를 썼다. 그동안 30여 권의 책을 출간했고, 장차 간행해야 할 원고가 적지 않으며, 관리 소홀로 망실했거나 시효가 지나는 등 특별히 남길 만한 값어치가 없어 폐기처분한 잡문 또한 그 분량을 헤아릴 수가 없다. 아무튼 글 쓰는 일을 생업으로 삼은 이래 기명은 물론이려니와 무기명 또는 심지어 타인 명의에 이르기까지 목숨 걸고 생산한 원고의 총량이 빙산이라고 한다면 지금까지 세상에 내놓은 필자의 작품집과 저서는 그 일각에 지나지 않는다 할 것이다.

이 같은 현실 속에 여기 새로이 『만물박사』라는 표제 아래 30편의 연작소설을 한자리에 묶었다. 이는 1995년에 간행한 『송주임』 이후 두 번째 연작으로, 1999년 12월부터 2009년 12월까지 장장 11년 동안 여러 지면에 발표한 작품들이다. 독자의 이해를 돕기 위해 각 작품의 출처, 즉 최초의 발표 지면과 그 시기를 일일이 밝혔다.

이 연작소설은 당초 치밀한 설계 위에서 출발했다. 작품을 한 편 한 편 발표할 때에는 꽃과 풀과 나무의 이름을 빌려 각기 독립된 단편소설 형식을 취했지만, 이 단편들을 끈이나 꿰미로 꿰듯 한자리에 순서대로 가지런히 모으면『만물박사』라는 큰 제목과 더불어 주인공의 고달픈 삶이 총체적으로 드러나는 연작소설이 되도록 구성했다.

이제 그 독립된 단편들이 한자리에 일렬로 줄을 서서 연작소설로 거듭나게 되었다. 모르긴 해도 동일한 인물을 주인공으로 내세워 이렇듯 30편의 연작소설로 구성해 낸 사례는 흔치 않을 것이다.

이 연작소설의 주인공은 별로 잘나지 못한, 결코 못나지도 않은, 그러면서도 시대를 잘못 타고나 신세를 한탄하며 허덕허덕 처절하게 살아가는 인물이다. 그는 우리의 정다운 이웃이며, 어쩌면 또 삶이 너무 힘겨워 뼈마디에서 식은땀이 흐르는 우리 모두의 자화상일 수도 있다.

사실 알 만한 사람은 다 알고 있다시피 우리 사회에는 기득권의 장벽에 가로막혀 신음하는 눈물겨운 사람들이 얼마나 많은가. 필자는 이 연작소설을 통해 바로 그들의 한숨과 눈물, 피와 땀, 실의와 좌절, 분노와 비애, 갈등과 애증, 도전과 희망을 비롯한 그 모든 애환을 담아내고자 각고의 노력을 기울였다.

한편, 필자는 이들 연작 총 30편을 10편씩 갈라 묶어 모두 3권으로 편집하면서 각 권에 짤막짤막한 권말 부록을 덧붙였다. 이 부록은 그동안 여기저기 발표했던 산문으로, 필자가 어떤 작가인가를 이해하는 데 작으나마 도움이 되리라 믿는다.

이 작품이 간행되기까지 청어출판사 이영철 사장과 직원 여러분의 노고가 컸다. 그분들에게 거듭 감사하며, 독자 여러분의 변함없는 사랑과 질정과 편달을 바란다.

2018. 새해

이광복

만물박사 1

차례

만물박사(1)

해바라기

동네 아이들은 무슨 살판이라도 만났는지 아까부터 '가' 동과 '나' 동 사이의 비좁은 공간에서 축구공을 뻥뻥 내지르고 있었다. 아무리 철딱서니 없고 별쭝맞은 개구쟁이들이라고 하지만, 어째서 하필이면 그 좁디좁은 공간에서 날이면 날마다 위험하게 공을 내지르는지 모를 일이었다.

몇 발짝만 나가면 월명초등학교 운동장에다 월명산 체육공원까지 있지 않은가. 그런데도 그놈들은 봄부터 겨울까지 학교에 갔다 돌아오기만 하면 한 철도 거르지 않고 그 좁은 공간에서만 복닥거렸다. 특히 요즘 같은 방학 동안에는 더 말할 나위가 없었다.

비라도 내린다면 모를까, 그놈들은 눈만 떴다 하면 해가 저물어 어두워질 때까지 그 공간에서 시도 때도 없이 공을 내질렀다. 공을 내지르는 것은 어쩌면 그놈들의 일과인지도 몰랐다. 날이면 날마다 애새끼들이 어떻게나 짓궂고 극성스럽게 노는지 오죽하면 광동주택 언저리에는 화초는커녕 잡초 한 포기 발을 붙이지 못했다.

승우는 속을 부글부글 끓이고 있었다. 낡은 연립주택 벽에 꾸당꾸당 공 부딪치는 소리가 자꾸 신경을 건드리기 때문이었다. 말하자면 일종의 노이로제에 걸린 셈이었다. 한 달이면 서너 장씩 연립주택의 유리창이 깨져 나가는데도 어느 누구 하나 애새끼들을 따끔하게 나무라는 사람이 없었다.

승우는 몇 번인가 그 녀석들을 불러 좋은 말로 잘 타이른 적이 있었다. 그러나 그 개구쟁이들은 그때만 들은 척할 뿐 말을 마치고 돌아서기가 바쁘게 다시 연립주택 벽을 향해 도전적으로 공을 내질렀다. 마음 같아서는 당장 달려 나가 그 애새끼들을 죽지 않을 만큼 흠씬 두들겨 패주고 싶었지만, 아침저녁으로 낯을 대해야 하는, 그 아이들을 낳아 기르는 부모들을 생각할라치면 차마 그럴 수도 없었다.

이사를 가야지. 승우는 정신 건강을 위해서라도 하루 속히 이곳을 벗어나리라 벼르고 별러왔다. 하지만 새 집을 장만한다는 것이, 아니 좀 더 나은 동네로 이사 간다는 것이 생각처럼 간단한 문제는 아니었다. 당장 입에 풀칠하기도 어려운 마당에 조금 환경이 좋은 동네로 이사 간다는 것은 현실적으로 힘든 일이 아닐 수 없었다.

좁고 긴 골목을 빠져나가 도로 하나만 건너면 새로 지은 월명아파트 단지가 있었다. 이 동네 주민치고 그 아파트 단지를 부러워하지 않는 사람은 없었다. 그러나 월명아파트는 그림의 떡이었고, 하루하루 근근이 살아가는 연립주택 주민들로서는 그 아파트에 들어가는 일이야말로 언감생심 꿈도 꾸기 어려운 형편이었다.

승우는 창문을 활짝 열어젖히고 밖을 내다보았다. 골목길 건너 시야를 가로막고 있는 월명초등학교 뒷담 옹벽을 바라볼라치면 금방이라도 숨이 막힐 것만 같았다. 승우가 이 연립주택에 들어올 때만 해도 학교 일대는 온통 잡초만 무성한 호박밭이었는데, 몇 년 전 학교를 신축하면서 옹벽을 높이 쌓아 앞을 완전히 가로막았다.

콘크리트 옹벽에는 장마 때 철책에서 흘러내린 불그죽죽한 쇳물이 나무의 속살처럼 아롱아롱 무늬져 있었다. 그리고 옹벽이 직각으로 꺾여 나가는 모서리 밑 좁다란 공터에 해바라기 몇 포기가 드문드문 서 있었다. 더위에 지친 해바라기들은 중천에 이글이글 떠 있는 붉은 태양을 향해 시들시들 목을 비틀고 있었다.

승우는 무심코 그 해바라기들을 바라보다가 책장 앞으로 가서 대흥증권 정희만 회장의 자서전『끝없는 집념』을 꺼내 들었다. 책의 상단에는 먼지가 보얗게 쌓여 있었는데, 그 책의 원고를 대필할 때의 몇 가지 일화들을 생각할라치면 저절로 쓴웃음이 나왔다.

그 책을 쓰기 위해 아침저녁으로 정 회장 집무실을 출입하는 동안 이중화 사장부터 김대상 전무 등 여러 중역들이 경쟁적으로 얼마나 후안무치한 행동을 하던지……. 그들은 정 회장의 자서전에 자신의 공적이, 아니 자기들의 이름 석 자만이라도 활자화되어 언급되기를 기대하면서 갖은 알랑방귀를 다 뀌었다.

승우는 그때 대흥증권 임원들에게 이만저만 실망한 것이 아니었다. 몇 달 동안 정 회장 집무실을 출입하는 과정에서 승우는 그 회사의 여러 임원들을 알게 되었는데, 그들이야말로 간도 쓸개도 없이 오직 정 회장만 바라보고 사는 해바라기 같은 존재들이었다.

그 일을 착수하기 전까지만 해도 승우는 대기업 임원들에게 아주 좋은 인상을 가지고 있었다. 그는, 모름지기 대기업 중역이라면 그만한 자질과

그릇, 그리고 그에 걸맞은 실력을 갖춘 사람들이라고 생각했다. 더욱이 하많은 경쟁자들을 물리치고 임원의 자리에 오른 것만으로도 선망의 대상이 될 만한 인재 중의 인재들이라고 여겼던 것이다.

그러나 막상 대흥증권을 출입하며 그 안 깊숙한 곳을 들여다보았을 때에는 이제까지의 고정관념 같은 것이 속절없이 허물어지기 시작하였다. 물론 하급 직원들로부터 존경받는 쟁쟁한 실력파 임원이 전혀 없는 것은 아니었지만, 그럼에도 불구하고 대부분의 임원들은 충성 경쟁에 눈이 멀어 정 회장의 충직한 머슴이 아니라 숫제 충견(忠犬)임을 자임하고 나섰다.

더욱이 이중화 사장과 김대상 전무가 정 회장 앞에서 혹여 남에게 뒤질세라 굽실굽실 아첨하는 수작질이란 차마 눈꼴이 시어서 못 볼 지경이었다. 그들은 회사 안에서 숙명의 라이벌이었고, 정 회장 앞에서는 온갖 달착지근한 말로 오너의 귀를 즐겁게 해주느라 정신이 없었다. 승우가 느끼건대 그들이야말로 출세를 위해서라면 제 여편네까지 서슴없이 상납하고도 남을 만한 위인들이었다.

자서전 『끝없는 집념』 집필이 절반쯤 진척돼 가고 있을 무렵이었다. 어느 일요일 오후, 이중화 사장이 아무런 예고도 없이 불쑥 승우네 집으로 찾아왔다. 그 바쁜 사람이 어떻게 이 구석진 동네에 처박힌 승우네 집을 알아냈는지 몰랐다.

그는 자신의 승용차를 어디에 팽개쳐 두었는지 혼자 택시 편으로 이 동네까지 찾아왔다. 나중에 눈치 챈 일이지만, 그는 운전기사와 다른 사람들의 이목을 따돌리기 위해 그런 꼼수를 쓴 듯했다. 명색 대기업의 대표이사 사장이 이처럼 별 볼일 없는 곳까지 찾아올 줄이야 꿈에도 생각 못한 일이었다. 승우는 매우 의아해하면서 그를 반갑게 맞이해주었다.

"어서 오십시오. 사장님께서 이 누추한 곳까지 웬일이십니까?"

"누추하다니요. 별 말씀을 다 하십니다."

신발을 벗고, 그는 비좁은 거실로 들어와 앉았다. 그날도 밖에서는 애새끼들이 버럭버럭 돼지 멱따는 소리를 지르면서 끊임없이 공을 내지르고 있었다. 어디선가 와장창 유리문 깨지는 소리가 들려왔고, 그 뒤로는 그놈들 떠드는 소리가 잠잠해졌다. 유리문이 깨지자 애새끼들은 어른들에게 야단맞을까 봐 어디론가 잽싸게 달아나 숨어버린 모양이었다. 승우가 말했다.

"저 사는 꼬락서니가 이렇습니다."

"겸손의 말씀이십니다. 얼마나 좋습니까? 저는 이 책들만 봐도 그만 주눅이 들 지경입니다."

이 사장은 빼꼼히 열린 문 사이로 코딱지만 한 서재를 곁눈질하였고, 책장뿐만 아니라 거실 구석구석이며 발코니까지 두엄 더미처럼 수북수북 쌓여 있는 책들을 경이의 눈길로 바라보았다. 하기야 승우의 집에서 얼른 눈에 띄는 것이라곤 책밖에 없었다. 승우가 말했다.

"부끄럽습니다. 나이 오십이 다 됐는데도 이 모양 이 꼴로 산답니다. 차라도 한 잔 대접해야 할 텐데 오늘따라 집사람이 밖에 나갔지 뭡니까? 잠깐만 계십시오. 제가 음료수라도 준비하겠습니다."

"아아, 조금도 괘념치 마십시오."

이 사장이 휘휘 손을 내저었지만, 승우는 구차스런 대로 개다리소반에 음료수 두 잔을 준비하여 내놓았다. 이 후미진 곳까지 애써 찾아온 귀한 손님을 극진히 대접하고 싶어도 그날 형편으로서는 어쩔 도리가 없었다. 승우가 말했다.

“대접이 부실해서 죄송합니다. 여기까지 찾아오시느라 고생하셨을 텐데 목이라도 축이십시오.”

“감사합니다. 대접받으러 온 것도 아닌데 손수 상까지 차려 오시다니 뭐라고 말씀드려야 할지 모르겠습니다. 근데 가족 상황은 어떻게 되십니까?”

“우리 부부에다 딸 둘, 늦둥이 아들 하나……. 방 두 칸에서 다섯 식구가 살고 있습니다.”

“학생들은 없나요?”

“웬걸요. 딸 둘이 고등학교에 다니고 있습니다. 제 형편에는 학비 조달이 가장 힘듭니다.”

“그렇다면 제가 좀 도움을 드려도 될까요?”

“도움이라니요? 말씀은 고맙습니다만, 제가 사장님한테 도움을 받아야 할 아무런 명분도 없잖습니까?”

“그렇지 않습니다. 김 선생님께서 저희 회장님 자서전을 써주시는 것만 해도 충분히 도움을 받으실 수 있다고 생각합니다.”

“저야 거저 일을 해드리는 것도 아니잖습니까? 엄연히 대필료를 받고 하는 일인데……. 그 이외의 무슨 도움을 받는단 말씀입니까?”

“솔직히 말씀드려서 저도 제 주머니를 털어 도와드리겠다는 것이 아닙니다. 저희 회장님 인터뷰 과정에서 충분히 파악하셨겠습니다만, 회장님께서는 소싯적 이후 장학 사업에 비상한 관심을 가지고 계십니다. 대흥장학재단을 설립하신 것도 우연한 일이 아닙니다. 현재 제가 대흥장학재단 대표이사를 겸임하고 있습니다. 두 따님에게 정식으로 장학금을 지급해드리면 어떻겠습니까?”

“혹시 우리 아이들 때문에 다른 학생이 장학생 선발 과정에서 불이익을 보게 된다면 그것도 문제 아닙니까?"

"그건 전혀 걱정하지 않으셔도 됩니다. 어차피 다음 학기부터 장학금을 대폭 증액할 예정이니까요. 장학금을 증액하면 수혜 대상자도 저절로 확대됩니다. 그리고 재단 대표이사에게는 장학생 추천권과 선발권이 있습니다. 그렇기 때문에 장학생 한두 명쯤 끼워 넣는 것은 제 재량으로도 얼마든지 가능합니다. 다만, 저희 재단에서는 학교 수업료만 지급해줍니다. 중·고등학생에게는 분기별로, 대학생에게는 학기별로 꼬박꼬박 장학금이 나갑니다."

그 말에 승우는 귀가 솔깃해져서 입을 굳게 다물었다. 장학재단의 대표이사가 직접 그런 말을 하는 데다, 그 장학금을 받을 수만 있다면 최소한 학교 수업료만은 한시름 놓을 수 있을 것 같다는 초록빛 기대 때문이었다. 부당한 돈을 받는 것도 아니고, 아이들 장학금이라면 양심에 비추어 별 거리낌이 없을 것 같기도 하였다. 승우가 물었다.

"과연 그렇게 해도 되는 겁니까?"

"하하하……. 조금도 염려하지 마십시오. 다른 분들은 우리 회사와 아무런 연고도 없으면서 장학금을 달라고 아우성입니다. 그렇건만 김 선생님은 도리어 저희가 자발적으로 드리겠다는 장학금까지 굳이 사양하려 하시니 이해할 수가 없습니다. 다른 것은 몰라도 두 따님 장학금 문제는 제가 책임지고 해결하겠습니다. 내일 당장 실무 담당자로 하여금 전화를 드리도록 조치하겠습니다."

"말씀만 들어도 감사하기 짝이 없습니다. 그러잖아도 조만간 고지서가 나올 텐데, 다음 분기 수업료 문제는 걱정하지 않아도 되겠군요?"

"하하하……. 한 분기 가지고 되겠습니까? 두 따님이 고등학교를 마치고, 대학을 졸업할 때까지 지속적으로 밀어드리겠습니다."

이 사장의 말에 승우는 긴가민가 귀를 의심하지 않을 수 없었다. 장차 두 아이들 대학 보낼 일을 생각하면 잠도 오지 않았었는데, 일거에 아이들 대학 졸업 때까지의 학자금 문제가 원천적으로 해결될 전망인 터라 이게 도대체 꿈인지 생시인지 분간할 수조차 없었다. 이를테면 호박이 넝쿨째 굴러 들어온 셈이었다. 감격한 나머지 승우가 물었다.

"과연 그게 가능한 일입니까?"

"염려하지 마십시오. 그 정도는 얼마든지 도와드릴 수 있습니다. 근데 회장님 자서전은 얼마나 쓰셨습니까?"

"약 삼분의 일쯤 진척됐습니다."

"그럼 조황래 사건도 쓰셨습니까?"

"아직 거기까지 나가지는 못했습니다만……."

"저희 회장님한테 말씀 들으셨겠지만, 영업부장 조황래가 고객 예탁금을 십억 원이나 횡령한 사건이 발생했을 때 우리 회사는 존폐의 기로에 서 있었습니다. 조 부장의 비리가 조금만 늦게 발각되었어도 우리 회사는 아마 간판을 내렸을 것입니다. 그때 조 부장의 불법행위를 가장 먼저 포착하여 회장님께 보고한 사람이 누군지 아십니까?"

"글쎄요, 누가 보고했는지 그 인물에 관해서는 언급이 없으셨는데요."

"워낙 끔찍스런 사건이어서 회장님도 술회하기 싫으셨던 모양이군요. 하지만 그 사건은 우리 대흥증권만의 문제가 아니라 이 땅의 증권업계를 송두리째 뒤흔든 대형 금융 사고였습니다. 여기 그 당시 신문 기사가 있습니다."

이 사장은 양복 안주머니를 뒤져 차곡차곡 포개 접은 여러 장의 A3 용지를 내놓았고, 그것을 한 장씩 펴자 거기에는 몇 해 전 조황래 부정 사건을 보도한 도하 일간지 기사들이 주욱주욱 복사돼 있었다. 여러 일간지들은 주먹만 한 활자로 시커먼 제목을 뽑고, 대흥증권 영업부장 조황래가 저지른 부정 사건의 전모를 상세히 보도하고 있었다. 승우가 말했다.

"이 기사는 저도 자료 수집 과정에서 모두 입수했습니다."

"물론 그러셨겠지요. 그 사건이 터지기 직전 저는 조 부장 밑에서 과장으로 일했습니다. 그렇기 때문에 저는 어느 누구보다도 조 부장의 수상쩍은 행동을 잘 알고 있었습니다. 그러던 어느 날, 제가 결정적 증거를 잡게 되었습니다. 저는 그 증거를 가지고 회장님, 그때는 사장님이었습니다만, 어쨌든 오너에게 가장 먼저 보고했습니다. 대단히 외람된 말씀입니다만, 자서전 어딘가에는 조황래 부정 사건의 전말이 소상하게 기록돼야 할 것 같습니다."

노골적으로 드러내 놓고 말하지는 않았지만, 그는 조황래 사건을 기술하는 대목에서 자기의 공로가 반드시 언급돼야 한다는 것을 교묘히 강요하고 있었다. 이 사장은 바로 그 말을 하기 위하여 여기까지 찾아온 것이었다. 승우가 말했다.

"그야 제가 알아서 할 문제입니다. 하지만 제가 초고에서 이 사장님의 공적을 언급한다 해도 회장님께서 원고를 검토하시다가 그 대목을 삭제하실 수도 있잖습니까?"

"그것은 부차적인 문제입니다. 어떤 형태로든 그 대목을 꼭 언급해주셨으면 합니다. 저희 회장님께서 그때 제가 취했던 조치를 다시 한번 회상하실 수만 있다면 저는 그것만으로도 만족합니다. 중이 제 머리 못 깎는다고, 제가 직접 회장님께 제 이야기를 넣어 달라고 말씀드릴 수는 없잖습니까? 우리 회사가 존망의 기로에 서 있을 때, 저는 감히 결정적인 공로를 세웠다고 자부합니다. 하지만, 그동안 별 공로도 세우지 못한 날라리 같은 사람들이 자기 잇속이나 챙기려고 전면에 나서는 것을 보면 눈에서 불이 날 지경입니다."

이 사장은 말단 사원으로 입사해 대표이사 사장까지 되었으면서도 자신의 위치에 만족하지 못하는 듯했다. 그뿐 아니라 그는 미상불 자신의 자리 보전에 아슬아슬한 위기의식을 느끼는 모양이었다. 특히 그는 강력한 라이벌인 김대상 전무를 은근히 경계하고 있다. 승우가 말했다.

"저는 사장님 회사 내부 문제와 전혀 관련이 없습니다. 또 그런 문제라면 관심을 두고 싶지도 않습니다. 다만, 저는 정 회장님 자서전만 잘 써드리면 그만이니까요."

"백 번 옳은 말씀입니다. 그러나 저는 저희 회장님을 위해 모든 것을 다 바쳤습니다. 이제 와서 제가 다른 사람에게 밀려야 할 그 어떤 이유도 없잖습니까? 아무쪼록 잘 부탁드립니다. 김 선생님은 충분히 저를 도와주실 수 있다고 생각합니다. 자, 그럼 저는 이만 일어나겠습니다. 아, 참……. 한 가지 꼭 당부드릴 일이 있습니다. 제가 김 선생님 댁에 다녀갔다는 것은 비밀로 해주십시오. 자, 이거 얼마 되지 않지만 제 작은 성의로 아시고 따님들 학비에 보태 쓰셨으면 합니다."

이 사장은 양복 안주머니에서 '寸志'라고 쓰인 봉투 하나를 꺼내 슬며시 승우의 손에 쥐여주었다. 그러나 승우는 깜짝 놀라 조건반사적으로 그것을 뿌리쳤다. 장학금 지급을 약속받은 것만 해도 감지덕지할 따름인데 별도의 봉투까지 받는다는 것은 말도 안 되는 일이었다. 승우가 말했다.

"이 사장님……. 이 봉투만은 사양하겠습니다."

이 사장과 승우는 봉투를 받으라거니, 받지 않는다거니 얼마 동안 짜그락짜그락 실랑이를 벌였다. 승우가 워낙 완강히 내뻗었으므로 나중에는 이 사장의 얼굴이 벌겋게 상기되고 있었다. 승우 역시 워낙 당황한 터라 낯이 후끈거러 견딜 수가 없었다. 이 사장이 말했다.

"제가 누굽니까? 이래봬도 대흥증권 대표이사 사장입니다. 제게 할당된 업무추진비만으로도 이 정도 성의 표시는 얼마든지 할 수 있습니다. 부담 없이 받아주십시오. 저는 김 선생님한테 아무런 대가도 바라지 않습니다."

"잘 알고 있습니다. 하지만 저는 이제껏 어떤 명분으로도 이런 봉투를 받아본 적이 없습니다. 이 사장님의 고마운 뜻은 충분히 알고도 남습니다. 제발 이 봉투만은 거두어주십시오."

승우가 간곡히 말했고, 이 사장은 몹시 난감해하면서 예의 봉투를 도로 집어넣었다. 승우 역시 마음이 편할 리 만무했다. 만약 상대방의 호의가 순수한 것이었다면, 봉투를 매정하게 뿌리친 것이 이 사장에게는 너무 가혹하고 잔인한 행위일 수도 있었던 것이다.

승우가 대흥장학재단 강봉식 대리한테 전화를 받은 것은 바로 그 이튿날 아침이었다. 이 사장이 돌아가 두 딸의 장학금 지급 문제를 강 대리에게 지시한 모양이었다. 강 대리는 두 딸의 재학증명서·성적증명서·장학금 지급 신청서 등 몇 가지 서류를 제출해달라는 것이었고, 승우는 사흘인가 나흘 만에 그 서류들을 구비하여 강 대리 앞으로 우송하였다.

그로부터 며칠 후, 승우는 약속 시간에 맞춰 자서전 전반부 초고를 챙겨 들고 집을 나섰다. 정 회장에게 일부나마 정리된 원고를 전달하게 되었다는 것이 여간 기쁘지 않았다. 그가 대흥증권에 도착했을 때, 비서실의 시계는 뾰족한 예각을 이루며 10시 45분을 가리키고 있었다. 자로 잰 듯이 정확하게 시간을 맞춰 그곳에 도착한 것이었다.

그는 언제나 그랬던 것처럼 부속실에서 잠시 대기하였다. 그때 마침 김대상 전무가 들어와 좀 지나치다 싶을 정도로 허리를 굽실 꺾으며 인사하였다.

"아이구, 김 선생님 나오셨습니까?"

"안녕하십니까? 뵙게 돼서 반갑습니다."

승우도 벌떡 일어나 더욱 정중하게 인사했다. 하지만 몇 살이나 더 많은 연장자한테 그런 과분한 예우를 받는다는 것이 여간 송구스럽지 않았다. 더욱이 김 전무는 대흥증권 안에서 중책을 맡고 있는, 누가 뭐래도 수천 명의 부하 사원들을 거느린 비까번쩍하는 중역이었다.

그러나 다른 한편으로 생각하면 그의 극진한 친절 뒤에는 치밀한 계산이 깔려 있었다. 김 전무가 정 회장과 승우의 관계를 모를 리 없었고, 그는 승우가 정 회장과 단독으로 만날 때 자기에게 조금이라도 유리한 발언을 해주기를 기대하면서 그런 식으로 다분히 계산된 친절을 베풀었다. 김 전무가 말했다.

"오늘 점심은 제가 모시겠습니다."

"고마운 말씀입니다만, 제 점심이야 집에 가서 해결하겠습니다."

"아, 아닙니다. 저희 회장님께서 방금 전 제게 특별히 하명하셨습니다. 김 선생님께서 저희 회장님과 면담을 마치시면 제가 모시겠습니다."

잠시 후 정 회장 집무실 문이 열렸고, 미끈하게 빠진 미스 양이 나와 승우를 안으로 영접하였다. 정 회장은 승우를 반갑게 맞이해주었다. 미스 양이 주방으로 가서 차를 준비하는 동안 승우는 집에서 준비해 온 원고를 봉투에서 꺼내 정 회장 앞에 가지런히 놓았다. 승우가 말했다.

"엊그제 말씀하신 대로 전반부 원고를 가져왔습니다. 한 번 잘 검토해 보십시오. 최선을 다해 썼습니다만, 회장님 마음에 드실지 모르겠습니다."

"수고하셨습니다. 글이야 김 선생님께서 쓰셨는데 어련하겠습니까?"

정 회장은 문갑 위에 놓아두었던 돋보기를 콧잔등에 걸쳤고, A4 용지에 12포인트로 프린트된 자서전 원고를 한 장 한 장 꼼꼼히 읽어나갔다. 정 회장이 원고를 검토하는 동안 승우는 조용히 숨을 죽인 채 잠깐잠깐 그의 표정을 곁눈질하였다.

원고에 자신의 출생과 유년시절이 흘러간 영화처럼 묘사돼 감회가 새로웠던 때문일까, 거뭇거뭇 검버섯이 피어난 정 회장의 두 볼에서는 이따금 파르르파르르 가벼운 경련이 일고 있었다. 그는 원고의 앞부분 대여섯 장을 아무 말 없이 읽고 나서 돋보기를 벗으며 알쏭달쏭한 미소를 머금었다. 승우가 말했다.

"부족한 점 한두 가지가 아닙니다."

"아, 아닙니다. 그렇지 않습니다. 아주 잘 나갑니다. 어쩌면 처음부터 제 생각과 똑같이 나가는지 모르겠습니다. 문장에 나오는 어휘들도 제 말투를 빼다 박았습니다. 오래전부터 생각한 일입니다만, 우리 회사에 김 선생님과 같은 인재가 한 사람만 있어도 걱정이 없겠습니다. 하하하……. 아무래도 김 선생님과 저는 전생부터 깊은 인연이 있었던 것 같습니다."

하기야 승우도 정 회장을 면담할 때마다 종종 사람과 사람 사이의 그 오묘한 인연이라는 것을 깊이 반추하곤 하였다. 승우가 지면이나 방송을 통해 간접적으로 알고 있던 정 회장 같은 거물을 직접 만나게 된 동기와 그간의 관계를 고려한다면 두 사람 사이에는 결코 우연한 일이라고 돌려버릴 수 없는 그 무엇이 있었다.

사실 승우가 정 회장과 만나야 할 확률은 거의 없었다 해도 과언이 아니었다. 정 회장은 명실 공히 사업을 통해 입신양명한 재계의 큰 별이었고, 승우는 남의 원고나 익명으로 대필하여 근근이 살아가는, 이름도 얼굴도 내세울 수 없는 가난뱅이 백면서생일 따름이었다.

그런데도 승우는 벌써 10여 년 전, 정 회장이 경영대학원에서 석사 과정을 밟고 있을 때부터 각별한 인연을 맺고 있었다. 그 무렵, 정 회장은 학위 논문을 필요로 했는데, 각종 논문을 전문적으로 취급하는 학문당 박일기 사장에게 그 문제를 은밀히 부탁하였다.

박 사장은 그때 논문 대필자로 승우를 천거하였고, 그것을 계기로 승우는 정 회장과 남들이 얼른 이해하기 어려운 독특한 인연을 맺게 되었다. 논문 초고가 완성되었을 때, 정 회장은 여간 흡족해하는 것이 아니었다. 하지만 승우는 반드시 거쳐야 할 관문인 논문 심사를 의식하지 않을 수 없었다. 승우가 말했다.

"심사 과정이 순조로워야 할 텐데 은근히 걱정스럽습니다."

"그거야 크게 신경 쓰시지 않아도 됩니다. 지도교수님은 물론이고 심사에 참여할 교수님들과도 돈독한 인간적 유대가 형성돼 있으니까요. 어쨌든 수고 많으셨습니다. 근데 어떻게 그 많은 자료들을 섭렵하셨습니까?"

"그것은 기본에 속합니다. 제가 알고 있는 기본 상식에다 몇 가지 새로운 자료를 추가했지요. 결론 부분은 제 주관대로 정리를 했구요."

"도대체 그 방대한 자료는 어디에서 구합니까?"

"저희 집에도 책이 꽤 있습니다만, 그것만으로 부족할 때는 인터넷이나 각급 도서관을 이용하지요. 어느 도서관, 어느 열람실 몇 번째 서가에 무슨 책이 있고, 그 책 몇 페이지쯤에 무슨 주제가 어떤 내용으로 기술돼 있다는 것쯤이야 손금 들여다보듯 훤히 꿰뚫고 있습니다."

"아하, 그렇군요. 김 선생님은 역시 만물박사님이십니다."

정 회장은 박 사장한테 귀동냥이라도 했는지, 일찍이 박 사장이 승우에게 붙여준, 세계 어떤 대학에서도 줄 수 없는 만물박사 학위를 자기 임의로 재확인하였다. 아마 학문당 박 사장한테 승우의 별명을 들은 모양이었다. 물론 정 회장의 논문은 학문당에서 깔끔하게 인쇄하였고, 학위 심사과정에서 별다른 이의 없이 단번에 인준받았다.

논문이 완벽했는지, 아니면 정 회장의 말대로 정 회장과 심사위원 사이의 돈독한 인간적 유대가 작용했는지 그 깊은 내막은 알 길이 없었다. 학위논문이 심사를 통과한 것만으로 승우의 소임은 끝난 셈이었고, 그 뒤로 승우는 그때 그 일을 다시 떠올리거나 단 한 번도 입 밖에 꺼낸 적이 없었다.

세간에는 적지 않은 논문과 자서전이 누군가에 의해 대신 쓰이는 것으로 알려져 있지만, 그렇다 해도 그 일에 직접 관련된 당사자가 그 사실을 동네방네 나팔을 불고 다닐 수는 없었다. 만약 그 은밀한 문제가 세상에 공공연히 알려질 경우 여러 사람이 다칠 것은 불을 보듯 뻔한 일이기 때문이었다.

우선 학위 자체에 대한 신인도(信認度)가 원천적으로 부정되는 것은 물론, 학문의 전당인 대학 당국의 공신력 추락, 지도교수와 심사위원에 대한 불신, 정당하게 심혈을 기울여 논문을 작성한 학구파들의 반발과 저항, 그리고 그들이 느껴야 할 배신감과 허탈감. 그 파장은 굳이 열거하지 않아도 얼마든지 상상하고도 남을 만한 일이었다.

요컨대 논문 대필은 극비 중의 극비였고, 그 일에 관련된 사람들은 근친상간(近親相姦)의 당사자처럼 죽을 때까지 철저히 비밀을 지켜야 했다. 만약 비밀이 누설될 경우 그것은 곧 공멸을 의미했다. 대필해준 논문으로 학위를 받은 사람이 그 이름에 먹칠을 하는 것은 두말할 나위도 없거니와 논문 대필을 전문적으로 주선해주는 박 사장이나 그 일을 생업으로 삼고 있는 승우 입장에서도 자멸할 수밖에 없기 때문이었다.

승우와 박 사장에게는 비밀 유지야말로 생명과도 같았다. 만일 두 사람 가운데 누군가가 그 비밀을 발설한다면, 그리하여 대외적으로 신용을 잃게 된다면 하루아침에 이 계통에서 설 땅을 잃게 되리라.

승우와 박 사장이 이 바닥에서 확고한 위치를 굳히고 있는 것은, 일 자체의 성실성도 성실성이지만 바로 비밀을 완벽하게 지켜주기 때문이었다. 그들은 설령 누군가가 목에 칼을 들이대며 논문 대필의 내막을 추궁해 온다 해도 끝까지 입을 열지 않을 사람들이었다.

끝까지 지켜야 할 대필 논문의 비밀 유지. 그것은 바로 그들의 직업윤리에 기초한 불문율이면서 동시에 서로가 살아남기 위한 공존과 상생의 법칙이기도 했다. 아무튼 승우와 박 사장은 지금까지 대필로 작성된 논문의 비밀을 숙명적으로 무덤까지 가지고 갈 도리밖에 없었다.

정 회장의 석사 학위 논문 또한 예외가 아니었다. 그 논문이 심사를 통과한 후 얼마 안 가 승우는 그때 일을 까마득히 잊었다. 정 회장도 두 번 다시 승우를 찾지 않았고, 승우 역시 그를 만나야 할 필요가 없었으므로 두 사람 사이에는 자연스럽게 연락이 두절되었다. 그것은 피차 비밀 유지를 위해서도 바람직한 일이었다.

그런데 얼마 전 정 회장이 돌연 학문당 박 사장을 통해 한 번 만나고 싶다는 뜻을 전해왔다. 박 사장은 정 회장이 희망하는 날짜와 시간, 그리고 장소까지 구체적으로 지정하여 통보해주었다. 며칠 후 승우는 시내로 나갔고, 실로 오랜만에 한 호텔에서 정 회장과 단둘이 만났다.

용건은 의외로 간단했다. 정 회장의 얘기인즉, 머지않아 고희를 맞이하게 되는데 잔치를 생략하는 대신 고희 기념으로 자서전을 내고 싶다고 했다. 그러면서 그는 승우에게 자서전 대필을 부탁하였고, 승우는 그날 이후 두어 달 동안의 마라톤식 인터뷰와 자료 수집을 거쳐 벌써 이만큼이나 원고를 작성하였다. 앞에 놓인 자서전 원고를 절반쯤 검토하고 나서 정 회장이 말했다.

“아주 좋습니다. 당초 제가 구상했던 방향과 이 글은 완벽하게 일치하고 있습니다.”

“과연 그렇습니까?”

“그렇습니다. 나머지 부분은 제가 집에 가지고 가서 천천히 읽어보도록 하겠습니다. 제가 점심을 모실까 했었는데, 돌연 정부 고위층을 만나야 할 일이 생겼습니다. 오늘 점심은 제 대신 김 전무가 모실 것입니다.”

“그럼 저는 이만 물러가겠습니다.”

승우는 인사를 마치고 정 회장 집무실에서 나왔다. 아니나 다를까, 김 전무가 부속실에서 대기하고 있었다. 그는 자기 위치로 돌아가지 않고 아까부터 줄곧 그 자리를 지킨 모양이었다. 김 전무가 말했다.

“우선 아래층으로 내려가실까요? 현관에 승용차를 대기시켜 놓았습니다.”

“구내식당을 이용하는 것이 더 좋지 않겠습니까?”

“그렇지 않습니다. 저희 회장님께서 잘 모시라고 몇 번이나 말씀하셨는지 모릅니다. 자, 나가시죠.”

승우는 김 전무와 함께 현관을 나섰고, 아까부터 대기하고 있던 승용차에 올랐다. 그들이 나란히 앉자 운전기사는 물어볼 필요도 없이 고층빌딩 사이로 총알처럼 차를 몰았다. 얼마 후 그들이 도착한 곳은 한 요정이었는데, 승우는 이런 분위기에 익숙지 못해 얼마 동안 쭈뼛거리며 머쓱하게 서 있었다.

그때 아주 세련돼 보이는 미모의 마담이 나비처럼 사뿐히 들어와 상냥하게 인사했다. 그녀는 김 전무에게 달콤한, 그러나 결코 천박스럽지 않은 애교를 떨었다. 하지만 승우는 순간적으로 뭐라 말할 수 없는 거부반응을 일으키고 있었다. 이처럼 사치스런 음식점은 체질적으로 어울리지 않기 때문이었다. 마담이 승우에게 말했다.

"손님, 저고리 벗으실까요?"

선뜻 내키지는 않았지만, 승우는 차마 그녀의 손길을 차갑게 뿌리칠 수 없어 마지못해 저고리를 벗었다. 그러자 마담이 얌전하게 그것을 받아 옷걸이에 걸었다. 뒤따라 김 전무도 저고리를 벗어 마담에게 넘겨주면서 호탕하게 말했다.

"자, 앉으시죠. 그래도 이 집 음식이 괜찮은 편입니다."

김 전무가 먼저 방석에 앉았고, 승우도 실수나 하지 않을까 조심하면서 그 앞에 마주앉았다. 승우 입장에서는 푹신하고 편안해야 할 그 방석이 마치 바늘방석인 양 어색하고 불편하기만 했다. 하지만 승우는 대접을 받는 입장이었으므로 쓰다 달다 군소리를 늘어놓을 계제가 아니었다.

잠시 후 음식이 나왔다. 역시 아리따운 아가씨들이 음식을 차리는데, 떡 벌어진 교자상 위에 상다리가 휘어질 정도로 음식이 가득하였다. 음식의 종류도 이것저것 얼마나 많은지 머리 나쁜 사람은 그 가짓수조차 헤아리지 못할 것 같았다. 마담이 김 전무와 승우에게 눈길을 골고루 나누어주면서 물었다.

"반주 좀 올릴까요?"

"그야 물론이지."

김 전무는 아주 당연하다는 듯이 일방적으로 반주를 주문했다. 승우는 아무리 좋게 생각하려 해도 김 전무의 그런 태도를 납득하기 어려웠다. 손님을 시사에 초대했으면 마땅히 손님의 의향을 물어보아야 할 텐데 그는 남의 식성도 모르면서 자기 주관대로만 결정해버렸다.

형편이 이렇다 보니 승우는 상대방으로부터 대접을 받는 것이 아니라 차라리 강제로 '대접을 당하는' 형국이었다. 식사에 들어가기 전, 마담이 들어와 승우에게 잔을 권했다.

"손님. 한 잔 받으시죠."

"사양하겠습니다. 본래 술을 좋아하지 않는 데다 낮술에는 영 자신이 없습니다."

본래 승우는 두주(斗酒)를 불사하는 애주가였다. 하지만 기분이 내킬 때에만 술을 마셨고, 이런 서먹서먹한 분위기에서는 여간해서 술 마시는 티를 내지 않았다. 승우가 잔을 한쪽으로 미뤄 놓자 마담은 앞으로 내밀었던 주전자를 슬그머니 거둬들였다. 이번에는 김 전무가 말했다.

"김 선생님. 한 잔 드시지요. 저는 회사로 가서 일을 봐야 하지만, 김 선생님은 댁으로 들어가실 것 아닙니까?"

"그렇습니다. 하지만 마시지 못하는 술을 억지로 마실 수도 없잖습니까?"

승우는 일부러 꽁무니를 빼면서 술을 사양했다. 결국 김 전무만 술 한 잔을 마셨고, 그때부터 그는 굶주린 짐승처럼 게걸스럽게 먹어대기 시작하였다. 그러나 승우는 거의 억지로 음식을 목구멍에 집어넣고 있었다. 집에서 고생하는 가족들이나, 이렇다 할 벌이가 없어 끼니를 걸러야 하는 가난한 이웃들을 생각할라치면 그 호화스런 음식들이 자꾸만 찌룩찌룩 목에 걸렸다.

승우는 일찍이 이렇게 거창한 점심을 먹어 본 적이 없었다. 점심이라면 그저 설렁탕이나 자장면 한 그릇으로도 족하련만 무엇 때문에 이처럼 뻑적지근한 집에 데려왔는지 몰랐다. 갈비를 우적우적 물어뜯으면서 김 전무가 물었다.

"음식이 입맛에 안 맞으시는 모양이죠?"

"천만의 말씀입니다. 저는 본래 많이 먹질 못합니다."

"아주 소식을 하시는군요?"

"그렇습니다. 조금이라도 과식을 하는 날에는 소화가 잘 안 돼 여간 고생하는 것이 아닙니다."

"그래도 그렇지, 그렇게 조금씩 드시다가 영양실조라도 걸리시면 어쩌려고 그러십니까? 더욱이 밤샘을 하시는 날이 많다고 들었는데……."

"음식을 적게 먹는다고 설마 죽기야 하겠습니까? 많이 먹었다가 고생하는 것보다는 알맞게 먹는 것이 훨씬 좋다는 생각입니다."

"그래도 너무 적게 드시니까 제가 도리어 죄송하게 됐지 뭡니까?"

"그 점에 대해서는 조금도 염려하지 마십시오. 제가 이처럼 융숭한 대접을 받기는 이 근래 처음입니다."

"그럼 저희 회장님과 식사하실 때는 주로 어떤 곳을 이용하셨습니까?"

"회사 근처에 있는 일식집이던데……. 그 집 옥호는 잘 기억나지 않습니다."

"아, 알겠습니다. 회사 옆에 '동해'라는 일식집이 있죠. 회장님은 본래 매운탕을 좋아하시거든요. 우리 회사 직원들, 특히 임원들은 평소 회장님 가시는 곳을 일부러 피하는 경향이 있습니다. 회식이라거나 특별히 회장님께서 부르신다면 모르되, 음식점에서 회장님과 개별적으로 마주치게 되면 여러 가지로 불편하거든요. 저도 그 집에는 잘 안 가는 편입니다."

"회장님이 그렇게 두렵습니까?"

"저희들이 회장님을 어려워하는 데에는 그럴 만한 사정이 있습니다. 회장님과 단둘이 식사를 하고 나면 쓸데없는 구설에 휘말릴 수 있거든요. 특히 임원들 사이에는 눈치코치 살펴야 할 일이 많습니다. 우리 회사의 풍토라고 할까 전통은 다른 기업에 비해 특이한 데가 있습니다. 임원들의 수명이 짧은 것도 큰 특징이라고 말씀드릴 수 있지요."

"임원이라면 누구보다도 회장님의 두터운 신임을 받는 분들 아닙니까?"

"그렇지요. 하지만 임원이 아닌 고참 사원들 사이에서는 임원을 어떻게 생각하는지 아십니까? 임원이라는 말부터가 임시직원의 약칭이라고 비아냥거립니다. 그 말속에는 여러 가지 의미가 함축돼 있습니다. 임시직원이 정규직원으로 발령받으려면 얼마나 피나는 노력을 해야 합니까? 그러나 다른 측면으로 뒤집어 본다면 임시직원이란 오너 말 한마디에 언제라도 그만두어야 하는 것 아닙니까?"

"아, 그런 점이 있군요."

"김 선생님, 저희 회장님과 인터뷰하시는 과정에서 우리 회사 전산망 구축에 관한 이야기를 들으셨을 겁니다. 우리 회사가 일찍이 전산시스템을 도입할 때 그 계획은 모두 제 손으로 입안했습니다. 대흥증권이 오늘날 굴지의 금융회사로 성장한 것은 결코 우연한 일이 아닙니다. 우리 회사가 업계에서 우뚝 선두주자로 치솟을 수 있었던 것은, 본사를 비롯하여 전국의 영업망을 전산시스템으로 묶었기 때문에 가능한 일이었습니다. 물론 그에 대한 결단은 회장님께서 내리셨죠. 그러나 그때만 해도 전산망의 '전' 자도 생각하기 어려운 시절이었습니다. 저희 회장님도 처음에는 전산시스템 도입에 회의적인 반응을 나타냈습니다. 그때 저는 모가지가 달아나도 좋다는 각오로 소신을 가지고 전산망 구축을 강력히 주장했습니다. 그 무렵 이중화 과장이 뭐랬는지 아십니까?"

"이중화 과장이라면 지금 사장님을 말씀하시는 겁니까?"

"그렇습니다. 이중화 씨는 현재 대표이사 사장이 되어 있습니다만, 그때만 해도 영업부 조황래 부장 밑에서 과장으로 있었습니다. 그런데 그 사람은 전산시스템 구축이 시기상조라고 바득바득 우기는 것이었습니다. 어디 그뿐입니까? 전산망을 구축하면 배보다 배꼽이 더 커진다고 주장했습니다."

"배보다 배꼽이 더 커지다니, 그건 또 무슨 말씀이십니까?"

"회사 규모에 걸맞지 않다는 이론이었죠. 한 치 앞을 내다보지 못한 겁니다. 그러나 결과는 어떻게 나타났습니까? 우리 회사가 서둘러 전산시스템을 도입했기 때문에 조황래 부정사건도 적발할 수 있었습니다. 속담에, 재주는 곰이 넘고 돈은 되놈이 챙긴다는 말이 있잖습니까? 전산망 구축은 제가 전담했고, 그 첫 번째 과실은 그렇게 결사적으로 반대하던 이 사장이 챙긴 겁니다."

"그 시절에는 과장의 영향력이 그렇게 막강했습니까?"

"물론입니다. 그때만 해도 회사 규모가 작았으니까요. 지금은 회사가 그룹 체제로 비대해졌습니다만, 그때는 부장도 몇 사람 안 되었을 뿐만 아니라 과장 끗발이 지금 이사들 끗발보다 나으면 나았지 그보다 못할 것이 없었습니다. 과장들이 결재서류를 가지고 직접 사장실을 출입했다면 그 시절의 회사 사정을 쉽게 이해하실 수 있을 겁니다. 김 선생님, 적어도 전산망 구축과 관련된 대목에서는 그 전후사정을 상세히 언급해주셨으면 합니다. 전산시스템 도입은 우리 회사가 일류 기업으로 도약하는 일대 분수령이었으니까요. 우리 회사가 그때 서둘러 전산망을 구축하지 않았더라면 어떻게 되었겠습니까? 우리 회사는 업계에서 소리 없이 도태되고 말았을 겁니다."

"회장님 말씀으로는 일본 노무라(野村)증권을 방문한 뒤 전산시스템 도입을 결심했다고 하시던데요……."

"시기적으로 그렇습니다. 우연의 일치였다고도 말할 수 있지요. 회장님께서, 물론 그때는 사장님이었습니다만, 어쨌든 제가 전산망 구축 사업을 최초로 건의했을 때, 마침 일본 노무라증권을 방문할 기회가 생겼으니까요. 저희 회장님께 그만한 행운이 따랐던 셈입니다. 회장님께서는 일본 방문을 마치고 돌아와 중대 결단을 내린 겁니다."

"아, 그랬었군요."

승우는 상대방의 기분을 맞추기 위해 맞장구를 쳐주었다. 자서전에 그의 이름을 명시하느냐 마느냐 하는 것은 별도의 문제이고, 설령 그의 공로를 언급하지 못하게 되더라도 굳이 초장부터 상대방의 기분을 잡쳐 놓을 필요가 없기 때문이었다. 김 전무가 말했다.

"우리 회사가 지금처럼 성장하기까지 저는 일등 공신 노릇을 톡톡히 했다고 자부합니다. 저희 회장님께 충성도 할 만큼 했구요. 저는 회장님이 죽으라면 죽는 시늉까지 했습니다. 아무리 충성스런 개라 해도 그렇게 하지는 못할 것입니다. 저는 오직 저희 회장님을 위해 살고, 죽어도 끝까지 그 분을 위해 죽을 각오가 돼 있습니다. 자, 이거 얼마 되지는 않지만 생활비에 보태 쓰십시오."

식사가 끝나고 후식으로 과일이 나왔을 때, 김 전무가 음식이 그들먹하게 남은 교자상 위로 두툼한 봉투 하나를 내밀었다. 뭔가 부탁할 일이 있을 때 봉투를 내미는 것은 그들의 상투적인 수법인 모양이었다. 승우는 그러나 끝내 그 봉투를 받지 않고 그 자리에서 일어났다.

그날, 김 전무는 회사 승용차 편으로 승우를 집까지 데려다주었다. 승우는 낡아빠진 연립주택에 사는 꼴을 드러내 보이기가 뭣해서 버스를 이용하겠다고 했다. 하지만 김 전무는 고집스럽게 억지로 집까지 태워주었다.

승우는 그날의 불쾌했던 감정을 잊을 수가 없었다. 친절도 친절 나름이지 그런 친절이야말로 이쪽 사정을 송두리째 깔아뭉갠 친절을 위한 친절에 불과했기 때문이었다. 김 전무는 남의 마음이야 알 바 아니라는 듯 정도(正道)에서 크게 벗어난 친절을 베풀었던 것이다.

어쨌든 정 회장의 자서전 대필은 순조롭게 진행되었다. 그런데 정 회장은 어느 날이던가 피치 못할 사유가 없는 한 자서전에 특정인, 특히 현재 회사에 몸담고 있는 임직원을 실명으로 거명하지 말라고 특별히 당부하였다.

그의 부연설명인즉, 일부 몇몇 임원들의 이름이 오르내릴 경우 상대적으로 묵묵히 일하는 여타 사원들의 반감 내지 위화감을 불러일으켜 조직의 일체감을 해칠 수도 있다는 것이었다. 정 회장은 용인술의 대가답게 아주 정밀한 부분까지 세심한 배려를 아끼지 않고 있었던 것이다.

승우도 그 뜻을 받아들여 현직에 종사하는 임원들의 이름이 거명되는 것을 최대한 억제했다. 물론 사실성 부각을 위해 꼭 필요한 부분에서는 이름이 슬쩍슬쩍 스쳐 지나가는 형식을 취했고, 그들의 공과에 대해서는 이렇다 저렇다 논평을 하지 않은 채 적당히 얼버무리는 선에서 자서전을 마무리하였다.

정 회장은 그런 서술방식에 매우 만족해하였다. 그리하여 그 자서전 원고 역시 한 획 한 자도 보태거나 빼지 않고 초고 그대로 출간되었다. 그 책이 바로 『끝없는 집념』이었다. 그런데 그 책은 발간되자마자 대흥증권 사원들의 0순위 필독서(必讀書)가 되었을 뿐만 아니라 시중에서도 불티나게 팔려나가 일약 베스트셀러로 떠올랐다.

승우가 처음부터 충분히 예견한 터이지만, 그 책은 독자의 흥미를 유발하고도 남을 만한 요소를 골고루 갖추고 있었다. 정 회장의 명성도 명성이었지만, 그가 맨손으로 사업에 뛰어들어 엎어지고, 뒤집히고, 잦혀지고, 곤두박질을 치면서도 오뚝이처럼 일어나는 파란만장한 과정이 많은 사람들에게 신선한 감명과 함께 큰 화제를 뿌렸던 것이다.

그런데 그 책이 아무리 불티나게 팔려나간다 한들 승우에게 그 어떤 혜택이 돌아오는 것은 아니었다. 승우는 당초 약정했던 얼마간의 집필료만 받고 물러났으므로 그 이후의 일이야 죽이 되든 밥이 되든 전혀 상관없는 일이었다. 그는 실체를 드러낼 수 없는 유령 같은 사람에 불과했고, 그 책의 공식적인 저자와 주인공은 어디까지나 정희만 회장이기 때문이었다.

그리하여 승우는 끝부분 원고를 전달하고 정 회장이 최종적으로 오케이한 순간부터 그 일을 깨끗이 잊기로 하였다. 실지로 그는 다른 일에 매달려 사느라 그 책에 관심을 기울일 겨를도 없었다. 그러나 그 책을 집필하는 과정에서 이중화 사장과 김대상 전무가 보여주었던 일련의 행태는 두고두고 잊을 길이 없었다.

명색이 대기업의 중역이라는 사람들이 어쩌면 그렇게도 저속하고 비굴하게 나오던지 도대체 이해할 수가 없었다. 그들이 부하 사원들이나 유흥

업소 접대부들 앞에서는 내로라하는 금융회사의 중역입네 하고 목에 힘을 주며 빼길지 몰라도, 그들이야말로 태양과 같은 정 회장 앞에서는 한갓 하잘것없는 해바라기에 불과할 따름이었다.

그들에게는 최소한의 배알이나 자존심도 없는 모양이었다. 그들은 오직 오너 한 사람을 위하여 생래적으로 잘 길들여진, 아니 어쩌면 스스로 그렇게 길들어버린 사람들 같았다. 그들은 오직 정 회장을 위하여, 그리고 자신들의 알량한 출세를 위하여 속이 훤히 들여다보이는 가식적인 행동도 서슴지 않고 있었다.

더욱이 그들은 어처구니없게도 아무 자리에서나 불쑥불쑥 봉투를 내밀었다. 그들의 그런 처신은 아예 몸에 밴 것 같았다. 그러나 승우는 결코 그런 추악한 봉투를 받아 늘큼늘큼 집어삼킬 인물이 아니었다. 얼떨결에 이 사장이 제의한 아이들 장학금 문제를 수락한 것이 다소 께름칙하긴 하지만, 그 문제는 좀 더 귀추를 지켜보다가 장학금 신청 자체를 취소하거나 장학금이 나오더라도 그 돈을 전액 반환하면 되리라.

승우는 문득 삶의 방식이라는 것을 생각했다. 하지만 아무리 곱씹어 봐도 출세를 위해 수단과 방법을 가리지 않는, 특히 돈으로 모든 것을 흥정하려 드는 그들의 빗나간 생리만은 도저히 긍정할 수가 없었다. 어차피 언젠가는 빈손으로 돌아갈 인생인데, 과연 그런 식으로 살아도 되는 것인지 진한 의문을 갖지 않을 수 없었다.

승우는 가난했다. 그는 유년 시절 이후 오늘날까지 단 하루도 끼니 걱정으로부터 벗어나 본 적이 없었다. 더욱이 그는 남의 글 대필이라는, 세상에서 전혀 알아주지도 않는 일을 하면서 고단한 삶을 살아가고 있었다.

그는 항상 노력에 비해 형편없는 대가를 받아야 했고, 논문을 주문한 사람의 입맛에 쏙 드는 글을 써내느라 피를 말리다 못해 영혼까지 갉아먹는 아픔을 자기 것으로 받아들여야 했다. 하지만 그는 목구멍에 거미줄 치는 한이 있더라도 이 사장이나 김 전무처럼 위선으로 가득 찬 더러운 삶을 살지는 않으리라 거듭 다짐했다.

승우는『끝없는 집념』을 도로 책장에 꽂고는 어슬렁어슬렁 창 쪽으로 다가가 다시 밖으로 눈길을 던졌다. 태양은 중천을 훨씬 비켜서 있었고, 기온도 한낮보다는 한결 누그러지고 있었다. 온종일 뙤약볕을 받아 후줄근했던 해바라기들도 어느 사이엔가 서서히 생기를 되찾으면서 그쪽을 향해 주욱 목을 늘여 뽑고 있었다.

동네 아이들은 아직도 '가' 동과 '나' 동 사이의 좁은 공간에서 공을 뻥뻥 내지르고 있었다. 승우는 그 애새끼들 등쌀에 아무 일도 할 수 없었으므로 우리 안에 갇힌 동물처럼 거실과 서재 사이를 오락가락하면서 몇 번씩이고 콘크리트 옹벽 밑의 해바라기들을 바라보고 또 바라보았다.

(《조선문학》 1999년 12월호)

만물박사(2)

취꽃

그날도 승우는 동네 아이들 악쓰는 소리에 눈을 떴다. 마음 같아서는 한 두 시간 더 자고 싶었지만, 애새끼들 떠드는 소리에 그만 저절로 눈이 떠졌다. 고질적인 수면 부족으로 몸은 천근만근 무겁기만 한데, 그놈들이 어떻게나 떠들어대는지 아무리 더 자고 싶어도 도저히 눈을 붙이고 누워 있을 수가 없었다.

이 연립주택으로 이사 온 이후 승우는 지난 10여 년 동안 밤에만 일을 하며 살아왔다. 낮에는 애새끼들 떠드는 소리에 아무 일도 할 수 없기 때문이었다. 그는 언제나 해가 저물어 저녁 식사를 마친 뒤에야 슬슬 일을 시작하였고, 밤이 깊어지면서 점점 더 작업에 몰두하다 보면 어느 사이엔가 먼동이 트곤 하였다.

이제 그는 올빼미가 되어 있었다. 그는 일이야 있건 없건 거의 예외 없이 새벽녘에 잠이 들곤 했는데, 그러다 보면 다른 가족들이 아침 식사를 마치고 각자 볼일을 보러 나간 뒤에나 기침하게 마련이었다. 오랫동안 야간에만 작업을 하다 보니 이제는 낮과 밤이 뒤바뀐, 그런 올빼미 같은 생활양식이 아주 몸에 배어버렸던 것이다.

그러나 아이들 여름방학이 시작된 이후로는 사정이 더 나빠졌다. 극성스런 동네 개구쟁이들이 이른 아침부터 몰려나와 기를 쓰고 떠들어대기 때문이었다. 그날도 동네 애새끼들은 날이 밝자마자 떼거리로 몰려나와 고래고래 악을 써대며 축구공을 뻥뻥 내질렀다.

어떤 녀석은 아예 농구공을 가지고 나와 그러잖아도 엉성하기 짝이 없는 연립주택 벽을 향해 줄창 슈팅 연습을 하고 있었다. 먹고살기도 힘든 마당에 이 동네 애새끼들은 왜 그렇게도 극성을 부려대는지……. 놈들은 공부 따위야 아예 멀리 내팽개친 모양이었다.

그날은 아침부터 엄청나게 무더웠다. 아무리 삼복더위라고 하지만, 해가 뜨자마자 땡볕을 토하면서 푹푹 삶아댔다. 더욱이 바람 한 점 없었으므로 가만히 앉아 있어도 온몸에서 땀이 줄줄 흘러내리는 데다 어느 집에선가 간장을 달이느라 쿰쿰하면서도 건건찝찔한 냄새까지 등천하고 있었다.

승우는 창문으로 밖을 내다보았다. 창문에는 방충망이 설치돼 있었으므로 바깥 풍경이 아른아른하게 시야에 들어왔다. 주로 '가' 동과 '나' 동 사이에서 놀던 동네 애새끼들이 그날따라 창문 턱밑까지 몰려와 공을 내지르고 있었다. 그 녀석들보다 조금 어린 꼬맹이들은 한쪽 구석 은행나무 쪽으로 밀려나 있었고, 그놈들까지 야구 연습을 한답시고 깨액깨액 소리를 지르며 야단법석을 떨어대고 있었다.

승우는 옹색한 거실을 거쳐 발코니로 나갔다. 좁디좁은 발코니에는 간장 단지, 고추장 단지 같은 자잘한 장독들이며, 삐뚜름하게 접혀 있는 빨랫대라든가 어쨌든 발 딛고 움직일 틈도 없었다. 두 딸들이 어렸을 때 어디에선가 주워 온 조약돌 몇 개까지 한구석에서 반짝반짝 빛을 내쏘고 있었다.

창틀에 잇대어 조잡스런, 알루미늄으로 만든 길쭉한 화분걸이가 설치돼 있었다. 화분 하나 없는 그 화분걸이에는 말끔하게 빤 딸들의 운동화 두 켤레가 꾸들꾸들 말라가고 있었다. 그 운동화들을 만져보다가 승우는 아, 하고 짤막한 탄성을 자아냈다. 발코니 밑 흙바닥에서 싹튼 나팔꽃넝쿨 서너 가닥이 화분걸이를 향해 곰실곰실 기어 올라와 있었기 때문이었다.

계절적으로 본다면, 지금은 나팔꽃이 만개해야 할 한여름이었다. 그렇건만 그 나팔꽃 씨앗은 언제 어떻게 떨어졌기에 뒤늦게 싹이 터서 이제서야 꽃피울 자리를 찾고 있는 것일까.

그 귀여운 나팔꽃넝쿨을 보면서 승우는 문득 늦둥이로 태어난 성현이를 생각했다. 녀석은 어디에서 무엇을 하고 있다가 뒤늦게 태어났을까. 성현이는 둘째딸 옥경이와 무려 14년 터울로 출생했다. 그것은 실로 일가친척을 비롯, 모든 사람들의 예상을 뒤엎은 일이었다.

그런데 발코니 앞 나팔꽃넝쿨이 용케 살아남은 것을 보면 신기하다 못해 놀랍기까지 하였다. 만약 나팔꽃 어린 싹이 동네 애새끼들 공에 한 번이라도 정통으로 얻어맞았다면 그 자리에서 여지없이 으깨지고 말았으리라. 그렇건만 나팔꽃 싹은 그런 사지(死地)에서도 극적으로 자라나 지금 이렇게 화분걸이까지 넝쿨을 뻗어 올렸다.

승우는 그 나팔꽃넝쿨을 경이의 눈길로 관찰하였고, 그러는 동안 그의 눈앞에는 자기도 모르게 월명산 칡넝쿨이 어른거렸다. 월명산 운동장 오른편 가장자리에 철책이 있었고, 칡은 바로 그 철책 너머에서 자생하고 있었다.

좀 더 정확히 말하자면 칡은 철책 밑 돌무더기에 뿌리를 박고 있었다. 칡이 모두 몇 뿌리인지 정확한 숫자는 알 수 없지만, 아무튼 얼기설기 뒤엉킨 칡 그루터기에서 해마다 새순이 돋아나 거대한 암반이 희뜩하게 맨살을 드러낸 설개지 낭떠러지 쪽으로 쭉쭉 뻗어나가고 있었다.

지난봄에도 승우는 월명산에 갔다가 해묵은 칡 등걸에서 여기저기 새움이 트는 것을 보았다. 새움은 가뭇가뭇한 연녹색을 띠고 있었는데, 마치 두릅나무 순처럼 탐스럽고 실팍하였다. 누가 거름을 주는 것도 아니건만, 칡은 그렇게 해마다 봄이 되면 제철을 잊지 않고 푸짐한 싹을 틔우고 있었다.

승우는 요즘에도 거의 매일같이 월명산에 오르내리고 있었다. 하지만 그는 이 근래 오른편 철책 쪽을 버리고 왼쪽 약수터 가는 길로 내왕했기 때문에 칡을 눈여겨볼 기회가 없었다. 그런데 화분걸이까지 기어 올라온 나팔꽃넝쿨을 보자 불현듯 월명산 칡넝쿨이 떠올랐다.

고개를 들고, 그는 장애물처럼 앞을 콱 가로막고 있는 월명초등학교 콘크리트 옹벽을 바라보았다. 옹벽 밑에는 어제와 다름없이 몇 포기 해바라기들이 붉은 태양을 향해 목을 비틀고 있었다. 그 육중한 콘크리트 옹벽과 해바라기들을 바라볼라치면 참으로 만감이 교차하였다.

남들은 만물박사네 뭐네 그럴싸한, 듣기에 별로 거북하지 않은 별명을 붙여주었지만, 예나 지금이나 이처럼 후미진 동네를 면치 못하고 있는 승우의 삶은 막막하고 따분하기 짝이 없었다. 그렇다고 무슨 희망의 빛이 비치는 것도 아니었다. 세월이 가면 갈수록, 나이를 먹으면 먹을수록 살기가 더욱 힘들어질 뿐이었다.

작년 이맘때만 해도 승우는 어느 전문경영인의 경영대학원 석사 학위 논문을 대필하느라 정신이 없었다. 문제의 전문경영인은 까다롭기 짝이 없었는데, 그 일을 마친 뒤에는 자신이 걸어온 길을 토대로 자전적 에세이까지 대필을 부탁하였다.

별로 내키지 않는 일이었지만, 그러나 승우는 쓰다 달다 군말 없이 그것을 대필해주었고, 그 두 가지 일에 매달려 살다 보니 여름이 어떻게 지나갔는지도 모르고 넘어가야 했다. 그런데 올해는 지난봄 한 정치인의 짤막한 의정보고서 원고를 대필해준 이후로 일감이 뚝 끊어져 사실상 일손을 놓고 있는 셈이었다.

그는 벌써 다섯 달째 이렇다 할 벌이를 못하고 있었다. 가족들을 부양하려면 단 하루도 쉴 수 없는 입장이었지만, 몇 달 전부터 일감이 뚝 끊긴 터라 그는 빈둥빈둥 놀 수밖에 없었다. 그동안 학문당 박 사장에게 여러 차례 연락을 취해 보았지만, 그 역시 일감이 들어오지 않아 고전을 면치 못하고 있었다.

담뱃불을 끄고, 승우는 손바닥만 한 거실로 돌아섰다. 그의 아내 현숙은 아까부터 묵은 신문지를 깔아 놓고 고구마 이파리 줄기를 다듬고 있었다. 그녀는 고구마 이파리 줄기에서 껍질을 홀홀 벗겨낸 뒤 알맹이 속살을 먹기 좋을 만큼 오독오독 분질러 양푼에 담았다. 승우도 그 옆에 앉아 고구마 이파리 줄기를 다듬으면서 현숙에게 물었다.

“이건 어디서 났어?”

“조금 전 알뜰시장에 갔다가 샀어요. 반찬은 다 떨어졌는데 빚만 늘어가고……. 그래도 반찬 될 만한 것 중에서 우리 형편으로 살 수 있는 것이라곤 그나마 이것밖에 없더라구요.”

“아, 참……. 이러다간 꼼짝없이 굶어 죽게 생겼군.”

"설마 굶어 죽기야 하겠어요? 문제는 아이들이에요. 우리 아이들 생각하면 너무 불쌍해요."

"누가 아니래."

승우는 힘없이 고개를 떨구었다. 결혼 이후 여태껏 아내가 끼니 걱정, 아이들 학비 걱정에서 헤어나 본 적이 없다는 것을 생각하면 차마 고개 들고 그녀를 똑바로 쳐다볼 면목이 없었다. 현숙이 말했다.

"그래도 대흥장학재단에서 아이들 장학금을 준다니까 기대해 봐도 되겠지요?"

"글쎄……. 그것도 좀 더 지켜봐야 되겠어."

"서류는 다 냈잖아요?"

"냈지. 하지만, 사람 마음이 달라질 수도 있으니까."

"설마 그렇게 큰 회사 사장님이 허튼소리를 하지는 않겠지요."

"그런데 기분이 개운치 않아."

"그건 또 무슨 말씀이에요?"

"정 회장 자서전을 대필해주었다는 이유만으로 그 장학금을 받는다는 것이 영 께름칙하단 말야."

"차암, 우리가 먼저 장학금을 달라고 한 것도 아니잖아요? 그쪽에서 자발적으로 주겠다고 한 건데 뭘 그렇게까지 생각하세요?"

"어쨌든 그 문제라면 좀 더 두고 봅시다."

승우는 어물쩍 얼버무렸다. 정 회장 자서전을 대필해주고 많든 적든 그 대가를 받았으면 그만이지 아이들 장학금까지 받는다는 것이 아무래도 마음에 걸리기 때문이었다. 아내가 말했다.

"그나마 아이들이 착해서 다행이에요. 이런 환경에서 아이들이 빗나가지 않고 열심히 노력하는 것을 보면 정말 기특하지 뭐예요.”

“그래. 맞았어. 우리가 조금만 더 뒷바라지를 해줄 수 있다면 얼마나 좋을까.”

“저는 그 애들에게 용돈은 고사하고 차비만이라도 마음 놓고 줘 봤으면 원이 없겠어요.”

그녀는 지금까지 외식 한 번 한 적이 없었고, 그 흔한 옷가지 한 벌 마음 놓고 사 입은 적이 없었다. 그런데도 늘 살림이 쪼들리기만 했다. 더욱이 이 근래에는 두 딸 은경이와 옥경이 버스삯 주는 것마저 벅찬 형편이었다. 승우가 물었다.

“은경이는 오늘도 도서관에 갔나?”

“이렇게 시끄러운 곳에서 공분들 되겠어요? 아침밥 먹자마자 도서관에 간다고 나갔어요?”

“옥경이는?”

“성현이 데리고 잠깐 나갔어요.”

옥경이는 뒤늦게 본 제 동생이 사뭇 귀여운지 틈만 났다 하면 성현이를 데리고 놀았다. 재작년이던가, 옥경이는 학교에서 늦게 본 동생 자랑을 하다가 아기 구경을 시켜준다면서 제 친구들을 여남은 명이나 데려온 적도 있었다. 그때 옥경이 친구들은 앙곰앙곰 발 떼어놓는 성현이를 보자 이만저만 신기해하는 것이 아니었다.

그런데 성현이는 여간 총명하지 않았다. 아직 네 돌이 안 되었는데도 한글을 척척 읽는 것은 물론 웬만한 영자(英字)까지 다 알아보았다. 하지만 승우는 여태껏 그런 귀여운 녀석에게 그럴듯한 장난감 한 점 사준 적이 없었다.

얼마 전까지 성현이는 자동차를 무척 좋아했다. 길에 지나다니는 자동차는 말할 것도 없고, 텔레비전이나 신문광고에 나오는 자동차에 이르기까지 자동차만 보았다 하면 좋아서 어쩔 줄 몰랐다. 그뿐 아니라 자동차 광고에 나오는 시엠송까지 달달 외워 열심히 따라 부르곤 하였다.

그러나 승우는 그런 성현이에게 장난감 자동차 한 대 사주지 못했다. 잘해야 며칠 아니면 한두 달 가지고 놀다가 싫증나면 뒷전으로 밀어 놓을 장난감에 불과한데도 값이 녹록지 않기 때문이었다. 물론 주머니 사정만 넉넉하면 아무런 문제도 없었겠지만, 그는 그 흔해빠진 장난감 한 점 마음 놓고 사줄 만한 형편이 못되었다.

그 대신, 현숙은 기회만 있으면 어디에선가 성현이가 가지고 놀 장난감을 얻어 오곤 하였다. 이웃집이나, 아니면 멀리 사는 친구들 집에 가서 다 큰 아이들이 놀다 버린 장난감 자동차를 얻어 왔다. 눈물겹게도 성현이는 아직 새 자동차를 가져 본 적이 없었고, 다른 아이들이 놀다가 버린 중고 자동차만 가지고 놀아야 했던 것이다.

그런데 성현이는 이 근래 돈에 대해 눈뜨기 시작했다. 녀석은 제 엄마 따라 시장에 가서 어른들이 돈으로 물건 거래하는 광경을 신기하게 본 모양이었다. 어제부터 성현이는 돌연 돈을 사달라 졸랐고, 승우는 녀석을 학교 앞 문방구점에 데리고 가서 딱지 모양으로 만든 장난감 은행권을 사주었다.

장난감 지폐는 다른 장난감에 비하면 훨씬 싼 편이었다. 아무튼 그 은행권은 만 원권·오천 원권·천 원권…… 등 현재 우리 사회에서 통용되는 액면가 그대로 두툼한 아트지에 여러 벌 인쇄돼 있었다. 승우는 그것을 잘 오려서 가지고 놀기 좋게 고무 밴드로 여남은 장씩 묶어주었다.

그러자 성현이는 기뻐서 어쩔 줄 몰랐고, 그때부터 녀석은 걸핏하면 이것저것 물건이 눈에 뜨일 때마다 값을 물으면서 제 나름대로 물건값을 흥정하려 들었다. 그것이 바로 유아의 성장 단계, 즉 어린아이가 자라나는 과정인 모양이었다.

산다는 것이, 그리고 앞으로 살아갈 일이 승우에게는 답답하고 막막하기만 했다. 하지만 하루하루 새록새록 자라나는 성현이를 볼라치면 저절로 남들이 알지 못할 새로운 힘과 희망이 샘솟았다. 양푼을 들고 일어난 현숙이 다듬고 남은 너저분한 고구마 이파리들을 발길로 툭툭 건드렸다. 그녀가 말했다.

"미안하지만 여기 이것 좀 치워주시겠어요?"

"그야 어렵지 않지."

승우는 다듬고 버린 고구마 이파리와 껍질을 거듬거듬 그러모아 둘둘 뭉쳤고, 쓰레기 부피를 조금이라도 줄이기 위해 그것을 빨래 짜듯이 비틀어 암팡지게 일그러뜨린 뒤 신문지로 간동하게 싸놓았다. 그러고 나서 그는 거실 바닥에 떨어진 고구마 이파리와 껍질 부스러기들을 빗자루로 쓸어내 쓰레기통에 담았다. 현숙이 밖을 내다보며 말했다.

"아이구, 참……. 아이들이 왜 저렇게 극성스러운지 모르겠어요."

"아무리 좋게 이야기해도 쇠귀에 경 읽기니 어쩌겠어? 우리가 참을 수밖에 없잖아?"

"오죽하면 빨래조차 내걸 수가 없어요. 빨래를 말리고 나면 옷에서 흙먼지가 버슬버슬한다니까요. 우리 성현이가 저 애들 본받을까 걱정이에요. 하라는 공부는 하지 않고, 날이면 날마다 저렇게 말썽만 부리니 저 애들 장래는 보나마나 너무 뻔하잖아요?"

"하루라도 빨리 이 동네를 벗어나야 할 텐데……."

승우는 혼잣말처럼 중얼거렸다. 그런데 그 말이 미처 끝나기도 전에 옥경이의 손에 이끌려 성현이가 들어왔다. 녀석은 밖에 나가서도 옥경이와 물건 팔고 사는 놀이를 했는지 고사리 같은 손에 장난감 은행권을 한 움큼 거머쥐고 있었다.

바깥 날씨가 얼마나 무더운지 옥경이의 얼굴은 벌겋게 익어 있었다. 하지만 성현이는 그런 옥경이에 비해 더위를 덜 타는 편이었다. 녀석의 얼굴은 말끔한 편이었고, 이마며 콧잔등에 이슬 같은 땀방울이 송골송골 맺혀 있을 뿐이었다. 옥경이가 현숙에게 말했다.

"엄마, 성현이 응가한대."

"응가한다구? 그럼 바지부터 내려야지."

현숙은 성현이의 바지춤을 훑어 내렸고, 재빨리 그 아이를 화장실로 데리고 들어갔다. 그녀는 허둥지둥 변기에 부착식으로 돼 있는 유아용 변기틀을 겹쳐 얹은 뒤 성현이를 그 위에 앉혀주었다.

얼굴이 발개질 정도로 힘을 주면서 성현이는 화장실 안에 있는 여러 가지 물건들을 눈여겨보고 있었다. 욕실과 겸하고 있는 화장실 안에는 플라스틱 바가지, 물컵 같은 몇몇 세간살이와 아침저녁으로 쓰는 세면도구들이 놓여 있었다. 손에 쥔 장난감 지폐를 만지작거리면서 성현이가 물었다.

"엄마, 치약은 얼마예요?"

"글쎄…… 천 원이던가, 천오백 원이던가……?"

그러자 성현이는 돈을 세며 물건값 치르는 시늉을 하였다. 녀석은 시장에서 본, 상품 팔고 사는 장난을 하자는 것이었고, 현숙은 고구마 줄기로 반찬 만들고 점심 준비도 해야 했으므로 적당히 어물어물 답변해주었다.

성현이가 다시 물었다.

"비누는?"

"싼 것도 있고, 비싼 것도 있지."

"싼 것은 얼마예요?"

"한 삼백 원쯤 할까……."

"그럼 칫솔은 얼마예요?"

"오백 원……."

현숙은 그런 물건값을 전부 기억하지 못했을 뿐만 아니라 성현이의 질문이 성가시게 느껴졌으므로 아무렇게나 대충대충 건성으로 대답하였다. 그런데 성현이는 즉석에서 돈으로 환산할 수 없는 것까지 시시콜콜 가격을 따졌다. 성현이가 물었다.

"거울은?"

"잘 몰라."

"왜 몰라요?"

"거울은 산 지가 오래돼서 값을 잘 몰라."

"그럼 수건은 얼마예요?"

"천 원……."

"수도꼭지는?"

"글쎄……. 얼마쯤 할까. 엄마도 잘 모르겠는데……."

"그럼 변기는요?"

"백만 원."

현숙은 녀석의 말장난에 피곤함을 느낀 나머지 일부러 계산하기 어려운 엄청난 값을 불렀다. 승우는 그들 모자(母子)의 대화를 엿들으면서 쿡쿡 웃음을 참고 있었다. 그때 성현이가 되물었다.

"백만 원?"

"그래. 그건 백만 원이야."

"백만 원이면 만 원짜리 몇 장이에요?"

"백 장."

"와아……. 내 돈으로는 못 사겠네요?"

"그래. 네 돈으로는 아직 못 사."

"그럼 돈은 얼마예요?"

"돈이라니……?"

"이거……. 내 돈 말이에요."

"그건 아빠가 샀기 때문에 엄마는 얼만지 몰라."

"아, 그렇구나……. 그럼 응가는 얼마예요?"

"응가?"

"네. 응가는 얼마냐구요?"

성현이는 목청을 한껏 높였고, 승우는 그 대목에 이르러 그만 까르르 폭소를 터뜨리고 말았다. 승우는 지금까지 애써 웃음을 참고 있었는데, 녀석이 말도 안 되는 질문을 가지고 워낙 심각하면서도 진지하게 물었으므로 도저히 웃음을 참을 수가 없었다. 현숙이 성현이에게 말했다.

"응가는 값을 따질 수가 없어."

"왜 따질 수가 없어요?"

성현이는 끈질기게 물고 늘어지며 꼬치꼬치 캐물었다. 녀석은 조금이라도 미심쩍은 것이 있으면 해답을 얻을 때까지 집요하게 물고 늘어졌으므로 현숙은 대답을 해주다가 스스로 지치곤 하였다. 현숙이 말했다.

"응가는 팔고 사는 물건이 아니야."

"그럼 똥꼬 닦아주세요."

"똥꼬?"

"네, 응가 다 했어요."

현숙은 화장실 안으로 들어가 성현이의 뒷일을 도와주었다. 그러자 성현이는 바지를 종아리까지 내린 채 엉거주춤한 자세로 화장실에서 나왔다. 녀석의 배꼽 밑 가랑이 사이에 예쁘장한 고추가 달랑달랑 매달려 있었다. 그것을 보고 승우가 장난삼아 녀석에게 물었다.

"성현아, 그 고추는 얼마니?"

"안 팔아요!"

성현이는 단호하게 잘라 말했다. 그 바람에 승우는 또다시 목젖이 드러나 보일 만큼 껄껄대고 웃었다. 승우는 어린아이에게 농담 한 번 잘못 던졌다가 한 방 호되게 얻어맞은 셈이었다. 승우가 물었다.

"왜 안 팔아?"

"이 세상 다 줘도 안 팔아요!"

녀석은 시종 옹골차게 응수했다. 우문현답이라고 할까, 성현이는 승우의 질문 같지 않은 질문에 매번 날카로운 되받아치기로 나왔다. 그 바람에 현숙과 옥경이도 한바탕 뱃살을 움켜쥐고 웃었다.

하여간 성현이의 재롱은 대단했다. 그리하여 승우네 가족들은 성현이 때문에 웃어야 할 일이 많았다. 잠시나마 세상 걱정 다 버리고 마음껏 웃을 수 있다는 것은 그 자체만으로도 바로 행복이었다. 그런 점에서 늦둥이 성현이는 웃음으로 행복을 만들어주는 복덩어리인 셈이었다.

승우네 식구들이 한바탕 웃고 나서 성현이를 칭찬해주고 있는데 갑자기 전화벨이 울렸다. 승우는 환한 얼굴로 송수화기를 들었다. 그러자 상대방이 다짜고짜 물었다.

"김승우 박사님 댁이죠?"

"박사는 아닙니다만……. 어쨌든 제가 김승우입니다."

"안녕하세요? 지난번에 전화드렸던 대흥장학재단 강봉식 대립니다."

"아, 강 대리님. 반갑습니다."

"김은경, 김옥경 학생 장학금 때문에 전화드렸습니다. 먼저 학교에서 나온 고지서 받으셨죠?"

"글쎄요, 그건 아이들 엄마 소관이라서 저는 잘 모르겠습니다만……."

"아무튼 좋습니다. 그럼 잠시 안내 말씀 드리겠습니다. 학교에서 이미 고지서가 나왔거나 앞으로 나오게 되면 그것을 가지고 지정 은행에 가서 일단 수업료를 내십시오. 그런 다음 그 영수증을 저희에게 보내주십시오. 그러면 저희가 수업료에 해당하는 액수만큼 장학금을 송금해드리겠습니다."

강 대리는 승우에게 말할 기회도 주지 않은 채 잘 훈련된 스피치 모델인 양 일방적으로 떠들었다. 그는 업무상 여러 사람을 상대하며 여기저기 획일적으로 똑같은 말을 되풀이하는 터라 그 한 다발의 '안내 말씀'이 아주 입에 옮아 붙은 모양이었다. 승우가 말했다.

"그럼 우리 아이들이 장학생으로 선발되었다는 말씀입니까?"

"물론입니다. 저희 사장님께서 특별히 지시하셨거든요. 그럼 거래하시는 은행 이름과 계좌 번호 좀 불러주십시오."

강 대리는 나사가 꽉 조여진 기계와도 같았다. 그는 승우가 무슨 말을 하고 싶어도 한가로이 객담할 여가가 없다는 듯 틈새를 주지 않고 사무적인 용건만을 물었다. 하지만 승우는 은행에 가 본 지가 언제인지 알지도 못했다. 승우는 여간해서 은행에 갈 일이 없었고, 가계(家計)에 관한 한 전적으로 아내 현숙이 맡고 있기 때문이었다.

그는 아내에게 통장을 가져오라 하였고, 거래 은행 이름과 계좌 번호를 한 자 한 자 떠듬떠듬 불러주었다. 그가 숫자를 불러주는 동안 강 대리는 한 자리 또는 두 자리씩 복창해 가면서 확인을 거듭하곤 하였다. 승우가 물었다.

"그럼 장학금은 언제쯤 나오게 됩니까?"

"선생님께서는 영수증만 제출해주시면 됩니다. 저는 장학생을 한 사람 한 사람 개별적으로 관리할 수가 없거든요. 선생님께서 영수증을 보내주시면 다른 기존 장학생들 몫과 일괄적으로 내부 결재를 받아 다음 달 초에 송금해드리도록 하겠습니다. 선생님께서는 제가 말씀드린 것만 잘 지켜주시면 됩니다. 장학금 관계는 모두 제 소관 사항이니까 선생님은 다른 것 신경 쓰시지 않아도 됩니다."

일정한 문장을 외우듯이 따발총처럼 떠들어대는 그의 말투가 사뭇 귀에 거슬렸다. 좀 더 따뜻하고 자상하게 말할 수도 있을 텐데, 상대방의 말투는 시종 뻣뻣하게, 이를테면 상급 기관이 하급 기관에 일방적으로 통보하는 듯한 어감을 풍기고 있었다. 언짢은 감정을 애써 삭이면서 승우가 말했다.

"어쨌든 고맙습니다."

승우는 궁금한 것이 많았다. 그러나 상대방이 워낙 도도하게 나오는 터라 뭣뭣을 자세히 물어볼 수가 없었다. 아직 일면식도 없지만, 상식적으로 생각할 때 대흥증권이 세운 대흥장학재단의 일개 대리라고 한다면 미상불 새파란 청년일 텐데 녀석은 처음부터 끝까지 오만불손하기 짝이 없었다.

특히 승우는 대흥증권뿐만 아니라 그 계열 회사에 대해서 누구보다도 잘 알고 있었다. 그는 바로 대흥증권 창업주 정희만 회장의 자서전『끝없는 집념』을 대필한 장본인이었고, 그 일을 진행하는 동안 회장실을 무상으로 출입하며 극진한 대접을 받곤 하였다.

그런데도 강 대리는 승우가 대흥증권과 어떤 관계에 있는 인물인지 잘 모르는 모양이었다. 그것은 자서전 대필에 따른 비밀 유지가 그만큼 완벽했다는 뜻으로도 풀이할 수 있었다. 그런 점에서는 더 바랄 나위가 없지만, 강 대리의 버릇없는 말투는 좀처럼 귓전에서 사라지지 않았다.

승우는 전화 한 통화로 그 작자의 최고 상전인 정 회장과도 만날 수 있었다. 하지만 그는 직업윤리와 비밀 유지를 위해 의도적으로 연락을 끊고 있을 따름이었다. 그런데도 강 대리는 제 주머니를 털어 크나큰 은전이나 베푸는 듯이 제 소관 사항 어쩌구 하면서 은연중 생색까지 냈다.

승우는 벌레 씹은 표정으로 송수화기를 내려놓았다. 대흥장학재단에서 두 아이들 장학금을 주겠다는 것은 반가운 일이었지만, 강 대리의 그 돼먹지 못한 고약한 말버릇 때문에 생각하면 생각할수록 불쾌하기 짝이 없었다. 현숙이 물었다.

"장학금이 나온대요?"

"그런가 봐."

승우는 심드렁하게 대꾸했고, 강 대리의 말을 그대로 전달하였다. 아이들 수업료 고지서를 챙기고 수업료를 은행에 납부하는 일까지 모두 그녀의 몫이기 때문이었다. 현숙이 말했다.

"아, 그럼 우리는 한시름 덜었지 뭐예요."

"너무 좋아하지 마."

"아니, 은경 아빠는 갑자기 왜 그러세요?"

"남들이 거저 주는 떡이라고 함부로 늘큼늘큼 받아먹는 게 아니야. 그 떡에 독약이 묻었을지도 모르거든. 아무래도 영 뒷맛이 찝찝해. 정 회장 자서전을 써주고 그 대가를 받았으면 그만이지 그쪽에서 뭣 때문에 아이들 장학금까지 주는지 알 수가 없단 말이야."

"그분들의 호의로 받아들이시면 되잖아요? 그런 호의까지 색안경을 쓰고 보시면 인생 자체가 피곤해서 어떻게 살아요?"

"아니야. 명분 없는 돈을 잘못 받았다간 덫에 걸리는 수가 있어. 먹음직스런 미끼 속에는 날카로운 낚시 바늘이 숨어 있게 마련이야. 아이들 장학금이라곤 하지만, 그 돈을 냉큼 받았다가 나중에 내가 곤경을 치르게 되면 당신이 무슨 재주로 책임지겠어?"

"차암, 은경 아빠는 너무 고지식해서 탈이라니까요. 그동안 아이들 낳고 살면서 나는 나대로 은경 아빠 때문에 얼마나 고민했는지 아세요?"

"무슨 고민?"

"그걸 어떻게 이루 다 말할 수 있겠어요? 은경 아빠는 정말 결벽증이 너무 심해요. 좋게 말하자면 깨끗하다고 표현할 수 있겠지요. 하지만 맑은 물에는 고기가 놀지 않는다고 했어요. 혼자서만 산천어처럼 고고하게 살면 뭐해요? 남을 속여야 할 때는 속이기도 하고, 속아야 할 때는 너그러이 속아주기도 하고……. 적당히 타협해 가면서 살면 얼마나 편하고 좋겠어요?"

"흥. 그걸 말이라고 해? 날 어떻게 보고 그런 말을 하는 거야. 나는 절대로 그렇게 못해. 내 모가지를 뺐다가 다시 꽂는다 해도 그따위 말은 받아들일 수가 없어."

"은경 아빠가 딱해서 하는 말이에요."

"딱하긴 뭐가 딱해? 내가 부정한 짓이라도 했단 말야?"

"그게 아니구요, 은경 아빠가 너무 힘들게 사는 것이 안타까워서 그러는 거예요."

"집어치워. 당신도 썩을 만큼 썩었군. 당신이 언제부터 그렇게 썩었어? 세상이 아무리 썩어 문드러진다 해도 나는 내 방식대로 살 거야. 까짓것 좀 헐벗고 굶주리면 어때? 나름대로 자존심 다치지 않으면서 정직하게 열심히 살면 그만이지."

승우는 칼로 무 토막을 자르듯이 잘라 말했다. 그의 말끝에는 예리한 서슬이 시퍼렇게 날을 세우고 있었다. 돌연 그의 언성이 높아지고 분위기가 살벌해지자 그림책을 보고 있던 성현이는 이게 웬일인가 싶어 빳빳이 긴장하고 있었다.

승우는 분통을 삭히지 못해 식식거렸고, 이제 현숙이 한마디만 더 말대꾸를 하면 대판 엄청난 싸움으로 번질 상황이었다. 그는 어린 시절 이후 조금이라도 자존심이 손상당했다 하면 물불 가리지 않고 즉석에서 감정을 폭발시켜버리곤 하였다.

현숙은 승우의 그런 성격을 잘 알고 있었으므로 슬그머니 꼬리를 내리면서 입을 굳게 다물고 말았다. 그녀는 두 눈 빤히 뜨고 있는 아이들을 생각해서라도 참을 수밖에 없었다. 그러나 그녀는 승우가 왜 화를 내는지 도대체 이해할 수가 없었다.

이 어려운 형편에 두 아이들 장학금이 들어온다는데, 가족들을 책임지고 있는 사람이 도리어 낯을 붉히며 벅벅 신경질을 부리다니 참으로 알다가도 모를 일이었다. 당초 대흥장학재단 대표이사 이중화 사장은 두 아이들이 대학 졸업할 때까지 장학금 지급을 약속했고, 지금은 그 약속이 실천에 옮겨지는 첫 단추를 끼우는 단계인지라 사실은 춤을 추어도 시원찮을 마당이었다.

그런데도 남편이라는 사람은 뭐가 그렇게도 못마땅한지 괜히 화부터 내고 있었다. 현숙은 그런 사람을 남편이라 믿고 살아오느라 잔주름에다 새치까지 희끗희끗 늘어가는 이날 입때껏 이만저만 고생한 것이 아니었다. 톡 까놓고 말하자면, 십수 년의 세월이 지나도록 이 구석을 벗어나지 못한 것도 사실은 돈을 모르는 남편 때문이었던 것이다.

현숙은 그런 생각을 하면서 밥솥에 밥을 안쳐 놓은 뒤 고구마 이파리 줄기에 새우젓·파·다진 마늘·고춧가루를 넣고 설설 버무렸다. 요즘에는 열무 한 단 사 먹기도 어려운 형편인지라 그녀는 점심때 그것을 김치 대용 반찬으로 내놓으려는 속셈이었다.

그녀가 반찬을 만드는 동안 승우는 발코니로 나가 담배를 피워 물었다. 강 대리의 말버릇을 생각하면 괘씸하기 짝이 없었지만, 그러나 이제 와서 새삼스럽게 전화를 걸어 따끔하게 혼내줄 수도 없는 노릇이었다. 또한 자발머리없게 그만한 일로 정 회장이나 이 사장에게 정식으로 엄중히 항의할 수도 없는 일이었다.

그는 가물가물 사라져 가는 담배 연기를 응시하다가 다시금 나팔꽃넝쿨을 바라보았다. 아니나 다를까, 나팔꽃넝쿨은 신통하게도 땡볕을 받으며 싱싱하게 그 자리를 지키고 있었다. 동네 애새끼들의 등쌀 속에서도 나팔꽃넝쿨이 아직까지는 몸을 다치지 않아 다행이었다.

나팔꽃넝쿨을 살펴보는 동안 승우는 강 대리와 아내에게서 받은 불쾌감을 어느 정도 잊을 수 있었다. 나팔꽃넝쿨이 그에게 주는 느낌은 그만큼 신선했고, 그리하여 그는 자기도 모르는 사이 부글부글 끓던 감정을 말끔히 누그러뜨릴 수 있었던 것이다.

그의 뇌리에는 다시 월명산 칡넝쿨이 떠올랐다. 지금쯤 월명산 칡넝쿨은 얼마나 우거졌을까. 약이 될 만한 것, 특히 몸에 좋다는 것이라면 남의 조상 해골이든 뭐든 닥치는 대로 캐 가는 세상인지라 그 칡이 과연 온전하게 남아 있는지도 알 수 없는 노릇이었다.

물론 배수지 가장자리를 따라 철책이 설치돼 있었다. 그러나 그것은 운동장을 이용하는 시민들의 안전을 위해 마련된 것이었고, 월명산 정상에 세워진 월명정(月明亭) 쪽에서 능선을 따라 철책 밑으로 바짝 붙거나 월명아파트 쪽 도로변에서 기어 올라가면 얼마든지 칡 있는 곳까지 다가갈 수 있었다.

그가 그런 생각을 하고 있을 때, 현숙이 밥상을 차렸으므로 승우는 거실로 들어왔다. 다른 가족들에게는 엄연히 점심이지만, 느지막이 일어난 승우에게는 아침 겸 점심인 셈이었다. 고구마 이파리 줄기로 만든 반찬은 그야말로 꿀맛이 아닐 수 없었다.

식사를 마치고, 승우는 성현이와 함께 월명산으로 향했다. 다른 날 같으면 더위가 한풀 꺾이는 해거름 녘에 집을 나섰겠지만, 그날은 한 시간이라도 빨리 월명산 칡을 보기 위해 햇볕이 가장 뜨거울 때 출발했다. 월명산 초입에 이르렀을 때 성현이가 말했다.

"아빠, 월명산은 얼마예요?"

"으음, 월명산은 돈으로 살 수가 없어."

"왜요?"

"성현이가 고추를 팔지 않는 것처럼 산 임자가 팔지 않으니까 그렇지."

"산 임자가 누군데요?"

"글쎄, 그건 아빠도 잘 모르겠는데……."

승우는 월명산이 국유지라는 것을 잘 알고 있었다. 그러나 어린 아이에게 그것을 쉽게 설명할 마땅한 방도가 없었으므로 그는 어물어물 모른다고 얼버무릴 수밖에 없었다. 성현이가 물었다.

"아빠가 모르면 누가 알아요?"

"성현이가 알겠지."

"저도 모르는데요."

"왜 모를까?"

"아빠가 안 가르쳐줬으니까 모르지요."

이번에도 성현이는 승우에게 멋진 반격을 가하고 있었다. 아무튼 그들 부자(父子)는 스무고개 같은, 때로는 말도 되지 않는 대화를 나누면서 월명산 중턱까지 올라갔다.

산에도 바람 한 점 없었다. 더군다나 뙤약볕이 얼마나 강렬한지 나무들도 축 늘어져 있었다. 소나무는 그런대로 끄떡없이 버티고 있었지만, 떡갈나무와 벽오동나무, 오리나무 같은 활엽수들은 뜨끈뜨끈한 불볕더위에 지칠 대로 지쳐 있었다.

그런데도 월명산에는 인근 주민들의 발길이 끊이지 않고 있었다. 약수를 물통에 담아 작은 손수레로 운반하는 사람, 중풍을 고치려고 절쑥절쑥 보행연습을 하는 사람, 능선을 따라 달리는 청년들, 등나무 그늘집에 삼삼오오 모여 앉아 화투장을 두들겨 대는 사람…… 등등 아무튼 월명산에는 각양각색의 사람들이 올라와 있었다.

승우는 본래 걸음걸이가 빠른 편이었다. 하지만 성현이를 데리고 나서면 그 아이와 보조를 맞추느라 항상 발걸음이 더뎌질 수밖에 없었다. 그는 성현이를 의식한 나머지 주로 그늘진 코스를 향해 걸었다.

그런데도 온몸에서 끈적끈적한 땀이 묻어났고, 잠깐이라도 그늘을 벗어나면 강렬한 햇살 때문에 눈이 부셔서 먼 곳을 똑바로 바라보기 어려울 지경이었다. 성현이는 한 번도 덥다는 말을 하지 않았다. 아이가 야무지고 단단한 편이어서 그랬을까, 아무튼 성현이는 승우보다도 땀을 덜 흘리는 것이었다. 가파른 비탈길을 오르면서 승우가 성현이에게 물었다.

"업어줄까?"

"아뇨. 괜찮아요."

"덥지 않아?"

"참으면 되죠 뭐. 나는요…… 눈물이 날 때도 잘 참아요."

그러면서 성현이는 씨익 웃었는데, 입술 아래로 드러난 뾰족한 송곳니가 더욱 귀엽기만 하였다. 숲에서는 매미들이 시끌짝하게 울어댔고, 몸매 날씬한 까치들이 아까시나무 사이로 휘익휘익 날아다니고 있었다.

그들 부자는 단숨에 운동장까지 올라갔다. 배수지를 복개하고 그 위에 조성한 운동장은 그 어떤 공설운동장보다도 널찍하였다. 그 운동장에는 톱밥으로 잘 다져진, 장장 천 미터짜리 긴 트랙을 중심으로 각종 운동 시설이 다양하게 갖춰져 있었다. 그 운동장은 이를테면 주경기장인 셈이었고, 그 외곽뿐만 아니라 산책로 주변 곳곳에 갖가지 운동기구들이 설치돼 있었다.

아무튼 월명산 체육공원에는 축구·농구·배구·테니스·족구·배드민턴 코트가 골고루 갖춰져 있었으므로 구기(球技)는 물론 마음만 먹으면 기계 체조까지 할 수 있었다. 동네에서 몇 발짝만 벗어나면 이렇게 드넓고 번듯한 체육공원이 있는데도 연립주택 아이들은 허구한 날 그 위험하고 비좁은 공간에서 복닥거리고 있다.

체육공원은 봄이나 가을에 비해 한결 한산한 편이었다. 봄과 가을에는 체육공원 일대가 온통 운동 나온 주민들로 뒤덮이곤 하였다. 특히 일요일이나 연휴 기간 같은 날에는 소풍 나온 유치원 어린이들부터 단합 대회를 벌이는 각종 단체의 회원들, 그리고 바람 쐬러 나온 노인들에 이르기까지 체육공원과 월명산 곳곳이 근동 주민들로 몸살을 앓게 마련이었다.

그날은 공휴일도 아닌 평일인 데다 햇볕이 가장 따가운 한낮이었으므로 체육공원 전체가 모처럼 한가해 보였다. 다만 운동에 중독된 듯한 몇몇 젊은이들이 그 불볕더위 아래에서도 트랙을 따라 달리느라 구슬땀으로 멱을 감고 있었다. 그들의 옷은 땀으로 흠뻑 젖어 있었다.

아무튼 성현이는 운동장으로 올라서자마자 물어볼 필요도 없이 대뜸 어린이놀이터로 달려갔다. 그러나 손에 쥔 장난감 지폐가 거추장스러웠던지 녀석은 곧 뒤로 되돌아와 그것을 승우에게 맡겼다. 그런 다음 녀석은 맨손으로 달려가 다른 아이들 틈에 휩싸였다.

어린이놀이터에는 뜨거운 폭양에도 아랑곳없이 고만고만한 꼬마들 수십 명이 흩어져 어설프게 근들근들 그네를 지치거나 미끄럼틀에서 좌악좌악 미끄럼을 타고 있었다. 그 주위에서는 젊은 엄마들이 아이들 꽁무니를 졸졸 따라다니며 사랑스럽게 시중을 들어주고 있었다.

승우는 당장 오른편 언덕배기 칡밭으로 달려가고 싶었지만 차마 성현이 혼자 어린이놀이터에 달랑 떼어놓을 수가 없었다. 그는 싫든 좋든 성현이 옆에서 녀석을 지켜보지 않으면 안 되었다. 그때 성현이는 이내 미끄럼틀 위로 올라가 반질반질 광채 나는 경사면을 따라 좌르르 미끄러져 내렸다.

어린이놀이터에 깔린 모래는 후끈후끈하였고, 미끄럼틀은 아침부터 직사광선에 달구어져 뜨끈뜨끈한 열기를 토해 내고 있었다. 더욱이 반질반질한 경사면은 눈이 부실 정도로 반짝반짝 햇빛을 반사시키고 있었다.

성현이는 신나게 놀았다. 녀석은 다른 아이들과 잘 어울렸고, 저희들끼리 한 무리가 되어 어린이놀이터 주위를 빙글빙글 돌며 한 바퀴 달리기도 하였다. 그런가 하면 그 녀석은 계집애들 틈에 뒤섞여 모래밭에서 소꿉장난까지 했다.

한 시간 이상 놀았을까, 여태껏 놀기에만 정신이 팔려 있던 성현이가 승우에게 다가왔다. 한바탕 정신없이 놀고 나자 이제는 어린이놀이터에 좀 싫증 난 모양이었다. 그 기회를 놓칠세라 승우가 잽싸게 물었다.

"우리 다른 곳으로 갈까?"

"네, 좋아요."

승우는 성현이의 손목을 잡고 어린이놀이터를 벗어나 오른쪽 철책 쪽으로 발길을 옮겼다. 그때 마침 왼쪽 길 끄트머리에 있는 대형 비둘기집에서 와르르 날아오른 비둘기 떼가 어린이놀이터 주위를 한 바퀴 선회하더니 오른편 낭떠러지 쪽으로 곤두박질쳤다가 월명정 지붕 위로 휘익 솟구쳤다. 그러고 나서 비둘기 떼는 아까시 숲이 울창하게 우거진 약수터 방향으로 사라졌다.

승우는 마침내 철책 근처에 이르렀고, 그 너머 깎아지른 낭떠러지 쪽을 바라보았다. 다행히 칡은 무사했다. 짙푸른 칡넝쿨은 마치 멍석을 깔아 놓은 듯 절개지 암반 전체를 송두리째 뒤덮고 있었다. 그뿐 아니라 피보다도 더 짙은 자줏빛 칡꽃이 만발하여 실로 장관을 연출하고 있었다.

칡은 돌투성이의 그 척박한 땅에, 그리고 누가 캐 갈지 모르는 위태로운 자리에 뿌리를 박고 있으면서도 무성하게 넝쿨을 뻗어 무더기로 꽃을 피워 놓고 있다. 넓적넓적한 이파리 틈새로는 거무죽죽한, 어른들 손가락보다 더 굵고 튼실한 칡넝쿨 줄기가 보일 듯 말 듯 한두 뼘씩 드러나 있었다.

승우는 곁에 서 있는 성현이를 바라보았다. 녀석의 살갗은 봄부터 여름까지 햇볕에 그을려 가무잡잡하였다. 성현이가 비록 가진 것 없는 가난뱅이 부모 밑에서 늦둥이로 태어났고, 별로 본받을 것 없는 구질구질한 동네에서 자라고 있지만, 그러나 그 녀석이 무럭무럭 커서 언젠가는 제 한몫 단단히 할 날이 있으리라.

승우는 성현이를 데리고 월명정 쪽으로 올라갔다. 그들 부자가 위로 올라가면 올라갈수록 소위 부유층만 산다는 월명아파트 단지가 점점 더 낮게 밑으로 가라앉으면서 한눈에 들어왔다. 물론 고층아파트 옥상의 옥탑이나 물탱크, 그리고 곤돌라와 안테나까지도 금세 손에 잡힐 듯하였다.

그들 부자가 거의 월명산 정상에 다다랐을 때, 조금 전 약수터 쪽으로 사라졌던 비둘기 떼가 되돌아와 알록달록 단청으로 치장된 월명정 주위를 한 바퀴 선회하고는 칡넝쿨 우거진 낭떠러지를 거쳐 어린이놀이터 방향으로 미끄러지듯이 날아갔다. (《예술세계》 2000년 1월호)

만물박사(3)

광대버섯

승우는 다른 날보다 훨씬 일찍 일어났다. 온몸이 나른하였다. 찌는 듯한 열대야(熱帶夜) 현상으로 밤새도록 잠을 제대로 이루지 못한 데다 살풋 눈을 붙였다 하면 비몽사몽간에 별 해괴망측한 괴물들이 떼거리로 나타나 숙면을 방해했다. 몸이 쇠약해진 탓일까, 아니면 숨통을 조여오는 생활고(生活苦) 탓일까, 하여간 그는 이 근래 지독한 악몽에 시달리고 있었다.

그는 아까부터 애꿎은 담배만 축내다가 어슬렁어슬렁 발코니로 나갔다. 옹색하기 짝이 없는 발코니 난간에는 희미한 아침 햇살이 걸려 있었다. 하지만 그것도 잠시뿐, 햇살은 마파람에 봄눈 녹듯 순식간에 사라졌고, 그 대신 하늘에는 희끄무레한 구름이 낮게 드리워지고 있었다.

승우는 조금 전까지 햇살이 아른거렸던 발코니 밑을 내려다보았다. 나팔꽃이 뿌리를 내린 곳에서 두어 뼘쯤 떨어진 발코니 틈새에 이름도 알 수 없는 자잘한 작은 버섯이 송알송알 돋아나 있었다. 희한한 일이었다. 별로 습기도 없는 메마른 땅에, 그것도 콘크리트 벽과 동전만 한 사금파리 틈새에 버섯이 머루송이처럼 올망졸망 맺혀 있는 것을 보면 신기하기 짝이 없었다.

유년 시절, 승우네 집 뒤에 있는 안장봉에는 버섯이 지천으로 돋아나곤 하였다. 그의 집 뒤꼍에는 장독대가 있었고, 그곳에서 대나무밭을 돌아 몇 발짝 더 나가면 안장봉으로 이어졌다. 그러니까 승우네 집은 바로 안장봉 흘러내린 산그늘에 자리 잡고 있었던 것이다.

안장봉은 산의 형세가 마치 말 잔등에 얹는 안장과 같다 해서 붙여진 이름이었다. 승우네 동네는 예로부터 안장말이라 불러왔고, 일제(日帝)가 행정구역을 개편한 뒤로는 안장리라 부르고 있는데, 그러한 지명 또한 물어볼 필요도 없이 안장봉에서 유래된 이름이었다.

좌우간 안장리 사람들에게는 그런 안장봉이야말로 마을을 지켜주는 영험스러운 산으로 각인돼 있었다. 마을 주민들은 해마다 안장봉 날망에 올라 정갈한 제물을 차려 놓고 무병장수와 평온무사, 그리고 풍년을 기원하며 동제(洞祭)를 지냈다. 물론 그들은 가뭄이 들어 기우제(祈雨祭)를 지내거나, 마을에 괴질이 돌아 무당을 불러다 푸닥거리를 할 때에도 정성을 다해 안장봉 산신제(山神祭)부터 올리곤 하였다.

어쨌든 안장봉은 그 고장, 즉 안장말 사람들의 정신적 지주이자 영원한 고향이었다. 안장리에서 태어난 사람이라면, 그리고 안장말 주민이라면 누구를 막론하고 수없이 안장봉을 오르내리게 마련이었다. 이를테면 안장말 사람들은 안장봉 아래에서, 안장봉과 더불어, 안장봉의 혜택을 받으며 살아가는 셈이었다.

지금은 그렇지도 않겠지만, 지난 시절 안장말 아이들은 너 나 할 것 없이 안장봉에서 자라났다 해도 과언이 아니었다. 안장봉은 높지도 낮지도 않은 야산이었으므로 그 고장 아이들에게는 둘도 없는 놀이터인 셈이었다. 그 마을 아이들은 사시사철 안장봉에서 놀았고, 그러다 보면 어느 사이엔가 성년으로 자라났다.

그뿐이 아니었다. 안장봉은 안장말 사람들에게 오랜 세월 각종 땔감과 넉넉한 먹거리를 내어주었다. 아무리 흉년이 들어도 안장리 사람들이 그런대로 목숨을 부지하며 대(代)를 이을 수 있었던 것은 바로 안장봉에서 나는 풍성한 먹거리 덕분이었다.

안장봉에 가면 봄에 돋아나는 각종 산나물에서부터 가을에 익는 감·밤·도토리·상수리·아그배에 이르기까지 숱한 먹거리가 있었다. 겨울이 되면 안장말 사람들은 안장봉으로 몰려가 토끼·꿩·노루 같은 짐승들을 잡기도 하였다.

그런데 안장봉에서 나는 명물 중의 명물은 뭐니 뭐니 해도 역시 버섯이었다. 안장봉에 가면 봄부터 가을까지 철따라 송이·능이·영지·표고버섯·느타리버섯·싸리버섯 같은 각종 버섯이 숲속에 무더기로 돋아나곤 하였다. 높고 깊은 산이 아닌데도 안장봉에는 저 옛날부터 유난히도 버섯이 많이 났다.

하지만 안장봉에 자생하는 버섯 중에는 강한 독성을 지닌 버섯도 적지 않았다. 어느 해 여름이던가, 안장말에서는 한 가족이 그런 독버섯을 잘못 먹고 참변을 당한 일도 있었다. 외딴집에 살던 문계남 씨와 그의 가족들이 안장봉에서 채취해 온 독버섯으로 반찬을 만들어 먹고 죽은 것이었다.

문계남 씨 일가가 싸늘한 주검으로 발견되었을 때, 그의 집 솥단지에는 먹다 남은 버섯찌개가 졸아 있었고, 부뚜막에 놓여 있던 소쿠리에도 소담스런 광대버섯이 가득 담겨 있었다. 발코니 밑에 돋아난 자잘한 버섯을 보자 대뜸 그 건강하고 일 잘하던 문계남 씨가 떠올랐으므로 승우는 눈시울이 화끈해짐을 느꼈다.

승우는 문계남 씨 일가의 어이없는 죽음을 생각하다가 무심코 월명산 쪽으로 눈길을 던졌다. 밋밋하게 흘러내린 월명산 끝자락을 배경으로 연립주택 모퉁이에 볼품없는 은행나무 한 그루가 서 있었다. 은행나무는 아이들이 걷어차는 공에 얻어맞고, 자전거에 긁히고, 자동차에 받혀서 한 군데도 성한 데가 없었다. 그런데도 은행나무는 해마다 조금씩 자라나면서 굳세게 버텼다.

은행나무 이파리는 며칠째 미동조차 하지 않았고, 월명초등학교 옹벽 밑 공터에 줄지어 늘어선 해바라기들도 뜨거운 물에 데쳐낸 나물처럼 흐물흐물해 보였다. 이럴 때 한바탕 소나기라도 내려준다면 더위가 싸악 가실 텐데 시원한 소나기는커녕 이슬비도 내릴 것 같지 않았다.

은행나무 옆 하수구 언저리에는 하루살이들이 엉기정기 들끓고 있었다. 그 대신 동네 장난꾸러기들은 잠잠했다. 다른 날 같으면 벌써부터 개구쟁이들이 떼거리로 몰려나와 극성을 부렸을 텐데 아직 아침 식사 전이라 그런지 그 별쭝맞은 애새끼들은 한 놈도 얼씬거리지 않았다.

먹고살기도 어려운 마당에 날씨는 왜 이렇게도 무더운 것일까. 그날도 승우는 그런 생각을 하면서 발코니 화분걸이까지 기어 올라온 나팔꽃넝쿨을 살펴보았다. 모든 악조건을 무릅쓰고 어렵게 뿌리내린 나팔꽃넝쿨이 하루가 다르게 새록새록 자라는 것을 보면 새삼 자연에 대한 외경심으로 옷깃이 여며질 따름이었다.

그런 나팔꽃넝쿨을 살펴보면서 승우는 다시 한번 아, 하고 짤막한 탄성을 자아냈다. 군데군데 앙증스런 꽃봉오리가 맺혀 있었기 때문이었다. 어제까지만 해도 자줏빛 도는 줄기와 세 갈래로 갈라진 이파리만 볼 수 있었는데, 밤사이에 여기저기 망울망울 여러 개의 꽃봉오리가 맺힌 것을 보면 참으로 경이로운 일이었다.

그때 마침 딱정벌레 한 마리가 날아와 나팔꽃 이파리에 앉았다. 딱정벌레의 등짝은 반들반들하였고, 일정한 간격을 두고 알록달록한 무늬가 박혀 있었다. 그 딱정벌레는 딱정벌렛과의 여러 곤충 중에서도 처음 보는 희귀종(稀貴種)이었다.

그 이상맹랑하게 생긴 딱정벌레는 앞발을 아기작거리면서 연약하기 짝이 없는 꽃봉오리 쪽으로 서서히 접근하고 있었다. 승우는 그 벌레가 행여 꽃봉오리를 갉아먹지나 않을까 염려하면서 그놈의 동태를 유심히 지켜보고 있었다. 만약 그놈이 나팔꽃 꽃봉오리를 해치기라도 한다면 그 자리에서 즉각 모가지를 비틀어 가루를 내버릴 작정이었다.

그런데 유난히도 반들거리는 그놈의 등짝으로 눈길이 미치자 그동안 까마득히 잊고 지내던 최길태란 작자가 난데없이 떠올랐다. 최길태의 허여멀끔한 이마와 얼굴은 유난히 반들거렸고, 심지어 어떤 때는 개기름이 줄줄 흘러내리곤 하였다. 그놈은 그 반들거리는 인상만큼이나 뻔뻔스럽고 교활하였다.

벌써 수년 전이었다. 그때만 해도 승우는 일감이 쇄도하여 눈코 뜰 새 없이 바쁘게 지내고 있었다. 그 무렵 승우가 이 사람 저 사람에게 대필해 준 학위논문은 한두 편이 아니었다. 그 많은 논문을 쓰느라 그는 오줌 누고 뭐 들여다보기도 어려운 실정이었다.

그러던 어느 날, 하루는 ㅇㅇ부에 근무하는 고등학교 동창 박세진한테서 전화가 걸려왔다. 그는 얼마 전까지 국방대학원에 가 있었는데, 그곳

교육과정을 수료하자마자 본래의 소속 기관인 ○○부로 복귀하면서 요직 중의 요직으로 알려진 정책국장으로 보임된 것이었다. 세진이 말했다.

"한번 꼭 만나고 싶은데 어떻게 시간 좀 낼 수 없을까?"

"박 국장이 시간을 내라면 어쩔 수 없지."

승우는 흔쾌히 시간을 내기로 하였다. 일이 산더미처럼 밀려 있었지만, 친구의 요청을 매정하게 싹둑 자른다는 것은 말도 안 되는 소리였다. 더군다나 친구가 영전했는데, 먼저 찾아가 축하해주지는 못할망정 한번 만나자는 제의마저 냉정히 뿌리칠 수는 없었던 것이다.

그는 ○○부에서 참으로 오랜만에 친구 세진을 만났다. 그런데 세진을 보는 순간 승우는 어쩐지 콧날이 시큰해짐을 느꼈다. 승우는 누구보다도 세진이 걸어온 길을 잘 알고 있었고, 그가 아무런 백그라운드도 없이 승승장구하여 오늘날 정부의 요직에 앉아 있다는 것을 생각하면 실로 대견스럽기 때문이었다. 세진이 말했다.

"김 박사, 참으로 오랜만이야."

"그렇군. 한데 박 국장마저 언제까지 나를 박사라고 부를 건가?"

"박사를 박사라고 불러야지 뭐라고 부르겠어? 김 박사는 박사 중에서도 만물박사야. 내가 잘 알지. 집안 환경만 좋았더라면 지금보다 훨씬 큰일을 할 수 있었을 텐데……. 동생은 잘 있지?"

"어떤 동생?"

"승환이 말야."

"응. 잘 있어. 연말쯤엔 귀국할 것 같아. 주위에서 자꾸 정치를 하라고 바람 넣는 바람에 영 골치가 아픈가 봐."

"아마 그 동생이 정치를 한다면 아주 잘할 거야."

"나도 그렇게 생각해. 하지만, 그 길로 잘못 들어섰다가 아까운 인재 한 사람 버릴까 봐 그게 걱정이야. 내 동생이라서 하는 말이 아니라 승환이는 남다른 데가 있거든."

"본래 천재 아닌가."

세진은 승우의 아우 승환이가 어떤 인물인가를 잘 알고 있었다. 승환이는 일찍부터 천재로 알려져 있었고, 지금은 자타가 공인하는 실력파 경제학자로 이름을 날리고 있었다. 그는 현재 도쿄의 한 대학에 교환교수로 나가 있는데, 연말쯤에는 가족들과 함께 귀국할 예정으로 있었다.

승우와 세진이가 그런 승환이 이야기를 하고 있을 때 예쁘디예쁜 여직원이 차를 내왔다. 갸름한 얼굴에 살짝 머금은 미소하며 풍만한 앞가슴에다 스커트 밑으로 드러난 미끈한 다리라든가 어쨌든 그녀는 아주 농염해 보였다. 승우는 잠깐 여직원의 고운 손길에 한눈을 팔았고, 세진은 승우 곁으로 좀 더 가까이 다가앉으며 차를 권했다. 여직원이 나가자 문 쪽을 힐끗 쳐다보면서 승우가 혼잣말처럼 말했다.

"아주 미인이군."

"허, 참……. 김 박사도 그런 말을 할 줄 아나."

"난 뭐 남자가 아닌 줄 알아?"

"미인으로 말하자면 김 박사 부인을 가장 먼저 꼽아야겠지."

"우리 집사람도 이젠 한물갔어. 자, 그건 그렇고……. 나하고 의논할 일이 있으면 기탄없이 말해 보게. 내가 할 수 있는 일이라면 무엇이든 돕겠어. 다만, 내 능력에서 벗어난 일이라면 아예 손을 대지 않겠네."

"응. 그럼 용건을 말하지. 다름이 아니고, 우리 회사에서 주간(週間)으로 뉴스레터를 내고 있어."

세진은 자기가 속해 있는 기관에 ○○부라는 고유의 명칭이 있는데도 그냥 '우리 회사'라고 표현했다. 절친한 친구 앞에서 굳이 ○○부라는 공식 명칭을 사용하기가 얼마간은 쑥스럽고 어색한 모양이었다. 승우가 물었다.

"뉴스레터라면 무엇을 말하는 건가?"

"바로 이거야."

세진은 테이블 위에 놓여 있던 《○○뉴스》라는 제호(題號)가 들어간 얄팍한 간행물을 보여주었다. 그것은 ○○부의 주요정책을 국민들에게 홍보하기 위해 일주일에 한 번씩 발행하는 정기간행물이었다. 판형(版型)은 4×6 배판으로, 중간선에서 한 번 접었기 때문에 면수는 총 4면이었다.

그 간행물은 접지 부분에 상하로 구멍을 내어 문서철에 차곡차곡 철할 수 있도록 제작돼 있었다. 인쇄는 단색인데, 대단히 외람된 말이지만, 편집은 유치 졸렬의 극치를 달리고 있었다. 그것은 어떻게 보면 아침마다 신문 갈피에 끼워져 들어오는 싸구려 광고지 같기도 하였다. 승우가 물었다.

"홍보물이군?"

"그렇지. 그런데 말야, 원고가 영 마음에 안 들어. 여기 게재되는 사업 내용은 각 과(課)에서 올라오는데, 괴발개발 문장이 안 되는 데다 도대체 무슨 이야기를 하려는 건지 모르겠어."

"이런 것은 본래 공보관실에서 발행하는 것 아닌가?"

"홍보물이라고 해서 모두 공보관실에서 발행하는 것은 아니지. 이건 우리 정책국 기획과에서 내고 있어. 내가 이 자리로 오기 전에 창간돼 가지고 이미 10호가 나갔어. 내 전임자를 헐뜯을 마음은 눈곱만큼도 없지만, 이걸 받아 보는 국민들이 우리 회사를 어떻게 생각하겠어? ○○부에 근무하는 놈들은 이따위 간행물을 내면서 국민 혈세만 축내는 한심한 작자들이다, 이렇게 생각하지 않겠어? 최소한 우리 회사 체면이라도 유지해야 할 텐데 이런 식으로 만들어 가지고는 어림도 없지. 그렇다면 길은 한 가지밖에 없어. 김 박사가 날 도와줘야겠어."

"뭘 어떻게 도와달라는 건지 모르겠군."

"생각하기에 따라서는 간단해. 김 박사가 도와주기만 한다면 이걸 일류 간행물로 만들 자신이 있어. 내가 매주 홍보코자 하는 기본 자료를 취합해줄 테니까 국민들이 다 함께 공감할 수 있는 산뜻한 문장으로 기사를 작성해달라 이거지."

"하하하……. 나보고 그걸 어떻게 하란 말인가."

"아니야. 김 박사라면 얼마든지 할 수 있어. 자, 내 얼굴에 침 뱉는 것 같아 부끄럽지만 참고로 이런 문장을 보게나."

세진은 플러스펜 끝으로《○○뉴스》의 한 대목에 좌악좌악 밑줄을 그어 나갔다. 거기에는 '대통령 각하께서 특별한 지도와 관심을 보여주어 우리 ○○부는 전년 대비 100프로의 실적을 거양하고 향후 예산절감에 더욱 박차를 가할 예정인바, 국민 여러분들의 협조 없이는 불가능하다는 것이 정부의 판단입니다…….' 라는 글귀가 인쇄돼 있었다. 승우가 말했다.

"뭔가 이상하군."

"이상한 정도가 아니라니까. 한마디로 한심해. 우선 어법이 전부 틀렸을 뿐만 아니라 이 사람들은 지금 우리가 어디로 가고 있는지 방향감각조차 없어. 대단히 부끄러운 얘기지만, 내가 이런 사람들을 데리고 일을 한다네. 지금이 어느 땐가. '대통령 각하', '특별한 지도와 관심', '실적을 거양', '향후 예산절감', '박차를 가할 예정인바', '정부의 판단' 등등, 이따위 문투

가지고 국민들한테 과연 말발이 들어가겠느냐구. 내 눈에는 한 군데도 마음에 드는 데가 없어. 이 뉴스레터가 이런 식으로 계속 나간다면 우리 회사는 국민들한테 웃음거리가 되고 말 거야. 마음 같아서는 내가 직접 전부 문맥을 뜯어고치고 싶지만, 잘 알다시피 정책국장이라는 자리가 다른 일 제쳐놓고 이 일에만 매달릴 수는 없거든."

"거 참 딱한 일이군."

"제발 거절하지 말고 내 부탁을 들어주게. 넉넉지는 못하지만, 내가 매주 조금씩 사례를 하겠네. 가용예산이 몇 푼 있거든. 수고에 비해 형편없는 돈이 되겠지만, 내 얼굴을 봐서라도 한번 도와주게. 김 박사가 일정기간 틀을 잡아주기만 하면 나중에는 우리 회사 과장들도 정신을 차리겠지."

세진은 울상을 짓고 있었다. 하긴 그 간행물의 실체를 본다면 그가 충분히 울상을 짓고도 남을 만하였다. 그 《○○뉴스》야말로 중앙정부가 간행하는 홍보물이라기에는 너무 엉성했고, 차라리 중학교 아이들이 내는 학급신문보다도 품격이 떨어지면 떨어졌지 별로 나을 것이 없었다. 승우가 말했다.

"박 국장 말이 아니더라도 이대로는 정말 곤란하겠군."

"곤란한 정도가 아니야. 창피해서 낯을 못 들겠어. 내가 정책국장으로 있는 한 이러한 간행물은 도저히 내보낼 수가 없어. 그렇건만 기획과에서는 정리도 되지 않은 잡탕 같은 자료들을 그냥 기사로 쓰겠다는 거야. 참 기가 막혀서……. 이런 걸 어떻게 정부간행물이라고 도처에 발송했는지 그 양식이 의심스럽다니까."

"어디로 발송했는데?"

"정부 각 부처는 물론이고 정부 투자기관, 언론기관, 시민단체 등에 골고루 발송하고 있지."

"하, 참……."

"어쨌든 이걸 살려야 해. 내 자존심을 걸고 확 뜯어고치겠어. 김 박사가 원고만 작성해준다면 전문가에게 의뢰해서 레이아웃 자체를 근본적으로 바꿀 작정이야. 이번 주에 나갈 11호부터 혁신호로 꾸미고 다음 주에 발행되는 12호도 서둘러야겠어. 그러면 13호를 제작할 때부터는 어느 정도 정상적인 수순을 밟을 수 있겠지."

"요즘 일이 많아서 걱정이긴 하지만, 내가 힘이 될 수 있다면 한번 기사를 만들어 보기로 하지."

냉정히 말해서 승우는 지금 그런 일에 뛰어들 겨를이 없었다. 몇 달 안으로 여러 편의 논문을 써내야 할 판인데, 그 정도 쪼잔한 간행물에 들어갈 원고 작성 따위나 주무를 계제가 아니었다. 잘못하면 일 같지도 않은 그 잔챙이 일감 때문에 본업인 논문 대필에 막대한 지장을 초래할 수도 있었다.

하지만 다른 사람도 아닌 세진이 애걸복걸 부탁하는 일이었으므로 도저히 그 일을 거절할 수가 없었다. 아니, 승우는 의리상 세진에게 그 어떤 작은 도움이라도 주지 않고서는 못 배길 입장이었다. 지금 세진이 어려움을 겪는 것은 사실이고, 그렇다면 우정으로라도 뭔가 힘을 보태주지 않으면 안 되었다. 세진이 말했다.

"김 박사, 참으로 고마워. 며칠 안으로 한잔 살게."

"예끼, 이 사람……. 우리가 뭐 술 마시면서 비즈니스 하는 사람들인가. 설령 박 국장이 술을 산다 해도 마실 시간이나 있어야지. 아무튼 일만큼은 일답게 해보자구."

"좋아. 바로 그거야. 내 비로소 김 박사한테 하는 말이지만, 나야말로 남들처럼 빽이 있나 뭐가 있나……. 내가 살아남을 수 있는 길은 오직 일밖에 없어. 공직 생활을 하는 이상 죽으나 사나 일로 승부를 내지 않으면 안 될 형편이야. 난 지금 며칠째 집에도 못 들어갔어. 이러다가 집사람한테 쫓겨나지나 않을지 걱정이라니까."

"그렇게 바빠?"

"말도 못해. 낮에는 전화받고 손님 만나기도 바쁜 데다 웬 회의는 그렇게도 많은지……. 정작 자리에 앉아 차분하게 일할 시간은 얼마 안 된다니까. 밤을 새워도 일이 줄지를 않는 거야. 자, 그럼 피차 시간이 모자란 사람들이니까 지금 당장 기획과장을 부르기로 하지."

세진은 테이블 위에 놓인 인터폰으로 기획과장을 불렀고, 잠시 후 피둥피둥하게 생긴, 이마며 얼굴이 유난히 반들거리는 사나이가 들어왔다. 그는 손에 문서 파일과 업무 수첩을 들고 있었는데, 하이얀 와이셔츠에 딱정벌레 무늬 같은 알록달록한 넥타이를 매고 있었다.

승우는 세진의 소개로 그 사나이와 인사를 나누었다. 자리가 자리인 만큼 사나이는 그 나름대로 깍듯한 예의를 갖추었다. 그는 수첩 갈피에서 명함 한 장을 꺼내주었는데, 그 사나이가 바로 문제의 기획과장 최길태라는 위인이었다.

세진이 눈짓을 보내자 최길태는 문서 파일을 펼치고 다음번《○○뉴스》에 들어갈 주요 정책 내용들을 주섬주섬 내놓았다. 그것은 세진의 말마따나 잡탕 같은 자료들이라 해도 과언이 아니었다. 그중에는 토막토막 개괄적으로 요약된 것도 있었고, 몇 쪽씩 밑도 끝도 없이 장황하게 서술된 문건도 있었다. 승우가 최길태에게 물었다.

"이게 다음 호에 들어갈 자료들입니까?"

"그렇습니다. 이 가운데 어떤 것은 기사로 풀어 쓰고, 또 어떤 것은 도표로 작성해야 합니다."

"그럼 지금까지 그 일을 누가 했습니까?"

"주로 제가 했습니다. 담당 사무관이 있기는 한데, 일이 영 서툴러서 마음 놓고 맡길 수가 없지 뭡니까? 그래서 제가 대폭 손질을 해 가지고 《○○뉴스》를 발행해왔습니다."

그가 주접을 떨고 있는 동안 승우는 애써 웃음을 참아야 했다. 그의 말투는 마치 사돈이 남 말 하는 식이었는데, 대폭 손질했다는 원고가 그 모양이라면 그의 자질이나 실력을 충분히 알고도 남을 만한 일이었다.

톡 까놓고 말해서 《○○뉴스》는 수준 이하였고, 그렇잖아도 국민들로부터 별로 신뢰받지 못하는 ○○부의 이미지에 먹칠을 하고 있었다. 그렇건만 놈은 그 간행물이 세계 제일 수준인 양 착각하고 있었다. 말하자면 놈은 아직도 대소변을 못 가리는 모양이었다. 승우가 말했다.

"어쨌든 좋습니다. 그럼, 제가 어떻게 도와드리면 되겠습니까?"

"이 자료들을 토대로 기사를 만들어주시면 됩니다. 저는 우리 부처의 중요 정책을 입안하는 기획과장입니다. 이 일이 아니어도 제 손으로 처리해야 할 업무가 폭주하는 실정입니다. 선생님께서 지금 무슨 일에 종사하고 계신지 모르겠습니다만, 너무 어렵게 생각하지 마시고 매주 원고만 작성해주셨으면 합니다. 그다음 일은 제가 알아서 하겠습니다."

시거든 떫지나 말지 최길태는 제가 마치 ○○부, 더 나아가 정부의 모든 정책을 좌지우지하는 양 은연중 시건방을 떨고 있었다. 자기 직책에 자긍심을 갖는 것이야 얼마든지 납득할 수 있지만, 그러나 놈의 고약스런 말투는 듣기 거북할 만큼 교만으로 가득 차 있었다.

그때 세진은 탁자 위에 질펀하게 늘어놓았던 자료들을 거듬거듬 챙겨 가지고 각대봉투에 넣었다. 직속상관이 직접 그것을 정리하고 있는데도 최길태는 무감각하게 죽치고 앉아 있었다. 대봉투를 건네주면서 세진이 승우에게 말했다.

"김 박사, 잘 부탁해. 주간으로 발행되는 간행물인 만큼 시간이 없어. 무리한 부탁인 줄 알지만 내일까지 원고를 받았으면 하는데……."

"알았어. 그럼 원고가 작성되는 대로 전화할게."

"그래. 그게 좋겠어. 바쁜 사람 나오게 해서 미안해. 일단 원고가 작성되면 담당 사무관을 보내도록 하지."

승우는 각대봉투를 받아 들고 자리에서 일어났다. 최길태란 놈의 돼먹지 못한 언동을 생각한다면 자료고 뭐고 그 자리에서 봉투째 패대기를 치고 싶었지만, 오직 성실을 생명으로 알고 일벌레처럼 살아가는 절친한 친구 세진의 얼굴을 봐서라도 차마 그럴 수는 없었다.

승우는 곧 ㅇㅇ부를 벗어나 좌석버스를 타고 집으로 돌아왔다. 그런데 최길태란 놈의 그 싸가지 없는 말투가 자꾸만 귓가에서 앵앵거리고 있었다. 놈은 ㅇㅇ부 정책국 기획과장이라는 자리가 아들, 손자, 증손자는 물론 그 이후까지 세세대대로 대물림할 만한 엄청난 벼슬이라고 굳게 확신하는 듯했다.

아무튼 승우는 잠시 쓰던 논문을 뒷전으로 미뤄놓고 먼저 세진한테서 받아온 자료들을 면밀히 검토하였다. 아니나 다를까, 그 자료들은 아무리 생각해 봐도 도저히 활자화시킬 수가 없었다. 최길태는 그런 엉터리 원고들을 정책국장에게 결재 올렸다가 고스란히 퇴짜 맞은 모양이었다.

승우는 일단 그 자료들을 완전 해체하였고, ㅇㅇ부 공무원이 된 기분으로 처음부터 끝까지 원고를 새롭게 정리해 나갔다. 뭐 꼴리는 대로 찌익찌익 내갈긴, 말도 되지 않는 엉터리 자료들을 일목요연하게 정리하자니 이만저만 힘 드는 것이 아니었다.

승우는 그 힘든 작업을 하느라 날이 밝을 때까지 꼬박 뜬눈으로 밤을 지새웠다. 그러나 며칠째 집에도 들어가지 못했다는 세진을 생각하면 그 정도 희생이야 얼마든지 감내할 수 있었다. 세진에게 작은 도움이라도 된다면, 그리하여 순전히 일에 파묻혀 살아가는 세진이가 더 발전할 수만 있다면 그보다 더한 일도 기꺼이 해내리라.

승우는 그런 다짐을 하면서 공무원 출근시간에 맞추어 세진에게 전화를 걸었다. 전화는 여직원이 받았다. 정확히 알 수는 없지만, 십중팔구 어제 차를 내왔던 그 여직원인 모양이었다. 승우가 물었다.

"정책국장님 계십니까?"

"누구시라고 전해드릴까요?"

"월명동 친굽니다."

"어제 오셨던 김 박사님이시군요?"

상대방 여직원은 나긋나긋한, 그러면서도 약간은 끈적끈적한 목소리로 되물었다. 그녀는 딱 한 번 만났는데도 귀신같이 승우가 누구인지를 감지하였다. 생김생김이 깔끔하다고 느꼈는데, 그녀는 그런 외모 못지않게 두뇌 회전도 빠른 것 같았다. 승우가 말했다.

"박사는 아닙니다만, 어제 맛있는 차를 가져왔던 그 여직원이십니까?"

"그렇습니다."

"우리 종종 통화해야 할 것 같은데, 앞으로 어떻게 불러드리는 것이 좋겠습니까?"

“제 이름은 박미선입니다. 저희 직장에서는 다른 분들이 그냥 미스 박이라고 불러요. 그럼 저희 국장님 바꿔드리겠습니다.”

수신자를 바꿔주는 사이 수화기에서 감미로운 음악이 흘러나왔다. 밤새도록 눈 한 번 붙이지 못했지만, 미스 박의 나긋나긋한 목소리와 달착지근한 음악이 간밤의 피로를 말끔히 씻어주는 듯했다. 이윽고 세진의 목소리가 들려왔다.

“김 박사……. 보나마나 밤샘했을 텐데 얼마나 고생했어?”

“밤샘이야 아주 몸에 뱄어. 원고를 다 만들어 놓긴 했는데, 과연 박 국장 마음에 들지 모르겠군.”

“일단 김 박사 손을 거쳤는데 어련하겠나. 내 즉각 담당 사무관을 집으로 보낼게. 기획과에 임동일 사무관이라고 있거든. 그 사람 편에 자료하고 원고를 보내줬으면 좋겠어.”

통화를 마치고 한 시간쯤 지났을까, 기획과의 임동일 사무관이 찾아왔으므로 승우는 자료와 원고를 건네주었다. 임 사무관은 얌전하고 예의 바른 청년이었다. 개뿔이나 대갈통에 든 것도 없으면서 괜히 껍적거리는 최길태가 방자한 불상놈이라면 임 사무관은 단정한 용모와 얌전한 예절을 갖춘 양반 중에도 양반이었다.

그 이튿날 저녁 때, 임 사무관이 다시 집으로 찾아왔다. 그는 인쇄잉크 냄새가 풀풀 풍기는, 혁신호로 제작된 《○○뉴스》 11호와 함께 다음 주 12호에 수록해야 할 자료들을 챙겨 가지고 온 것이었다. 혁신호를 펴 보이면서 임 사무관이 말했다.

“김 선생님, 정말 고맙습니다. 이 혁신호가 나오자 저희 ○○부가 방방 떴습니다.”

"방방 뜨다니, 그건 또 무슨 말씀입니까?"

"실장님, 차관님, 장관님, 윗분들이 얼마나 좋아하시는지 모릅니다. 결재 라인에서 기사를 한 자 한 줄도 고치지 않았습니다. 본래 윗분들은 습관적으로 결재 과정에서 조금씩 손질을 하게 마련이거든요. 그런데 이번 뉴스레터 기사는 부호 한 점 손대지 않았습니다. 그뿐이 아닙니다. 이번 혁신호가 아주 잘 나왔다고 장관님께서 특별 격려금까지 주셨습니다. 김박사님 덕택에 저희 정책국 직원들은 오늘 저녁 회식을 갖기로 했습니다."

임 사무관은 싱글벙글 흡족한 웃음을 감추지 못하면서 천진난만한 어린아이처럼 두 어깨를 으쓱하였다. 모르긴 해도 이번 《○○뉴스》 혁신호를 놓고 ○○부 안에서 좋은 평가가 쏟아진 모양이었다. 승우가 말했다.

"박 국장이 일꾼 중에도 일꾼 아닙니까?"

"그렇지요. 저희 국장님은 일밖에 모르십니다. 승용차 트렁크 안에 아주 와이셔츠에다 넥타이까지 싣고 다니거든요. 집에 들어가지 못하시는 날이 많기 때문이지요. 정말 국장님한테는 배울 점이 많습니다. 그렇게 다이내믹하게 일을 하시니까 저희 ○○부에서 선두주자로 달리고 있지요. 저는 그런 국장님 밑에서 근무하게 된 것을 큰 영광으로 생각합니다."

"내가 보기에도 혁신호는 괜찮은 것 같습니다."

"괜찮은 정도가 아닙니다. 아마 정부 내 다른 부처에서도 점차 이 뉴스레터를 모방하지 않을까요? 아직까지는 정부에서 이렇게 세련된 뉴스레터를 낸 적이 없었습니다. 그런 점에서 이 뉴스레터는 정부간행물의 새로운 모델을 제시한 셈입니다."

임 사무관은 한바탕 신바람이 나서 묻지도 않은 말까지 술술 토해 놓고 돌아갔다. 그의 전언은 모두 사실이었다. 《○○뉴스》는 혁신호부터 ○○

부의 간판 격 홍보물로 부상했고, 차츰 시일이 지나자 다른 부처에서도 그와 유사한 간행물을 내기 시작하였다.

그런데《○○뉴스》가 기대 이상으로 폭발적인 인기를 모으면서 한몫 단단히 챙긴 사람이 있었다. 바로 최길태란 놈이었다.《○○뉴스》를 일신한 주역은 어디까지나 정책국장 박세진이었는데, 남의 불에 개 그슬리듯 기획과장 최길태가 그 공로를 가로채 일약 유능한 공무원으로 떠올랐다.

물론 ○○부 안에서는, 적어도 정책국 안에서는 진짜 일꾼이 누구인지 잘 알고 있었다. 그러나 한 다리 건너에서 번발치로 바라보면 양상이 달라지게 마련이었다. 심지어 장관까지도 눈에 북어 껍질이 씌었는지 최길태를 그가 가진 능력 이상으로 높이 평가했다.

그때부터 ○○부에서 발행하는 대부분의 간행물은 정책국 기획과로 집중되었다. 다른 국·과에서 아무리 기를 써봐야 기획과에서 내는 간행물을 따를 수가 없기 때문이었다. 최길태가 유능해서가 아니라 세진의 번뜩이는 아이디어와 업무에 대한 집착이 그런 결과를 가져왔다.

세진의 배후에는 승우가 있었다. 승우는 직업윤리상 섣불리 공개적으로 나설 수 없는 입장이었고, 최길태는 그런 특수성을 최대한 이용하여 간행물이 나올 때마다 그 열매를 제 몫으로 잡아 챙겼다. 말하자면 세진과 승우는 죽 쑤어서 개 주는 형국이었던 것이다.

그해 연말, 최길태는 훈장까지 받았고, 정기인사 때에는 대번 총무과장으로 영전하였다. 그것은 큰 행운이었다. 외부에서 볼 때에는 기획과장이나 총무과장이나 피장파장일 수도 있지만, 최길태에게 총무과장이라는 보직이 주어진 데에는 그 이상의 각별한 의미가 있었다. 즉, 최길태는 총무과장에 보임됨으로써 특별한 이변이 없는 한 승진이 보장되었다는 것

이외에도 위기의 탈출이라는 일거양득의 실익(實益)을 거머쥔 셈이었다.

최길태가 만약 기획과장으로 더 머물렀더라면 그의 한계가 뽀록날 것은 불을 보듯 뻔한 노릇이었다. 그러나 놈은 간행물과 전혀 상관없는 보직을 받았고, 최소한 무능이 탄로 날 위기를 극적으로 모면했다.

최길태의 후임 기획과장으로는 이상훈 서기관이 부임하였다. 그는 지방 사무소에 내려가 있다가 오랜만에 본부로 올라왔다. 신임 이 과장은 유능한 공무원이었다. 그는 몸놀림이 빠릿빠릿했을 뿐만 아니라 성실성에 있어서도 둘째가라면 서러워할 그런 인물이었다.

하지만 그는 소위 관운(官運)이 없는 듯했다. 그가 아무리 노력해도 노력한 만큼 때깔이 나지 않았다. 그가 부임하기 전 기획과에서 워낙 굵직굵직한 획을 많이 그어놓은 터라 이 과장은 여간해서 그 범주를 뛰어넘을 수가 없었다.

인물로 보나 능력으로 보나 이 과장은 최길태보다 훨씬 우위에 있었지만, 그는 안타까울 만큼 정당한 평가와 대우에서 멀리 떨어져 있었다. 그는 몸이 망가질 정도로 엄청난 일을 하면서도 거기에 상응하는 빛을 보지 못하고 있었던 것이다.

승우는 언젠가 세진에게 이상훈 과장의 장점을 허심탄회하게 이야기한 적이 있었다. 아니나 다를까, 세진도 인간적으로 이 과장을 높이 평가하고 있었다. 역시 사람 보는 눈은 거기가 거기인 모양이었다.

아무튼 이 과장이 하는 일이란 언제나 잘해야 본전이었다. 사람에게는 때가 있는 것일까, 아니면 능력과 관운이 별개여서 그런 것일까, 하여간 이 과장은 남이 단물을 짜먹고 지나간 뒷자리나 이어받으면서 별로 실속을 챙기지 못했다.

그에 비해 최길태는 정말 웃긴다 싶을 정도로 중용되어 기세 좋게 깃발을 날리고 있었다. 승우가 볼 때에는 도저히 이해가 안 가는 일이었지만, 그러나 그 깊은 내막을 알고 보면 전혀 이상할 것이 없었다. 놈은 줄타기의 명수였고, 다른 사람 공로를 가로채는 데 천부적인 재능을 가지고 있었던 것이다.

아무튼 얼마 안 있어 부이사관으로 승진한 최길태는 ㅇㅇ부에서 제법 끗발깨나 있다는 심의국장이라는 자리에 앉았다. 놈은 기획과장 시절에도 물색없이 짓까불었는데, 심의국장이 되자 한층 더 목에 힘을 주며 구역질이 날 정도로 오만방자하게 굴었다.

최길태는 오죽하면 자기가 직속상관으로 모시던 박세진 정책국장과도 맞먹으려 들었다. 그는, 국장이면 전부 똑같은 국장인 줄 착각하는 듯했다. 국장 중에도 엄연히 서열이 있고, 그보다도 더 중요한, 즉 직장의 선후배 관계라는 인간적 정리(情理)가 있게 마련이건만, 놈은 국장이 되자마자 다른 선배 국장들과 똑같은 국장인 줄 알고 촐랑댔다.

승우는 먼발치에 있으면서도 ㅇㅇ부 안에서 무슨 일이 어떻게 돌아가는지 손금 들여다보듯 속속들이 알고 있었다. 《ㅇㅇ뉴스》 관계로 ㅇㅇ부의 정책 방향을 저절로 파악한 것은 물론이려니와 매주 임 사무관이 집으로 찾아오는 데다 수시로 세진과 통화하기 때문이었다.

그러던 어느 날, 승우는 광화문에 나갔다가 한 찻집에서 우연히 최길태를 만났다. 그것도 오다가다 슬쩍 엇비낀 것이 아니라 찻집 출입구에서 정면으로 마주쳤다. 승우는 찻집으로 들어가던 참이었고, 놈은 찻집 계산대에서 계산을 마치고 마악 나오는 중이었으므로 그렇게 맞닥뜨렸다.

그런데 최길태란 놈은 승우에게 고개만 까딱하였다. 승우가 반가운 나머지 악수를 청했으나, 놈은 거들떠보지도 않은 채 어디론가 총총히 비껴 지나갔다. 승우는 내밀었던 손이 부끄러워 슬그머니 팔을 내리고 말았지만, 놈의 행동거지는 아무리 좋게 생각하려 해도 도저히 이해할 수가 없었다.

안하무인도 분수가 있지, 최길태는 심의국장이 되더니 눈에 보이는 것이 없는 모양이었다. 놈은 자기에게 큰 도움을 준, 그리하여 은인이라면 은인일 수도 있는 승우를 이제 더는 필요치 않은 인물로 여기는 듯했다. 하기야 승우는 놈의 직속상관이 아니었고, ㅇㅇ부의 인사에 그 어떤 영향력을 행사할 만한 위치에 있지도 않았다.

놈이 기획과장으로 있을 때《ㅇㅇ뉴스》의 면모를 그만큼 일신한 사람이 누구인가를 조금이라도 생각한다면, 그리고《ㅇㅇ뉴스》의 혁신으로 자기가 따 먹은 과실이 어떤 것인가를 눈곱만큼이라도 참작한다면 도저히 그럴 수 없는 일이었다. 한마디로 말해서 놈은 은혜를 원수로 갚고도 남을 만한 위인이었던 것이다.

그 이튿날 오후, 임 사무관이 새로 나온《ㅇㅇ뉴스》와 다음 호에 들어갈 기초 자료들을 가지고 찾아왔다. 승우는 오전 내내 최길태의 추악한 모습이 뇌리에서 사라지지 않아 우울한 시간을 보내야 했는데, 예의 바르고 싹싹한 임 사무관을 만나자 언짢았던 감정이 안개 걷히듯 말끔히 사라지면서 기분이 한결 상쾌해지는 것이었다. 승우가 그에게 물었다.

"이제는《ㅇㅇ뉴스》가 어느 정도 틀을 잡은 것 아닙니까?"

"그렇구말구요……. 김 선생님께서 수고해주신 덕분에《ㅇㅇ뉴스》는 이제 완전히 자리를 잡았습니다. 이《ㅇㅇ뉴스》를 받아 보는 분들이 전화로, 공문으로, 또는 인터넷으로 극찬을 아끼지 않고 있습니다. 어디 그뿐인가요. 아직까지 이걸 받아 보지 못한 분들이 어떻게 하면《○○뉴스》를 받아 볼 수 있느냐고 문의하면서 구독을 신청할 정도입니다."

"다행입니다. 그렇다면 지금쯤 내가 이 일에서 손을 떼어도 되는 것 아닙니까?"

"네에? 무슨 말씀을 그렇게 하십니까? 저희는 죽었다 깨어나도 김 선생님처럼 기사를 작성할 수가 없습니다. 힘드시더라도 계속 좀 해주십시오. 얼마 되지도 않는 수고비를 드리면서 생떼 쓰는 것 같아 죄송합니다만…… 저희 국장님 얼굴을 봐서라도 이 일을 계속해주십시오. 레이아웃이야 어느 누구라도 뜯어 고칠 수 있겠지요. 하지만 기사만큼은 아무한테나 선뜻 부탁할 수가 없거든요."

"당초 박 국장이 뭐랬는지 아십니까?《○○뉴스》가 웬만큼 틀을 잡기만 하면 과장들 손으로 만들 수 있으리라고 했습니다."

"그렇지 않습니다. 저희 같은 공무원 머리에서는 아무리 기를 써도 틀에 박힌 문장밖에 나오지 않습니다. 저희들이 공문서에 쓰는 어휘부터가 뻔하거든요. 이 일이 아니더라도 김 선생님께서 바쁘시다는 것은 저희들도 잘 알고 있습니다. 하지만 저희들로서는 김 선생님의 도움이 꼭 필요합니다. 김 선생님께서 저희들을 도와주신 이후 저희 ○○부에 얼마나 큰 변화들이 있었습니까?《○○뉴스》는 이제 몇몇 소수에게만 배포되는 뉴스레터가 아닌, ○○부의 공식적인 기관지 성격을 띤 주간신문으로 발행될 단계에 이르러 있습니다. 또 최길태 국장이 누구 때문에 승진했습니까? 솔직히 말씀드려서 그분이 승진한 것도 다 김 선생님 덕택입니다."

"그것은 좀 과장된 말씀인 것 같습니다."

"그렇지 않습니다. 이《○○뉴스》가 종전처럼 나왔더라면 그분은 결코 승진하지 못했을 겁니다. 박세진 국장님이 부임하시기 전에는 기획과가 얼마나 힘들었는데요……. 최길태 과장은《○○뉴스》때문에 하루가 멀다 하고 매일 윗분들한테 깨지기 바빴습니다."

"그게 정말입니까?"

"제가 왜 김 선생님 앞에서 거짓말을 하겠습니까? 최길태 과장은《○○뉴스》혁신호가 나온 뒤로 기사회생했다니까요. 아니, 기사회생이 뭡니까? 죽었다가 되살아나서 날개까지 단걸요. 그것은 저 혼자만의 독단적인 판단이 아니라 저희 ○○부에서 알 만한 사람은 다 알고 있는 사실입니다."

그 말을 듣는 순간, 승우는 속이 부글부글 끓어오름을 느꼈다. 세상이 아무리 험악해졌다고 하지만, 최길태란 놈이 광화문 찻집에서 고개만 까딱하던 소행을 생각하면 열불이 나서 못 견딜 지경이었다.

하지만 승우는 목구멍까지 넘어오는 욕지거리를 꾹 참아야 했다. 임 사무관과 나이 차이도 있을 뿐만 아니라 상대방이 친구 휘하에서 일하는 하급 직원이었으므로 내뱉고 싶은 말도 억제할 수밖에 없었던 것이다.

승우는 최길태란 놈의 그 반들반들한, 개기름이 잘잘 흐르는 그 후안무치한 낯짝을 떠올리다가 다시 나팔꽃넝쿨에 맺힌 꽃봉오리를 살펴보았다. 알록달록한 딱정벌레는 금세 어디로 사라졌는지 자취를 찾을 길이 없었다. 승우가 괘씸하기 짝이 없는 최길태의 소행을 회상하는 사이 그 벌레는 어디론가 오간 데 없이 종적을 감추었다.

다행히 꽃봉오리에는 아무런 이상이 없었다. 승우는 내심 안도의 한숨을 내쉬면서 최길태야말로 국민들의 혈세만 축내면서 자신의 사익만을 좇는 독버섯 같은 존재라고 단정하였다. 최소한의 기본적인 예의조차 갖추지 못한, 그따위 버러지 같은 공무원이 존재하는 한, 나라의 밝은 장래를 기대하기란 나무에 올라가 물고기를 잡으려는 것과 무엇이 다를까.

바로 그해 가을, 전면 개각(改閣)이 단행된 직후 ㅇㅇ부에도 대대적인 물갈이 인사가 있었다. 그때 친구 박세진은 관리관으로 승진하면서 기획관리실장으로 발탁되었고, 최길태는 외청(外廳)의 별 볼일 없는 한직으로 밀려나 사실상 옷 벗을 일만 남겨 놓고 있었다.

한편, 이상훈 과장은 부이사관 승진과 동시에 일약 정책국장으로 올라앉았다. 죄는 지은 데로 가고, 공은 닦은 데로 간다는 금언이 실감 나는 순간이었다. 승우는 신문을 통해 ㅇㅇ부의 인사이동 사실을 정확히 알게 되었는데, 굳이 신문에 나와 있는 인사 관련 해설 기사를 읽지 않더라도 이번 인사야말로 능력 위주의 공정한 인사라는 것을 분명히 인식할 수 있었다.

그러나 최길태에 대한 감정의 앙금은 아직도 가슴 깊숙한 곳에 켜켜이 쌓여 있었다. 놈이 한직으로 밀려났다고는 하지만, 그놈의 견고한 철밥통마저 박살난 것은 아니었다. 그놈이 언제 되살아나 무슨 요직으로 복귀할지 모르는 일이었다.

아무튼 그 직후 《ㅇㅇ뉴스》는 《ㅇㅇ신문》으로 제호가 바뀌었고, 간행물 발간 전담 부서가 생겨나면서 승우도 자연스럽게 그 일에서 손을 뗄 수 있었다. 별로 내키지 않는 그 일에서 손을 떼자 몸과 마음이 그렇게 홀가분할 수가 없었다.

아무리 남의 글이나 전문적으로 대필해주는 요상한 직업에 종사하고 있다지만, 국민을 위해 봉사하기보다는 국민들 위에 군림하려는 함량 미달의 불감증 공무원들이 개소리처럼 내갈긴 시답잖은 글 나부랭이를 정리할 때에는 자존심이 상해 죽을 맛이 아닐 수 없었던 것이다.

물론 고등학교 동창 세진이 아니었다면 그따위 일에는 애당초 손을 대지도 않았으리라. 하지만 승우는 친구를 생각하여 마지못해 그 일에 끼어들었고, 밤을 지새우며 기사 원고를 작성할 때마다 천불이 나서 견딜 수가 없었다.

그런데 그 일에서 손을 떼자 굳이 꼴 보기 싫은 최길태 같은 공무원들과 마주칠 일이 없었고, 승우는 이따금 세진과 연락을 취하면서 변함없는 우정을 나누는 것으로 자족했다. 최길태 같은 놈이야 뒈지든 살든 알 바 아니었으며, 그는 일을 통해 알게 된 이상훈 국장과 임 사무관 같은 사람에게만 관심을 기울이기로 하였다.

승우는 거실로 들어와 산더미처럼 쌓여 있는 논문들을 살펴보았다. 하지만 이 근래 워낙 장기간 일손을 놓고 있던 터라 책 더미에는 먼지가 뽀얗게 쌓여 있었다. 뭔가 밥벌이라도 하긴 해야 할 텐데, 이대로 나가다가는 정말 밥 빌어다 죽도 못 쑤어 먹을 형편이었다.

그가 하염없이 담배 연기를 날리며 앞으로 살아갈 일을 걱정하고 있을 때 동네 조무래기들이 몰려나와 축구공을 뻥뻥 걷어차기 시작하였다. 승우는 그런 애새끼들 등쌀에 견디다 못해 바람이나 쐴 요량으로 슬슬 집을 나섰고, 새로 지은 교회를 지나 월명아파트가 마주 보이는 주유소 옆에서 월명산으로 들어섰다. 그 길은 철도청에서 폐기처분한 철도 침목으로 층계가 조성돼 있었으므로 한 층 한 층 오르는 기분이 그런대로 괜찮았다.

층계가 끝나는 곳에서 길은 세 갈래로 갈라져 있었다. 승우는 그곳에 이르러 비탈진, 그러면서도 굴곡이 심한 오른쪽 길을 택했다. 그 길은 주민들의 통행이 적어 다른 길보다 한결 호젓하였고, 푸른 숲이 울창하게 우거져서 따가운 햇볕을 덜 받을 수 있었다.

그는 이런저런 상념에 사로잡힌 채 월명산 정상에 있는 월명정을 바라보며 숲 사이로 걸어 나갔다. 숲으로 들어서자 집에 있을 때보다는 한결 기분이 상큼하였다. 동네 애새끼들 악쓰는 소리에 신경 쓰지 않아도 되었고, 아까시 숲 사이로 솔솔 불어오는 바람이 향긋하게 느껴졌다.

그런데 승우는 한 길 이상 푹 꺼진 구렁으로 내려서다가 하마터면 악, 하고 비명을 지를 뻔하였다. 그늘진 잡목 틈에 탐스런 버섯이 군데군데 피어나 있었기 때문이었다. 그동안 거의 매일 월명산을 오르내렸지만, 그 산에서 버섯을 발견하기는 그때가 처음이었다.

그는 휘늘어진 나뭇가지를 헤치며 조심조심 버섯이 돋아 있는 곳으로 다가갔다. 아니나 다를까, 버섯은 한두 포기가 아니라 아예 군락을 이루고 있었는데, 거기 피어난 버섯은 먹을 수 있는 버섯이 아니라 사람을 해치는 독버섯 일색이었다. 그 버섯이 바로 광대버섯임을 확인하는 순간, 승우는 어이없이 죽어간 문계남 씨 일가가 떠올라 온몸이 섬뜩함을 느꼈다.

다른 독버섯이 그렇듯 광대버섯은 화려하고 먹음직스런 겉보양으로 누군가를 유혹하고 있었다. 붉은 빛 도는 노릇노릇한 갓 표면에 깨알 같은 돌기가 오톨도톨 돋아 있었으므로 그것은 마치 제과 공장에서 방금 구워 낸 맛있는 빵을 연상케 하였다.

더군다나 버섯 갓은 기름기 잘잘 흐르는 최길태의 상판대기처럼 반들반들하였다. 누가 보더라도 광대버섯은 식용이나 약용으로 오인하기 안성맞춤이었다. 무서운 위장이었다. 광대버섯은 제 몸 안에 무시무시한 독소를 품고 있으면서도 이를테면 광대처럼 보기 좋게 잘 분장하여 누군가의 목숨을 노리는 것이었다.

다른 곳도 아닌, 시도 때도 없이 이 마을 주민들로 들끓는 월명산에 그런 독버섯이 자생하고 있다는 것은 자못 충격적이었다. 어디에서 포자(胞

子)가 날아왔는지는 몰라도 월명산에 그런 고약한 독버섯이 자생한다는 것은 실로 끔찍스런 일이었다.

만일 누군가가 그 버섯을 잘못 먹는 날에는 어떻게 될까. 승우는 그 마음씨 좋던 문계남 씨를 생각하면서 나뭇가지로 꼬챙이를 만들었고, 잡목과 잡초 사이에 드문드문 숨어 있는 광대버섯을 어린 싹까지 모조리 찾아내 뿌리째 캐냈다.

물론 그것만으로 광대버섯이 멸종된 것은 아니었다. 그는 그렇게 캐낸 광대버섯을 움푹 파인 개골창에 처박고 등산화 발뒤꿈치로 사정없이 짓밟아 으깨 뭉갰다. 종자까지는 완전히 박멸시키지 못한다 해도 최소한 독버섯의 뿌리만은 싸그리 없애버렸던 것이다.

그런데도 영 마음이 놓이지 않았으므로 승우는 손으로 흙을 퍼다가 으깨진 광대버섯 위에 두툼하게 뒤덮어 무덤처럼 만들었다. 그러고 나서 그는 또 다른 광대버섯을 찾아내기 위해 두 눈 부릅뜨고 두리번거리면서 그 주변을 샅샅이 뒤졌다. 하지만 광대버섯은 더 이상 눈에 띄지 않았다.

승우는 곧 그곳을 벗어나 체육공원으로 발길을 옮겼다. 그런데 그놈의 광대버섯 때문에 영 마음이 개운치 않았고, 자꾸만 그 독버섯 같은 최길태가 눈에 밟혀 괴롭기만 하였다. 그때 마침 어디에선가 피를 토하는 듯한, 애절하면서도 구슬픈 산비둘기의 노래가 끊어질 듯 이어지고 있었다.

(《펜과문학》 2000년 봄호)

만물박사(4)

나팔꽃

그날 새벽에는 엄청난 비가 내렸다. 지난 며칠 동안 지독하게도 푹푹 삶아댄다 했더니, 그렇게 억수 같은 집중호우를 퍼부어 대려고 그런 모양이었다. 새벽 서너 시쯤 되었을까, 승우는 소나기 퍼붓는 소리에 저절로 눈이 떠져서 날이 밝아올 무렵까지 잠을 이루지 못한 채 이리 뒤척 저리 뒤척 몸을 뒤척였다. 무엇보다도 앞으로 살아갈 일을 생각하면 잠이 멀찌감치 달아나는 것이었다.

나팔꽃넝쿨은 어떻게 되었을까. 어제 저녁때에도 승우는 발코니로 나가 철 늦은 나팔꽃 넝쿨을 관찰하였다. 아니나 다를까, 며칠 전 나팔꽃넝쿨 줄기에는 가닥마다 겨우 형체만 알아볼 수 있을 정도로 송알송알 맺혀 있던 앙증스런 꽃봉오리는 금방이라도 꽃망울을 터뜨릴 듯 한껏 부풀어 있었다. 그런데 간밤에 혹여 나팔꽃넝쿨이 모진 비바람에 부러지고 꽃망울마저 왕창 녹아나지나 않았는지 몹시 궁금하였다.

하지만 가족들이 단잠을 자고 있는지라 당장 나가 볼 수도 없었다. 발코니로 나가 나팔꽃을 살펴보자면 부득이 알루미늄 새시 문을 열어야 했고, 그렇게 되면 문 여는 소리에 아내와 두 딸, 그리고 늦둥이 성현이가 단잠을 깰 것이기 때문이었다.

설령 조심조심 새시 문을 열고 나간다 해도 나팔꽃을 제대로 관찰하려면 발코니 난간에 설치돼 있는 방충망을 열어야 했다. 그뿐 아니라 랜턴을 켜고 이래저래 한바탕 수선을 피워야 할 판이었다. 승우는 가족들의 안면을 방해하지 않기 위하여 날이 밝을 때까지 기다리기로 하였다.

그가 전전반측, 이 생각 저 생각으로 괴로워하고 있을 때 마침 전화벨이 울렸다. 누굴까. 승우는 십중팔구 잘못 걸려 온 전화일 거라고 넘겨짚으면서 마지못해 송수화기를 들었다. 그런데 이게 웬일일까, 전화를 걸어온 사람은 뜻밖에도 도쿄에 교환교수로 나가 있는 아우 승환이었다. 그가 물었다.

"형님, 그간 안녕하셨습니까?"

"물론이지. 아우는 그동안 어떻게 지냈어?"

"저희는 모두 잘 지내고 있습니다."

"제수씨하고 조카들도 무고하겠지?"

"그러믄요."

"이렇게 이른 아침에 어쩐 일이야?"

"그 뭐 특별한 용건이 있는 것은 아니구요, 두어 달 동안 안부도 여쭙지 못해 인사차 전화 드렸습니다. 형수님도 건강하시겠지요?"

"그럼."

"은경이, 옥경이는 공부 잘해요?"

"저희들 딴에는 열심히 하는 모양이지만, 내 기대치에는 훨씬 못 미치는 편이야."

"그래도 아이들이 착하니까요. 학교 성적도 성적이지만, 그보다는 아이들 심성이 더 중요하잖아요?"

"그야 그렇지……. 아이들이 속 썩이지 않는 것만 해도 큰 축복이라 생각하고 있어."

"은경이는 고3이라 고생이 심하겠는데요."

"그런 셈이지. 하지만 나는 별로 신경을 써주지 못하고 있어. 제 문제는 제가 알아서 하도록 자율에 맡기고 있거든."

"형님께서 어련히 알아서 하시겠습니까? 지금쯤 성현이는 재롱이 대단하겠네요?"

"응. 요즘엔 그 녀석 크는 재미로 산다 해도 과언이 아니지."

"정말 성현이가 태어난 것은 우리 집안에 큰 경사가 아닐 수 없습니다. 저희들 부부는 하느님께 얼마나 간청했는지 모릅니다. 형님 슬하에 아들 하나만 주셨으면 하구요. 그런데 하느님께서는 성현이 같은 옥동자를 주시려고 그렇게 여러 사람 애를 태운 모양입니다. 아무리 남녀 구별이 없는 세상이라고 하지만, 그래도 집안에는 아들딸 골고루 있어야 합니다. 특히 형님은 우리 집안의 대들보이신데, 성현이가 태어나지 않았더라면 어떻게 할 뻔했습니까?"

"모두가 하느님 은총이라 생각하고 있어."

승우는 승환이가 독실한 천주교 신자임을 의식하여 일부러 '하느님 은총'이란 대목을 힘주어 강조하였다. 승환이는 벌써 오래전에 천주교에 입교하였고, 그의 일가족 모두는 가장 모범적인 신앙생활을 하고 있었다. 승환이가 물었다.

"형님께서도 요즘 성당에 나가고 계십니까?"

"아니……. 아직은 못 나가고 있어. 하지만 곧 성당에 나가 교리공부를 하고 영세도 받을 생각이야."

솔직히 말해서 승우는 그동안 종교에 관해 다소 회의적인 시각을 가지고 있었다. 이 땅에 이거다 저거다 종교는 많아도, 그뿐 아니라 크리스천이네 불자네 하면서 신앙인임을 자처하는 사람들이 넘쳐나고 있는데도 사회가 날로 혼탁해지는 것을 느낄 때마다 종교가 과연 인간들 사이에서 얼마만큼 소금이나 목탁 역할을 하고 있는지 의문스럽기 때문이었다.

그런데 최근 그의 종교관에는 적지 않은 변화가 일어나고 있었다. 만약 우리 사회에 종교라는 방부제가 존재하지 않았다면 그나마 이 사회가 얼마나 썩어 문드러졌을까. 생각이 거기까지 미치자 어떠네 저떠네 해도 종교가 사회에 기여한 공덕을 결코 무시할 수 없다는 판단이 섰다.

더욱이 그는 이 근래 끼닛거리를 걱정해야 할 만큼 고통스런 나날을 보내고 있었다. 산 입에 거미줄을 치지 않은 이상 설마 굶어 죽기야 할까마는, 이대로 나가다간 머지않아 이 낡아빠진, 사실 돈으로 치면 얼마 되지도 않는 연립주택마저 제대로 건사하지 못할 형편이었다.

삶이 왜 이렇게도 힘든 것일까. 돌이켜보면, 승우가 삶이라는 십자가를 지고 걸어온 고해의 인생길은 너무도 험난했다. 부모 잘 만난 사람들은 고생이 뭔지 모르고 호강만 하던데, 비단옷 입고 밤길 걷는 형국이라고나 할까 승우는 쟁쟁한 실력을 갖추고 있으면서도 사회의 밑바닥을 박박 기지 않으면 안 되었다.

지난 70년대 초 승우는 몇 년간 《ㅇㅇ잡지》라는 어느 시시껍적한 대중잡지사에 근무한 적이 있었다. 그때까지만 해도 대중잡지는 독자들 사이에서 꽤 인기가 있었다. 내용이야 야담·사건 실화·수기·연예인 스캔들 등 그렇고 그런 이야기들이 대종을 이루고 있었지만, 어쨌든 대중잡지는 독자들의 아낌없는 사랑을 받았고, 서점에서 반품된 과월호(過月號)는 홍익회(弘益會)로 넘어가 역사(驛舍) 대합실이나 열차 안에서 불티나게 팔리곤 하였다.

그 시절, 즉 승우가 그런 대중잡지사에서 편집부 기자로 근무할 때, 오늘날 재벌급 사장으로 변신한 박일기는 광고부장이라는 제법 그럴싸한 직함을 달고 있었다. 그런데 당시 편집부에는 적어도 부장 밑에 네 명의 기자가 있었지만 광고부에는 오직 박일기 한 사람이 근무하고 있을 따름이었다. 그러니까 박일기는 직급만 부장일 뿐 한 사람의 부하 사원도 거느리지 못한 명목상의 간부에 지나지 않았다.

그는 주로 화장품회사·제약회사·영화배우학원·양재학원·미용학원·타자학원·주산학원·버스차장학원을 비롯하여 자칭 역술가라고 하는 점쟁이들을 찾아다니며 광고를 수주하곤 하였다. 그의 수완은 실로 놀라운 데가 있었다. 그는 달랑 명함 한 장을 가지고 나서서 그런대로 굵직굵직한 광고를 덥석덥석 따내 회사로 물어 날랐다.

승우 역시 잡지사 기자로서 어느 누구에게도 뒤지지 않았다. 그는《○○잡지》편집부 기자들 중에서는 물론이고, 더 나아가 경쟁사의 그 어떤 기자들보다도 기사를 잘 써냈다. 특히 그가 픽션으로 꾸며 실감나게 쓴 눈물의 수기는 매달 폭발적인 인기를 모았다. 그의 수기가 한번 나갔다 하면 독자들의 편지가 쇄도했고, 오죽하면 독자들이 그 수기의 주인공에게 전해달라면서 등기우편으로 소액환을 부쳐 오는 경우도 있었다.

그뿐이 아니었다. 언젠가 한번은 어느 여성 애독자가 직접 잡지사 편집부까지 찾아와 수기의 주인공을 찾아달라고 간청한 적도 있었다. 그 애독자는 가련하기 짝이 없는 그 수기의 주인공을 평생토록 돕겠다고 자청하였다. 하지만 수기의 주인공 자체가 실존 인물이 아닌 가공의 인물이었으므로 승우는 그 사람의 소재 파악이 안 된다는 구실을 붙여 애써 편집부까지 찾아온 애독자를 그냥 돌려보낼 수밖에 없었다.

당시 대중잡지 기자의 봉급이란 쥐꼬리보다 별로 나을 것이 없었다. 간혹 일부 잘나가는 연예인들이 우정의 표현이랄까 동정하는 차원에서 촌지를 주곤 했지만 회사에서 받는 봉급만으로는 취재하느라 교통비에다 찻값 쓰고 나면 한 사람 입에 풀칠하기도 빠듯한 실정이었다.

그 무렵 승우는 혼자 자취를 하면서 배도 많이 곯았다. 《○○잡지》 기자라는 신분과 이름 석 자가 아로새겨진 명함만은 그런대로 번드르르했지만, 봉급이 워낙 빈약하여 자취방 월세 주고 나면 한겨울 아궁이에 연탄을 사 대기조차 버겁기만 했다. 그때 연탄불은 왜 그렇게도 잘 꺼지던지……. 아무튼 잡지사 기자 시절의 애환을 소개하자면 그야말로 눈물 없이는 감상할 수 없는 한 편의 영화를 방불케 하였다.

하지만 승우는 실업자가 넘쳐나는 시대에 그런 직장이라도 가지고 있다는 것을 큰 행운으로 여겼다. 의지가지없는 이 삭막하고 황량한 도시에서 그나마 몸 붙일 곳이라도 있으니 얼마나 다행한 일인가. 더욱이 매달 감동 어린 수기가 나간 이후 독자 편지가 밀어닥칠 때에는 그런대로 짜릿한 쾌감과 보람을 맛볼 수도 있었다.

그런데 얼마 안 가 도하 각 신문사에서 너도나도 화려한 주간지를 내면서 양상이 180도로 달라졌다. 주간지에는 매주 늘씬늘씬한 미인들이 반라(半裸) 또는 가장 은밀한 부위에 실오라기만 걸친 채 만지면 터질 듯 농염한 교태를 부리고 있었다. 그것도 흑백이 아닌 총천연색으로…….

주간지는 폭발적인 인기를 끌어 모았다. 인기 연예인의 침실까지 공개하는 포르노그래피 같은 화보에 외설의 허용 한계를 절묘하게 넘나드는 에로틱한 기사하며 말초신경을 자극하는 간질간질한 인생 상담이라든가 아무튼 그런 짜릿짜릿한 주간지 앞에서 종래의 대중잡지는 경쟁의 상대가 될 수 없었다.

더군다나 주간지가 거의 예외 없이 신문사라는 든든한 배경을 등에 업고 있는 반면, 한 사람의 전주(錢主)가 주먹구구식으로 경영해온 대중잡지는 영세하기 짝이 없었다. 그런 대중잡지가 자본과 인력, 시설과 기술 등 모든 면에서 월등한 주간지를 따라잡기란 뱁새가 황새 따라가는 것만큼이나 불가능한 일이었다.

당시 주간지가 전면 원색 오프셋으로 인쇄돼 나오는 데 비해 대중잡지는 화보 몇 페이지를 제외하고는 전부 단색의 활판인쇄 일색이었다. 주간지가 몰랑몰랑한 눈요깃거리로 가득 채워져 있는데, 과연 어느 누가 딱딱하고 고리탑탑하게 제작된 구태의연한 대중잡지를 읽어줄 것인가.

그리하여 한때 대중잡지들은 주간지의 등장과 함께 피그르르 사양길로 들어서게 되었다. 그것은 어쩌면 시대 조류가 요구하는 당연한 귀결일 수도 있었나. 대중잡지 발행인들은 자본이 없었으므로 어떻게 손 써 볼 방도가 없었다.

대중잡지가 이처럼 쇠락의 길을 걷고 있을 때, 다른 한편에서는 경력기자 스카우트 열풍이 불어 닥쳤다. 주간지가 공전(空轉)의 히트 상품으로 떠오르자 신문사에서는 일손 딸리는 주간지 기자들을 충원하기 위해 유능한 대중잡지 기자들에게 스카우트 손길을 뻗쳤다.

물론 그때 승우는 스카우트 대상 0순위에 올라 있었다. 여기저기 신문사에서 파격적인 봉급을 약속하며 이력서를 요구했다. 승우에게는 천재일우의 기회가 오는 듯했다. 처음에는 멋도 모르고 몇몇 신문사에 이력서를 제출했지만, 그러나 그는 번번이 최종단계에서 낙동강 오리알이 되어 미역국을 먹고 미끄러져야 했다.

문제는 학력이었다. 승우의 최종 학력은 고졸이었고, 신문사 경영진에서는 매번 아무리 유능한 인재라 해도 대졸이 아닌 고졸 학력 가지고는 곤란하다면서 퇴짜를 놓았다. 말하자면 그들은 능력보다도 학력 위주의 사원 선발 기준을 엄격히 적용하고 있었던 것이다.

승우는 그때 이놈의 사회야말로 능력 위주 사회가 아닌 학력 위주 사회임을 실감하면서 대학 졸업장 없는 설움에 몸서리를 치지 않을 수 없었다. 기자를 채용하는 언론사 사주 입장에서는 국졸보다는 중졸이, 중졸보다는 고졸이, 고졸보다는 대졸이 더 필요하겠지. 그뿐 아니라 고등학교 졸업자가 아무리 날고 긴다 한들 그보다는 설령 바보 천치 같은 무지렁이라 할지라도 대학 졸업자가 낫다고 생각할 수도 있었다.

하기야 일반적으로 볼 때, 학력이 높을수록 실력이나 능력 또한 높이 평가받아 마땅한 일이었다. 그것은 하등 이상할 것이 없었다. 그러나 생사(生死)가 좌지우지되는 서슬 퍼런 법정에서도 정상참작과 예외가 있게 마련인데, 이 땅은 학력에 관한 한 그 어떤 정상참작이나 틈새도 허용하지 않는 듯했다.

아무튼 당시 주간지 데스크를 맡았던 사람 치고 승우의 재능을 탐내지 않는 사람이 없었다. 하지만 승우는 학력이라는 높은 벽에 걸려 개인이 내는 대중잡지 기자는 될 수 있어도 신문사가 발행하는 주간지 기자가 될 수는 없었다.

그때 승우는 대학 졸업장 없이는 이 사회에서 선불리 행세할 수 없다는 것을 뼈저리게 통감하였고, 나중에는 다른 곳에서 스카우트 제의가 들어와도 그냥 어영부영 못 들은 척하고 말았다. 이력서를 제출해 봤자 스카우트도 되지 않으면서 괜히 고졸이라는, 남들이 우습게 아는 별 볼일 없는 학력만 재삼 확인해주는 꼴이 되고 말 것이기 때문이었다.

그 무렵, 대졸 학력을 가진 웬만한 대중잡지 기자들은 대부분 신문사 주간지 기자로 특채되어 잘 풀려 나갔다. 그렇지만 대중잡지 기자들 중에서도 가장 깃발을 날리던 승우는 정작 설 땅을 잃어야 했다. 그가 예측했던 대로 대중잡지는 하나둘씩 숨을 거두었고, 그 대신 주간지들이 시중의 용지 파동까지 불러일으키며 한 시대를 풍미하고 있었다.

그러나 하늘이 무너져도 솟아날 구멍이 있게 마련이었다. 《○○잡지》가 완전히 거덜 나 문을 닫게 되자 광고부장으로 있던 박일기가 충무로에 여명인쇄사라는 간판을 내걸고 코딱지만 한 인쇄소를 차렸다. 그 여명인쇄사는 명함에서부터 각종 전표·영수증·거래명세표 따위의 서식(書式)이나 청첩장·광고용 전단 등 자잘한 인쇄물을 찍어냈다.

인생유전이라고 할까, 한때 대중잡지사에서 광고부장으로 일하던 사람이 이제는 인쇄소 사장으로 신분을 바꾼 셈이었다. 인쇄소라야 규모 면에서는 구멍가게보다 별로 나을 것이 없었지만, 어쨌든 그는 월급쟁이가 아닌 어엿한 자영업자로서 자기 사업체를 갖게 되었다.

사실 박일기가 처음 인쇄소를 시작할 때에는 문자 그대로 적수공권이나 다름없었다. 그는 살림방을 월세로 얻는 대신 전세보증금을 뽑았고, 결혼할 때 신부와 주고받았던 예물까지 모조리 팔아 창업자금으로 충당했다.

그런데도 점포 보증금 내랴, 권리금 주랴, 몇몇 집기 장만하랴, 자금은 턱없이 모자라기만 했다. 그는 가까운 친지들한테서 골고루 빚을 얻어 보탰는데, 좀 더 정확히 말하자면 여명인쇄사는 자기자본보다 부채가 훨씬 더 많은 상태로 출발하였다.

그러나 그는 과거 달랑 명함 한 장 뽑아들고 굵직굵직한 광고를 유치해오던 뛰어난 실력을 그대로 발휘하였다. 그는 맨땅에 박치기하듯 여기저기 인쇄물 발주가 있을 만한 곳을 쫓아다녔고, 그리하여 언제나 통행금지 시간이 임박할 때까지 인쇄기를 사정없이 잡아 돌렸다.

여명인쇄사는 연중무휴로 돌아갔다. 이렇게 일감이 넘치자 그는 승우에게 인쇄물 편집과 교정을 부탁했고, 승우는 대중잡지 편집부에서 갈고 닦은 실력으로 최고의 인쇄물을 제작하였다. 승우는 문안 작성에서부터 활판이든 오프셋이든 레이아웃·교정·제판·인쇄·제본에 이르기까지 모르는 것이 없었다.

아니나 다를까, 박 사장과 승우가 제작한 여명인쇄사의 인쇄물은 어떤 거래처에서도 극찬을 아끼지 않았다. 그만큼 그들은 고객이 감동할 수 있도록 인쇄물에 온갖 공을 들였다. 특히 여명인쇄사가 제작한 인쇄물에서는 오자(誤字)나 탈자(脫字)를 전혀 찾아볼 수가 없었다.

맞춤법이나 띄어쓰기도 정확했다. 특히 청첩장이나 광고 전단의 경우에는 기름기 잘잘 흐르는 햅쌀밥 같은 문맥으로 고객을 완전히 사로잡았다. 거래처에서 괴발개발 아무렇게나 내갈긴 원고라 해도 승우가 철저한 교열을 거쳐 다시 한번 말끔히 윤문을 하기 때문이었다.

인쇄에 회부하기 전, 잘 다듬은 원고를 가지고 거래처에 가면 거의 예외 없이 상대방의 입이 딱 벌어지게 마련이었다. 아마추어 중에서도 젖비

린내 나는 어설픈 아마추어가 작성한 문안을 잡지사 기자 출신의 전문가가 정성스럽게 다듬었으니 어느 누구라도 입을 벌리지 않을 수 없었던 것이다.

아무튼 박 사장은 사타구니에서 요령 소리가 날 정도로 뛰었고, 승우는 가장 깔끔하고 격조 높은 인쇄물을 제작하기 위해 심혈을 기울였다. 그 결과 여명인쇄사는 충무로에서 가장 신뢰받는 굴지의 인쇄업체로 확고한 기반을 굳히는 한편, 박 사장은 그 여세를 몰아 신촌에 별도의 사무실을 내고 논문 제작 전문 업체로 학문당을 설립할 수 있다.

학문당은 여명인쇄사에 비하면 사실상 아무것도 아니었다. 사업 규모면에서 볼 때, 여명인쇄사가 몸통이라고 한다면 학문당은 깃털에도 미치지 못했다. 그런데도 박 사장은 수익성 좋은 여명인쇄사보다 겨우 적자를 면키 어려운 학문당에 더 애착을 가지고 있었다. 그 역시 배움에 굶주린, 학력이라는 높은 벽에 걸려 하고 싶은 일이 있어도 제대로 해 보지 못한 사람이기 때문에 논문 제작 업체인 학문당 경영에 더 전력투구했다.

박 사장은 학문당을 창업하면서 승우로 하여금 학문당 일에 전념하여 자신의 오른팔이 되어줄 것을 부탁하였다. 그때부터 승우는 자연스럽게 인쇄소 업무에서 손을 떼고 학문당 일에만 매달렸는데, 스스로 선비임을 자처하며 살아가는 승우에게는 그것이 한결 적성에 맞는 일이기도 했다.

이번에도 박 사장은 특유의 사업 수완을 아낌없이 발휘하였다. 그는 누구보다도 발이 넓었고, 각 대학을 제 집처럼 드나들며 끊임없이 일감을 수주했다. 채산성만을 고려한다면 박 사장은 그보다 훨씬 수익성 좋은 업종을 선택할 수도 있었다. 여명인쇄사가 탄탄한 내실을 다지자 실지로 주위의 많은 사람들이 골프장 사업이나 식품 사업 등에 투자하라고 적극 권유

하였다.

그러나 박 사장은 그런 것은 안중에도 두지 않았고, 여명인쇄사의 경영권을 처남에게 넘겨준 채 돈벌이야 되든 말든 논문 제작 사업에 주력했다. 엄격히 말하자면 그 사업도 인쇄업에서 출발하고 있었다. 하지만 학문당에서 하는 일은 논문 작성 대행부터 시작하여 출판에다 판매까지 하고 있었으므로 종래의 일반적인 인쇄업과는 성격 자체가 판이할 수밖에 없었다.

더욱이 여명인쇄사가 아무 인쇄물이나 닥치는 대로 마구 찍어내는 데 비해 학문당은 오직 논문만 한정판으로 제작해 내고 있었다. 이를테면 여명인쇄사가 드링크제라는 명목으로 앞다투어 식음료까지 생산해 내는 대형 제약회사와 닮아 있다고 볼 때, 학문당은 죽으나 사나 외곬으로 오직 고약(膏藥)만 열심히 고아 내는 고약 전문 생산회사와 다를 바 없었다.

어쨌든 박 사장이 학문당을 창업한 이래 승우는 누가 딱히 시킨 것도 아니건만 저절로 논문 대필에 손대지 않을 수 없었다. 박 사장이 논문 작성 대행부터 시작되는 일감을 수주해 오면 좋든 싫든 승우가 논문 대필에 뛰어들어야 했기 때문이었다. 그로부터 논문 대필은 숫제 그의 직업으로 굳어졌다.

논문 대필업이라……? 세상에 이런 업종이 어느 나라 어느 구석에 존재하는지 모르지만 좌우간 승우는 자기도 모르게 이 분야에 뛰어들어 그때그때 남의 논문을 대필해주었다. 그는 언제나 물주, 즉 주문자의 구미에 딱 들어맞는 논문을 써냈고, 그런 일이 되풀이되는 과정에서 승우는 논문 대필업을 천직으로 삼게 되었던 것이다.

지난 세월, 승우는 나름대로 남들이 알지 못할 가슴 벅찬 즐거움도 맛보았다. 논문을 쓰려면 책을 가까이하지 않을 수 없었고, 책 속에 파묻혀 살 수 있다는 것 그 자체가 바로 무엇과도 바꿀 수 없는 희열을 안겨주었다. 더군다나 논문 작성 과정에서 미지의 세계를 새로이 알게 되고, 대필해준 논문이 거뜬히 학위 심사를 통과할 때에는 스스로 석사나 박사가 된 듯한 대리만족도 만끽할 수 있었다.

박 사장을 비롯하여 논문 대필을 의뢰한 물주들이 더 잘 알다시피 승우는 논문 대필의 귀재(鬼才) 또는 달인(達人)이라 해도 과언이 아니었다. 그가 논문을 작성했다 하면 처음부터 끝까지 어느 한 군데도 흠잡을 데가 없을 만큼 논리가 명쾌했을 뿐만 아니라 언제나 한 차원 높은 새로운 연구 결과를 제시하였다.

논문을 써내는 그의 기량은 참으로 대단했다. 잡지사 기자 시절부터 명성을 날리던 그의 필력도 필력이지만, 다루고자 하는 이론에 접근하는 방식 또한 타의 추종을 불허할 정도로 특출하였다. 그는 어쩌면 논문을 쓰기 위해 태어난 사람인지도 몰랐다.

승우는 어떤 분야의 무슨 논문이든 가리지 않고 한번 손에 잡았다 하면 남들이 놀랄 정도로 척척 작성해 냈다. 그에게 만물박사라는 별호가 붙은 것도 결코 우연한 일이 아니었다. 그는 '걸어 다니는 백과사전'이라 해도 좋을 정도로 각 분야에 걸쳐 해박한 지식을 가지고 있었으므로 석사 학위 논문이든 박사 학위 논문이든 논문 대필 의뢰가 들어오기만 하면 가장 단시일 내에 그것을 거뜬히 써내곤 하였다.

한편, 승우는 그 일에 종사해오는 동안 남을 위해 대신 희생해줄 수 있다는 것만으로도 큰 보람을 느낄 수 있었다. 노력에 비해 대가가 적은 것이 흠이기는 하지만, 남들이 비싼 학비 들여 대학원 다니는 동안 돈 한 푼 쓰지 않고, 아니 도리어 생활비를 벌어 가면서 학문의 세계에 흠뻑 빠져들 수 있다고 생각하면 그렇게 흡족할 수가 없었다.

그동안 일감도 많았다. 어떤 때는 일감이 넘쳐서 선별적으로 일감을 골라잡거나 아니면 선착순 원칙에 입각하여 나중에 들어온 일감을 사양하기도 하였다. 그렇게 쉬지 않고 열심히 일을 하노라면 최소한 먹고살 정도의 수입이 생겼고, 한때 거절하지 못할 일감이 넘쳐나 골병이 들 정도로 논문을 써내던 시절에는 얼마간 저축을 할 수도 있었다.

그런데 이 근래 일감이 뚝 끊겼으므로 그는 벌써 몇 달째 빈둥빈둥 놀고 있었다. 일감이 끊긴 데에는 여러 가지 원인이 있지만, 그중에서도 가장 큰 원인은 경기가 전반적으로 침체되어 일감 자체가 대학에서 별로 흘러나오지 않기 때문이었다. 그렇다고 경기가 나아질 전망이 보이는 것도 아니었다.

이미 공개된 비밀이나 다름없지만, 사실은 오래전부터 젊은 대학원생들까지 나서서 아르바이트라는 명목으로 남의 논문을 대필해주고 있었다. 그리하여 승우처럼 전문적으로 논문 대필업에 종사하는 사람들의 몫이 확 줄어들었다. 즉, 논문을 필요로 하는 사람들이 외부에 발주하는 물량 자체가 종전에 비해 절반 이하로 줄어든 데다 그나마 그 물량을 대부분 대학원생들이 소화해버리는 터라 승우 같은 사람에게 돌아올 일감이 뚝 끊길 수밖에 없었던 것이다.

승우의 논문과 애송이 대학원생들이 쓴 논문은 질적인 측면에서 비교할 수도 없었다. 하지만 대학원생들이 쓴 논문이라고 해서 학위 심사를 통과하지 못한다는 법도 없었다. 꿩 잡는 것이 매라고, 글의 내용이야 서울로 가든 부산으로 가든 대학원생들이 대필해준 논문도 거뜬히 학위를 통과하는 데야 뭐라고 할 말이 없었다.

낱낱 논문 작성을 의뢰하는, 이른바 물주들 치고 그들이 정작 필요로 하는 것은 논문이 아니라 학위일 따름이었으므로 논문의 수준에 상관없이 학위만 받으면 그만이었다. 그들에게는 논문 제출이야말로 학위 취득을 위해 부득이 거치지 않으면 안 될 성가시고 귀찮은 통과의례에 지나지 않았던 것이다.

그런데 최근에 나온 몇몇 학위논문들을 보면 한심하기 짝이 없었다. 물론 제대로 연구한 논문도 적지 않았지만, 개중에는 남의 논문을 거의 여과 없이 베끼거나 이것저것 짜깁기한 경우도 있었고, 심지어 공동 연구라는 미명 아래 교수가 제자에게 이름만 빌려준 경우도 허다했다.

그런 식으로 쓰레기 같은 논문을 어물어물 발표해 무엇을 어쩌겠다는 것인지……. 승우는 여기저기서 쏟아져 나오는 논문 내용이 날로 하향평준화(下向平準化)되는 것을 보면서 개탄을 금치 못하고 있었다. 하지만 그보다도 더 시급한 문제가 있었다. 남들이야 다른 사람의 논문을 표절하든 말든 적어도 굶어 죽지 않을 만큼 일감이 이어져 들어와야 할 텐데 몇 달 동안 애꿎은 담배만 날리면서 무위도식하려니까 이만저만 괴로운 것이 아니었다.

아이들은 부쩍부쩍 자라나는데, 가족들의 생계를 책임지고 있는 가장으로서 그는 아이들 학비며 몇 닢 되지도 않는 전화 요금이라든가 당장 발등에 떨어진 불을 끄기도 바쁜 형편이었다. 그는 모진 근심걱정에 시달리면서 실로 속이 부글부글 끓는 번민의 나날을 보내야 했다.따라서 그는 이런 때일수록 그 어떤 절대자에 의지하여 정신적 고통만이라도 덜어 낼 수 있는 방편이나 지혜가 필요하다는 것을 절감하고 있었다.

그렇지 않고서는 도저히 이 복장 터지는 괴로움을 견딜 수 없을 것 같았다. 뭐라고 딱 부러지게 설명할 수는 없지만, 어쨌든 그는 이 막다른 길목에서 조금이나마 숨통을 열고 위안을 얻기 위한 희망의 출구가 필요하다고 생각했다. 그러던 차에 승환이한테 전화가 걸려와 우연히 종교 이야기를 나누게 되었다.

물론 종교가 기복(祈福)으로 흐르는 데는 절대 동의할 수 없지만, 그럼에도 불구하고 워낙 감당하기 어려운 고통을 겪다 보니 그의 내면에서는 불교든 기독교든 어느 종교에라도 귀의해야겠다는, 이를테면 신앙의 힘을 빌려 최소한 마음의 병이라도 떨쳐버리지 않으면 안 되겠다는 간절한 소망이 움텄다. 어디 그뿐인가 종교 안에 들어가면 어느 정도 마음의 평정을 얻을 수 있지 않을까 하는 막연한 기대까지 들었다.

승우는 오랜 암중모색 끝에 종교를 가질 경우 천주교를 선택하리라 작정하고 있었다. 그는 불교의 심오한 교리에도 큰 매력을 느끼고 있었지만, 아우 승환이가 신심 깊은 천주교 신자로서 신앙인의 표양을 보여주고 있었으므로 그 영향을 많이 받은 까닭이었다.

승환이가 비록 손아래 동생이기는 하지만, 그 아우한테서는 여러 모로 본받을 점이 많았다. 한 부모 몸에서 태어난 동기간이라고 해서 하는 말이 아니라 승환이는 인간적으로 한 군데도 나무랄 데가 없었다. 아무튼 인격으로 보나 실력으로 보나 요즘 세상에서 그만한 인물을 찾기가 쉽지 않으리라.

승환이는 모든 면에서 거의 완벽했다. 그는 누구보다도 열심히 살아가고 있었을 뿐만 아니라, 쟁쟁한 실력과 번뜩이는 혜안을 가진 데다 신앙인으로서도 가위 복자(福者)나 성인(聖人)의 반열에 오를 만한 높은 경지에 이르러 있었다. 그런 승환이는 감히 살아 있는 예수라 해도 좋을 만큼 이웃 사랑을 온몸으로 실천하며 그리스도와 닮은 삶을 살아가고 있었다.

승환이는 누구보다도 남을 깍듯이 섬길 줄 알았고, 자기가 가진 것을 자기보다 못한 이웃과 기꺼이 나눌 줄도 알았다. 오른뺨을 친 사람에게 왼뺨까지 돌려 댈 수 있는 도량, 원수를 사랑할 수 있는 자비, 자선을 베풀면서도 오른손이 하는 일을 왼손이 모를 정도로 일절 티를 내지 않는 겸양지덕이라든가 어쨌든 그는 가장 복음적인 삶을 살아가고 있었다. 승환이가 말했다.

"잘하신 일입니다. 천주교든 개신교든 불교든 종교를 갖는다는 것은 어느 모로 보나 현명한 선택입니다. 제가 열심히 기도해드리겠습니다."

"고맙네. 앞으로 모르는 것이 있으면 많이 일깨워주게나."

"그런 문제라면 전혀 염려하지 않으셔도 됩니다. 일단 성당에 나가시기만 하면 친절하게 인도해주는 사람이 있습니다. 즐거운 마음으로 한 번 가까운 성당을 방문해보세요. 필경 좋은 일이 있을 것입니다. 저도 괴롭거나 힘든 일이 있을 때에는 모든 것이 하느님 뜻이라 생각하며 마음 편케 살아가고 있습니다. 삶 자체를 하느님께 의탁하고, 하느님 뜻에 오롯이 순명하며 살아가면 그렇게 기쁠 수가 없습니다."

"알았어. 며칠 안으로 우리 동네 성당을 방문하기로 하지."

"형님, 죄송합니다. 제가 형님께 입교 권면을 하려고 전화드린 것은 아니었는데, 어쩌다 화제가 종교 이야기로 흐르게 됐는지 모르겠군요."

"그것도 어쩌면 하느님 뜻이겠지."

"하하하……. 형님은 벌써 대단한 크리스천이 되셨군요."

"말이 나왔으니까 얘기지만, 나도 언젠가는 아우처럼 종교에 몸을 의탁하려고 했었어. 요즘처럼 각박한 시대, 인륜과 도덕마저 땅에 떨어져 무참히 짓밟히는 시대일수록 뭔가 종교의 힘이 필요하다고 절감했거든. 그러나저러나 전화 요금 많이 나오면 어떡해?"

"괜찮아요. 형님께서 자발적으로 하느님을 찾으신다는데 지금 전화 요금이 문제겠습니까? 그보다 더 기쁜 소식이 어디 있습니까? 사실 형님 면전에서 드러내 놓고 말씀드리지는 못했지만, 저도 언젠가는 형님께서 종교의 소중함을 인정하시리라 확신하고 있었습니다. 아무튼 형님께 좋은 일 많으시기를 빌겠습니다. 그리고 한 가지 꼭 부탁드릴 말씀이 있습니다."

"뭔데?"

"제 신상에 관한 문제인데요, 혹시 신문사나 방송국 기자들이 형님께 뭣뭣을 물어볼지도 몰라요. 그러면 당사자인 저한테 직접 물어보라고 하세요."

"알았어."

"자, 그럼 이 다음에 또 연락드리기로 하고 오늘은 이만 줄이겠습니다. 형수님과 조카들에게도 제 대신 안부 좀 전해주세요."

"그래. 항상 건강하게 지내."

통화를 마치고, 승우는 고개를 갸우뚱하였다. 무슨 일로 언론사 기자들이 찾게 된다는 것일까. 하기야 개각이나 당정 개편 또는 정부 고위직 인사가 단행될 때마다 아우 승환이는 거의 단골처럼 하마평(下馬評)에 오르곤 하였다.

물론 지난번 전면개각 때에도 승환이는 경제팀의 핵심 각료로 물망에 올랐는데, 그때 승우는 몇몇 언론사 정치부 기자들로부터 예기치 않은 전화를 받고 이것저것 그들이 묻는 승환이의 신상 관계를 답변해준 적이 있었다. 하지만 지금은 새 내각이 출범한 지도 얼마 되지 않았을 뿐만 아니라 정부 고위직 인사에 관한 이야기가 쏙 들어간 상황이었다.

그런데도 승환이가 신문사나 방송국 기자 운운하는 것을 보면 이상한 일이 아닐 수 없었다. 어쩌면 명년 봄으로 예정된 총선과 관련하여 물밑에서 참신하고 명망 있는 외부인사 영입 작업이 한창 활발하게 진행되고 있는지도 몰랐다. 좌우간 정치권에서 승환이를 탐내는 것만은 분명했고, 오래전부터 여야 실세들이 승환이를 자파(自派)로 끌어들이기 위해 끈질긴 정치공작을 벌었다.

하지만 승환이는 언제나 현실 정치로부터 초연했다. 그는 번번이 기성 정치권의 권유를 뿌리쳤고, 오로지 자신이 택한 학문 천착에만 전념하였다. 그는 지금도 종종 대통령의 주요 정책 자문에 응하는 것으로 알려져 있지만 그것은 극히 제한된 사람만 알고 있을 따름이었다.

일본으로 건너가기 전, 그는 대통령의 요청에 의하여 자주 대통령과 독대를 하면서도 그것이 세상에 알려질세라 쉬쉬하며 극비에 붙이고 있었다. 그는 순수한 학자이기를 고집했고, 청와대를 드나들 때에도 대통령 개인이 아닌 국민의 대표를 만난다는 인식을 고수하였다.

대견스런 아우. 승우는 그런 훌륭한 아우를 두었다는 것이 사뭇 자랑스럽기만 했다. 이제 누가 뭐래도 승환이는 자타가 공인하는, 경제학계에서 단연 선두를 달리는 중견학자로 확고한 위치를 굳히고 있었다.

특히 실사구시(實事求是)에 입각한 그의 현장경제 이론은 남들이 도저히 넘보지 못할 독보적인 영역을 개척해 놓고 있었다. 그 이론은 학계뿐만 아니라 사회 각 분야로 널리 확산되어 근로자·경영자·농민·학생 등 일반 대중들 사이에서도 비상한 관심을 불러일으키고 있었다.

그런데 그가 일관되게 주장해온 현장경제 이론의 핵심은 현장경제가 강

단경제보다 우선이라는 인식에서 출발하고 있었다. 즉, 경제는 몇 사람의 학자와 학문을 위해 존재하는 것이 아니며, 도리어 학자와 학문이 언제 어디서라도 현장경제를 능동적으로 뒷받침함으로써 국리민복(國利民福)의 향상에 적극 이바지할 수 있어야 한다는 것이었나.

어떻게 보면 그의 논지(論旨)는 아주 평범한, 가장 상식적이고 초보적인 원론이라고 말할 수 있었다. 하지만 소위 자칭 타칭 경제학자라고 일컫는 사람들 중에는 이 기본원칙조차 까마득히 망각한 채 경제학을 마치 몇몇 경제학자의 전유물인 양 착각하는 가운데 아무 짝에도 쓸모없는, 이론을 위한 이론, 더 나아가 이치에도 닿지 않는 궤변을 희롱하며 앞길 창창한 학생들을 현혹하였다.

벌써 여러 해 전이었다. 승환이는 국내 최초로 현장경제론에 기초한 거품경제론을 내놓아 큰 파문을 불러일으킨 바 있었다. 그는 한국 경제가 고도성장을 추구하는 과정에서 탄탄한 내실을 추구하기보다는 몇몇 재벌을 중심으로 몸집 불리기에 급급하였고, 그로 인해 사회 각 부문에 아무런 실익도 없는 허울뿐인 거품이 발생하여 한국 경제의 앞날이 심히 우려된다고 지적하였다.

특히 승환이는 한국 사회 전반에 걸쳐 만연해 있는 고비용 저효율 문제를 신랄하게 비판하였다. 그 이론의 골자인즉, 고비용 저효율이라는 구조적 병폐를 척결하지 않고서는 우리 경제가 무한경쟁 시대의 국제무대에서 도저히 살아남을 수 없으므로 강도 높은 구조조정을 단행하여 불필요한 거품을 걷어내고 하루 속히 저비용 고효율 체제로 전환해야 한다는 것이었다.

이러한 거품경제론이 나오자 일부 학자들은, 특히 강단에서 먹어 치운

밥그릇 수만으로 권위를 측정하려는 대부분의 노장파 학자들은 기다렸다는 듯이 승환이의 이론을 정면으로 반박하고 나섰다. 그들은 다짜고짜 거품경제론을 도마 위에 올려놓았고, 그야말로 입에 거품을 문 채 승환이의 이론을 무자비하게 난도질하였다.

그들은 승환이의 이론을 한갓 하잘것없는 철부지의 잠꼬대 정도로 사정없이 매도하였다. 그러자 소위 그들 그늘에서 자라나 자칭 학자랍시고 목에 힘을 주는 일단의 젊은 학자들이 개나 걸이나 떼거리로 달려들어 승환이의 이론에 융단폭격을 퍼부었다.

그들의 집단 공격은 가위 살인적이었다. 명색이 학자입네 하고 곡학아세(曲學阿世)를 일삼던 그 무리들에게는 승환이의 거품경제론이야말로 아킬레스건(腱)을 찌르는 비수와도 같았다. 그들은 주로 그동안 달착지근한 이론으로 정권 담당자와 재벌의 귀를 즐겁게 해주던 사람들이었는데, 승환이의 거품경제론이 나오자 자기들이 이제껏 쌓아올린 이론이 모두 허구로 판명되는 것 같아 오금이 저린 모양이었다.

어쨌든 그들은 나라 경제야 망하든 말든, 국민들이야 죽든 말든 자기들의 밥줄이 떨어질까 봐 전전긍긍하는 가운데 특정 인맥과 파벌로 똘똘 뭉쳐진 기득권 지키기에만 혈안이 되어 있었다. 한데 더욱 가관인 것은 승환이와 비슷한 연배의 젊은 학자들일수록 노장파 못지않게 목청 높여 거품경제론을 성토하더라는 사실이었다.

승우는 그때 고향 마을 어느 집에나 다 있던 똥개들을 연상했다. 그의 고향 안장말에는 어느 집에나 한두 마리씩 똥개를 기르고 있었다. 마을 어귀에 낯선 사람이 나타나면 그의 출현을 가장 먼저 포착한 똥개가 짖었고, 그것을 시작으로 나머지 똥개들은 뭐가 뭔지도 모르면서 괜히 덩달아 짖어대게 마련이었다.

일부 별 볼일 없는 학자들 또한 그런 똥개들과 별로 다를 바 없었다. 제왕초가 뭐라고 한마디 하면 그 추종세력들은 개뿔이나 뭐가 뭔지도 모르면서 일제히 떼거리를 이루어 와글와글 함성을 질러대곤 하였다.

하지만 승환이는 바탕부터 달랐다. 그는 남들이야 멍석을 말아 피리를 불건 말건, 요강을 입에 넣고 꽈리를 불건 말건 오직 외곬으로 학문의 정도(正道)만을 걸었다. 다른 사람들이 아무리 작당을 해서 세력화를 꾀한다 해도 그는 결코 실력 이외의 어떤 집단에 연연하거나 시류에 휩쓸리지 않았다.

아니, 승환이는 다른 사람들이 맹공을 퍼부으면 퍼부을수록 도리어 용수철 같은 탄력을 받곤 하였다. 거품경제론이 여러 사람으로부터 무차별 협공을 받고 있을 때, 승환이는 그러나 보란 듯이 국내 최초로 금융위기론을 내놓음으로써 그들을 깜짝 놀라게 하였다.

물론 금융위기론 역시 그의 현장경제론에 근거하였고, 그 이론은 거품경제론에서 현실적으로 한 단계 더 구체화한 이론이었다. 승환이는 그 논문에서 우리나라의 외환 관리에는 많은 맹점이 있으며, 설상가상으로 종합금융회사의 난립을 허용함으로써 금융위기를 부채질하는 형국이라고 진단했다. 그의 거품경제론과 금융위기론은 멀리 동떨어진 개념이 아니라 동전의 양면처럼 밀접하게 맞물려 있었다.

승환이는 문제의 금융위기론에서 금융산업의 재편(再編)이 이루어지지 않는 한 우리 경제가 머지않아 큰 위기를 맞이하게 될 것이라고 엄중히 경고했다. 일부 사이비 학자들은 아직도 거품경제론을 헐뜯느라 열을 올리고 있었는데, 그 이론에 담긴 참뜻을 모르는 자들이 금융위기론을 제대로 이해할 리 만무했다.

금융위기론이야말로 그들에게는 아닌 밤중에 홍두깨 같은 황당한 이론이었고, 거품경제론을 폄하하기에만 골몰해 있던 그들로서는 마치 닭 쫓던 개 하늘 쳐다보는 꼴과 다를 바 없었다. 그 논문이 나오자마자 이번에도 어느 원로학자가 반론을 제기하였고, 그의 추종세력들은 또다시 안장말의 똥개들하고 똑같은 형국을 연출하고 있었다.

아니나 다를까, 승환이의 이론은 급기야 현실로 나타나기 시작했다. 외환보유고가 바닥을 드러내면서 우리나라의 대외신인도(對外信認度)가 침몰 직전까지 추락하였고, 정부는 정부대로 뒤늦게서야 국제통화기금(IMF)에 구제 금융을 요청한다 뭐 한다 해서 벌집 쑤신 듯 난리를 피웠다. 이 나라 경제의 구조적 결함이 금융부문에서 폭발하여 경제대란으로 이어졌다.

그 파장은 이루 말할 수가 없었다. 경쟁력도 없으면서 쓸데없이 몸집만 불린 기업들이 모래성처럼 와르르 무너지는가 하면 수백만 근로자들이 구조조정이다 뭐다 해서 길거리로 나앉아야 했다. 산업 현장에서 땀 흘려 일하던 사람들이 하루아침에 실업자로 전락하여 서울역 지하도 같은 데서 노숙하는 정경이란 차마 목불인견(目不忍見)이었다.

정권 담당자들은 입만 벌렸다 하면 빅딜이니 빅뱅이니 워크아웃이니 아웃소싱이니 요상한 나팔을 불어대면서 때늦은 뒷북을 치고 있었다. 그사이, 자칭 중산층이라고 자부하던 사람들이 속절없이 무너져 영세민으로 곤두박질쳤고, 돈 많은 자들은 고금리 시대를 노래하며 띵가띵가 제멋대로 신나게 놀아났다.

그때에도 사이비 학자들은 너 나 할 것 없이 적당한 처방을 내놓지도 못하면서 하루아침에 금세 이 나라가 멸망하여 역사의 저편으로 사라지는 양 호들갑을 떨어댔다. 그들은 우왕좌왕 갈피를 잡지 못한 채 얍삽한 이론으로 정부 당국의 책임을 질타하기에 바빴다. 승환이가 거품경제론과 금융위기론을 내놓았을 때 그렇게도 기를 쓰고 정부 입장을 옹호하던 작자들이 어느 날 갑자기 표변하여 정부 당국을 향해 일제히 공격해대는 꼴이란 참으로 가관이 아닐 수 없었다.

옛말에도 될성부른 나무는 떡잎부터 다르다고 했지만, 승환이는 어린 시절 이후 대학에 다닐 때까지 공부 이외에는 단 한 번도 한눈을 판 적이 없었다. 그는 대학 시절에도 다른 동료 학생들이 미팅을 한답시고 여학생들과 어울려 히히덕거리거나 말거나 미련하다 싶을 정도로 한 마리 공부벌레가 되어 도서관에 둥지를 틀고 들어앉은 채 꼼짝 않고 학업에만 전념하였다.

그렇게 다져진 저력 위에서 승환이는 오늘날 가장 실력 있는 중견 학자로 성장하였고, 그는 도쿄에 머무는 동안에도 일본 유수의 경제 전문지와 일간지에 격조 높은 논문을 기고하여 아낌없는 절찬을 받고 있었다. 그뿐 아니라 그는 종종 도쿄의 유명 텔레비전 방송에도 출연하여 세계 경제를 전망하곤 했는데, 그때마다 경제학자들은 물론 일반 시청자들 사이에서도 '김승환 신드롬'이다 해도 좋을 만큼 일본열도 전역에 일대 돌풍을 불러일으켰다.

이제 승환이는 완숙의 경지로 치닫고 있었다. 학문이 날로 호한(浩瀚)해지는 것과 비례하여 그의 인품도 갈수록 점점 더 고결해졌다. 승우가 볼 때, 승환이야말로 삶을 선험적으로 통찰하여 인생에 달관했거나 아니면 하느님께서 특별히 점지한 사람 같았다. 그만큼 승환이는 한 군데도 흠잡을 데 없는, 어느 누구라도 존경할 수밖에 없는 고매한 인격을 갖추고 있었던 것이다.

학문이야 피나는 노력을 통해 더욱 빛나는 경지를 개척할 수 있다 해도 과연 영혼에서 우러나오는 인품이나 덕망까지 사람의 힘만으로 그처럼 높은 세계에 다다를 수 있을까. 승우는 그런 승환이를 생각할 때마다 신의 존재를 인정하지 않을 수 없었다. 그 어떤 절대자에 의하지 않고서는, 즉 인위적으로는 그렇게 훌륭한 인물이 억지로 만들어질 수 없다는 판단 때문이었다.

승우는 멀리 떨어져 있는 아우 승환이를 그리워하며 하루라도 빨리 승환이처럼 현세에 초연한, 경제적으로 어떤 어려움이 닥치더라도 아등바등하지 않는 삶을 살리라 작정했다. 이미 적지 않은 식솔들을 거느린 이상 성직자나 수도자가 되지는 못한다 해도 하여간 그 근처까지만이라도 가 봐야겠다고 다짐했을 때 그의 내면에서는 벌써부터 근원을 알 수 없는 기쁨이 용솟음치기 시작했다.

그때 아내가 일어나 조반을 준비하느라 떨그럭거렸고, 두 딸도 잠에서 깨어나 화장실을 들락거리고 있었는데, 아직까지 늦둥이 성현이만 아무런 기척이 없었다. 승우는 얼른 일어나 발코니로 나갔고, 물어볼 필요도 없이 부랴부랴 알루미늄 화분걸이까지 곰실곰실 기어 올라와 있던 나팔꽃넝쿨부터 살폈다.

그 순간, 승우는 으악, 하고 감격의 환호성을 지르지 않을 수 없었다. 나팔꽃넝쿨이 무사한 것은 물론이고, 밤사이에 꽃망울이 터져 각기 색깔도 다른 나팔꽃 두 송이가 활짝 피었기 때문이었다. 한 송이는 진홍색으로, 다른 한 송이는 아청색으로 곱게 피었는데, 두 송이 꽃은 서로 몸을 조금씩 포갠 채 마치 태극과 같은 형상을 보여주고 있었다.

간밤 거센 폭풍우에 속절없이 으스러졌을 줄 알았던 가녀린 나팔꽃 넝쿨. 그러나 그 넝쿨은 모처럼 맞은 비로 한층 생기를 되찾아 도리어 싱싱하게 검푸른 빛을 띠고 있었다. 대기 오염으로 늘 우중충했던 하늘도 말끔히 개었고, 한바탕 세찬 집중호우가 지나간 뒤끝이라 그렇게 맹위를 떨쳐대던 더위도 한풀 가신 듯했다.

맑은 하늘, 함초롬히 피어난 나팔꽃……. 승우는 대자연의 변화 앞에서 잠시 근심 걱정을 잊었고, 머지않아 뭔가 상서로운 일이 있을 것만 같은 희망찬 예감에 사로잡혔다. 하룻밤 사이에 세상이 이렇게 달라져 보이다니 실로 경이로운 일이 아닐 수 없었다.

승우는 그때 인간의 잣대로는 도저히 측정할 수 없는 또 다른 세계가 있다는 것을 실감했다. 그것은 어쩌면 신의 계시인지도 몰랐다. 하여간 그는 절대자의 오묘한 섭리 앞에 저절로 옷깃을 여미지 않을 수 없었고, 언젠가는 썩어 없어질 육신이 아닌, 어떤 상황에서도 병들지 않고 기쁨으로 가득 넘치는 아침 나팔꽃 같은 신선한 영혼을 고이 가꾸어나가리라 다짐하고 또 다짐했다.

어느 사이엔가 눈부신 아침 해가 웅장하게 두둥실 떠오르면서 곱디고운 나팔꽃을 찬란히 비추고 있었다. (《문학마을》 2000년 봄호)

만물박사(5)

돼지풀

나팔꽃은 아직도 진주처럼 영롱한 이슬을 머금고 있었다. 잠시 후 이슬은 곧 잦아들었지만, 온갖 역경을 딛고 일어나 보란 듯이 피어난 곱디고운 나팔꽃을 보자 그렇게 갸륵하고 신통할 수가 없었다. 더구나 두 송이 꽃은 각각 다른 줄기에서 피어났으므로 색깔도 달랐다. 한 송이는 진홍색으로, 다른 한 송이는 아청색으로…….

그렇게 다른 두 송이 꽃이 서로 몸을 조금씩 포개어 마치 태극 형상으로 피어 있는 것을 보면 참으로 기이(奇異)하기만 하였다. 그렇다면 앞으로 다른 줄기에서 무슨 색깔의 꽃이 어떻게 피어날까. 한갓 메꽃과의 한해살이 풀에 지나지 않지만, 다른 곳도 아닌 자기 집 코끝이나 다름없는 발코니 난간에서 이렇듯 예쁜 나팔꽃이 피어났으므로 승우에게는 어쩐지 길조(吉兆)로 받아들여지는 것이었다.

얼마 전, 발코니로 나갔다가 화분걸이까지 기어 올라온 나팔꽃넝쿨을 처음 발견했을 때만 해도 승우는 이 나팔꽃넝쿨이 과연 온전하게 자라나 제대로 꽃을 피울 수 있을까 염려했었다. 나팔꽃넝쿨은 먼지가 풀풀 피어오르는 발코니 밑 메마른 땅에 뿌리를 내리고 있었을 뿐만 아니라 짓궂은 동네 애새끼들 등쌀에 살아남지 못할 것 같았기 때문이었다.

그렇건만 나팔꽃은 그런 척박한 땅에서도 꿋꿋이 자라났고, 눈만 떴다 하면 별쭝맞은 애새끼들이 떼 지어 몰려나와 아무 데나 들입다 공을 내질러 언제 통째로 으깨질지 모르는 위험 속에서도 마침내 아름다운 꽃을 피워놓고 있었다. 여기저기 다글다글 맺혀 있는 꽃봉오리가 내일, 모레, 글피, 아침마다 차례차례 무더기로 피어나리라 생각할라치면 벌써부터 가슴이 설레었다.

승우는 얼른 주방 쪽으로 달려가 아내 현숙의 팔목을 덥석 잡았다. 하지만 현숙은 무슨 벌레에라도 물린 듯 기겁하며 달아났다가 나중에는 진저리까지 쳐댔다. 그녀는 음식준비를 하느라 골몰해 있었는데, 승우가 아무런 예비동작도 없이 불쑥 달려들어 팔목을 잡자 화들짝 놀랐다. 승우가 말했다.

"여보, 드디어 나팔꽃이 피었어."

"나팔꽃이라구요?"

"그래. 저기 나팔꽃이 피었다구."

"그래서 뭘 어쨌다고 그러세요? 좀 조용히 하세요. 그러다 성현이가 깨면 어쩌려고 그러세요?"

"아, 그렇군. 미안, 미안."

승우는 몸을 움찔하며 목소리를 낮추었다. 아내 말마따나 성현이가 깨어나면 징징거릴 것은 뻔한 일이고, 그 녀석을 달래어 다시 재우려면 이래저래 애를 먹어야 할 것이기 때문이었다. 현숙이 승우에게 볼멘소리로 말했다.

"은경 아빠. 오늘은 당신답지 않게 왜 그러세요?"

"나팔꽃이 피었으니까 그렇지."

"나팔꽃이 피었으면 무슨 살판날 일이라도 생겨요?"

"어쩌면 좋은 일이 있지 않을까."

"피이……. 그까짓 나팔꽃이 뭐 대단한 거라구……."

승우는 나팔꽃이 피었다는 것만으로도 기뻐서 어쩔 줄 몰랐지만, 현숙은 그러나 그 정도 일에는 별로 관심이나 흥미가 없다는 듯 되레 픽픽 콧방귀를 뀌었다. 그렇다면 아내는 정녕 불감증 환자란 말인가. 다른 데도 아닌 발코니 난간에서 저절로 나팔꽃이 활짝 피었건만 아무런 감흥조차 느끼지 못하는 아내…….

승우는 그런 아내가 야속하기만 하였다. 여성은 남성에 비해 감성이 섬세하게 마련이고, 그렇기 때문에 꽃을 보았을 때에도 더 감성적으로 받아들이는 것 아닐까. 승우는, 내심 나팔꽃이 피면 아내가 더 좋아하리라 기대했었다. 하지 그 기대는 한순간에 여지없이 무너졌고, 승우는 채신머리없게 괜히 호들갑만 떤 꼴이 되고 말았다.

그는 다시 발코니로 돌아와 나란히 피어난 두 송이 나팔꽃을 자세히 관찰하였다. 나팔꽃은 꽃 이름 그대로 어디론가 경쾌하게 나팔을 부는 것만 같았다. 아내한테 볼멘소리를 들었으므로 몹시 불쾌했지만, 다시 아름다운 나팔꽃을 관찰하고 있노라니 불쾌했던 감정이 마파람에 봄눈 녹듯 말끔히 사라졌다.

아, 어느 사이엔가 승우의 뇌리에는 문득 고향에서의 어린 시절이 한 편의 흑백영화처럼 아련히 되살아나고 있었다. 꿈에도 그리운 고향. 불과 서

너 시간이면 달려갈 수 있는 고향이었지만, 어린 시절의 고향을 생각할라치면 그만 눈시울이 화끈해지곤 하였다.

백마강 남쪽, 그의 고향 안장말은 한낮에도 소쩍새가 울고 싸리꽃이 흐드러지게 피는 산골이었다. 해마다 여름이면 논두렁이나 밭둑은 말할 것도 없고, 집 주변 울타리며 텃밭에도 나팔꽃이 지천으로 피어나곤 하였다. 색깔도 가지가지였다. 흰색 · 아청 · 남색 · 분홍색 · 진홍색 · 자주색……. 그밖에도 알록달록한 색깔에 이르기까지 여러 가지 색깔의 나팔꽃이 한데 어우러져 피었다.

이른 아침, 촉촉하게 이슬 머금은 나팔꽃을 대하노라면 기분이 그렇게 상쾌할 수가 없었다. 더욱이 산기슭이나 들녘에 무더기로 피어난 나팔꽃을 보면 어쩐지 하루 내내 좋은 일이 있을 것 같은 예감이 드는 것이었다. 그 반면, 한낮이 되기도 전에 조용히 입을 다물고 시들어 버린 나팔꽃을 보면 그렇게 아쉬울 수가 없었다.

나팔꽃은 초여름부터 시작하여 가을까지 줄기차게 피어났다. 한 번 피었던 꽃송이가 오므라들고 나면 그 이튿날 새 꽃봉오리가 활짝 꽃을 피웠다. 피고, 지고, 피고, 지고……. 안장말의 산야에서는 여름 내내 나팔꽃을 흔히 볼 수 있었던 것이다.

하지만 고향에서 고등학교를 졸업하고 서울로 올라온 뒤로는 나팔꽃을 보기가 어려웠다. 특히 광동주택 앞 호박밭에 월명초등학교가 들어선 뒤로는 더더욱 나팔꽃을 찾아볼 수가 없었다. 그 언덕이 호박밭으로 남아 있던 시절만 해도 해마다 그곳에서는 군데군데 나팔꽃이 피어나곤 하였다.

그런데 몇 해 전 그 언덕을 싸그리 깔아뭉개고 학교가 들어앉은 뒤로 나팔꽃은 고사하고 그곳이 언제 호박밭이었느냐 싶을 정도로 동네 자체가 확 달라지고 말았다. 그뿐 아니라 승우가 살고 있는 광동주택은 학교 옹벽에 푹 파묻힌 꼴이 되어 그 안에서는 앞을 제대로 내다보기도 어려운 형편이었다.

동네에 학교가 들어선 것은 얼마든지 환영할 일이었지만, 그로 인해서 광동주택 주민들은 이만저만 피해를 본 것이 아니었다. 그 당시만 해도 집단이기주의니 지역이기주의니 뭐니 하는 용어 자체가 없었던 시절이라 어느 누구 하나 피해 보상을 요구하는 사람이 없었다. 사람들이 그만큼 양순했다고나 할까, 광동주택 주민들은 두 눈 멀쩡히 뜨고서도 그냥 고스란히 피해를 감수할 따름이었다.

그 무렵, 동작 빠른 사람들은 학교 공사가 시작되자마자 재빨리 집을 처분하고 어디론가 훌쩍 이사를 가버렸다. 하지만 승우처럼 가난한 사람들은 학교가 준공되고 나면 어떤 불이익이 돌아오리라는 것을 뻔히 알면서도 어떻게 해 볼 재간이 없었다. 아니나 다를까, 학교 옹벽이 올라가면 올라갈수록 집값은 그 옹벽 높이에 역비례하면서 폭락하였고, 그나마 그 뒤로는 매기(買氣)조차 없었으므로 광동주택 주민들은 죽으나 사나 그대로 눌러앉아 살 수밖에 없었던 것이다.

그 후 승우는 그래도 집 근처에 월명산 같은 좋은 쉼터가 있다는 것을 위안으로 삼고 있었다. 동네 뒤 야트막한 야산인 월명산에 오르내리는 재미가 쏠쏠하기 때문이었다. 운동도 운동이지만, 월명산은 언제나 그에게 삶의 활력을 불어넣어주었다.

승우가 이 동네로 처음 이사 올 때만 해도 월명산은 잡목만 무성한 버려진 산이나 다름없었다. 그런데 국민들의 주머니 사정이 조금씩 나아지면서 녹지 확보와 시민들의 휴식 공간 문제가 국민적 요구로 떠오르게 되자 지방자치단체도 월명산 가꾸기에 조금씩 관심을 나타내기 시작하였다.

구청 당국은 월명산 곳곳에 산책로를 만들고 배수지 복개 면에 널따란 체육공원을 조성하였다. 번듯한 운동장과 어린이놀이터는 물론 각종 운동 기구가 골고루 갖추어졌다. 그 뒤로 노인정을 비롯하여 군데군데 그늘집이 세워졌고, 작년 봄에는 월명산 정상에 월명정까지 건립되었다.

구청에서는 최근 월명산 산책로를 중심으로 아무렇게나 우거진 잡목을 쳐내고 제법 괜찮은 수종(樹種)을 식재해 나가고 있었다. 비록 부분적이기는 하지만, 이리저리 뒤죽박죽으로 뒤엉킨 잡목과 잡초를 솎아내고 관상용 나무들을 심자 이제는 월명산의 모습 자체가 많이 달라져 있었다.

승우는 그동안 거의 매일이다시피 월명산을 오르내렸다. 집에만 틀어박혀 일을 하다 보면 늘 운동량이 부족했으므로 그는 하루에 한두 시간씩 짬을 내어 월명산에 올라가 찌뿌드드한 몸을 풀곤 하였다. 그뿐 아니라 그는 따분하고 짜증나는 일이 생길 때에도 곧잘 월명산에 올라가 마음을 다스려 왔다.

코스도 거의 정해져 있었다. 월명산 진입로는 우편취급소 옆, 교회 뒷골목, 주유소 쪽을 비롯하여 월명아파트 맞은편 도로변에도 여러 군데가 있었다. 하지만 승우는 이 근래 주로 주유소 옆 진입로를 이용하였고, 일단 산에 들어섰다 하면 보통 왼쪽 약수터 가는 길을 따라 산책하였다.

지난번에는 칡넝쿨을 살피기 위해 일부러 배수지 오른편 철책 쪽으로 올라간 적이 있었다. 또 며칠 전에는 산책로 옆 구렁텅이에서 광대버섯을 발견하고는 뿌리째 뽑아 싸그리 으깨 버린 적도 있었다. 그러나 승우가 이용하는 코스는 거의 변함이 없었다.

한편, 월명산에는 우리나라 어디에서나 볼 수 있는 온갖 나무와 풀꽃들이 자생하고 있었다. 그 산 어딘가에는 필경 나팔꽃 군락지도 있겠지만, 승우는 아직 월명산에서 나팔꽃이 피어나는 것을 보지 못했다. 그런데 올해에는 바로 발코니 턱밑에서 뒤늦게 나팔꽃넝쿨이 자라 올라 이렇듯 기막힌 꽃을 피웠다.

그래. 앞으로는 반드시 좋은 일이 있을 거야. 나팔꽃은 뭔가 기쁜 소식을 전해주는 전령사 같은 느낌을 주었고, 승우는 나팔꽃 개화와 더불어 지금 이 어려운 국면으로부터 탈출할 수 있을 것 같은 막연한 희망을 가졌다. 바로 그때 성현이가 눈을 비비며 거실로 나왔다. 녀석은 아직도 잠이 덜 깬 듯 부스스한 얼굴로 승우에게 인사하였다.

"아빠, 안녕히 주무셨어요?"

"그래. 성현이도 잘 잤니?"

"네. 근데 엄마는 어디 가셨어요?"

"저기 계시잖아."

승우는 검지손가락으로 주방에 있는 아내 현숙을 가리켰다. 그러자 성현이는 그 쪽으로 통탕통탕 달려가 제 엄마에게도 인사했다. 그들 모자가 아침 인사를 마친 뒤 승우가 성현이를 불렀고, 성현이는 별로 내키지 않는 듯 마지못해 승우한테로 다가왔다. 성현이가 물었다.

"왜 부르셨어요?"

"응. 여기 말야, 우리 성현이가 좋아하는 것 있어."

"뭔데요?"

"보면 알아. 자……."

승우는 성현이를 불끈 안아 올렸고, 발코니 난간 화분걸이에 피어 있는 나팔꽃을 보여주었다. 성현이가 물었다.

"이게 무슨 꽃이에요?"

"나팔꽃."

"나팔꽃을 어디서 사 왔어요?"

"응. 이 나팔꽃은 사 온 것이 아니고, 저 아래 흙에서 자라 올라와 저절로 핀 것이란다."

"왜 저절로 폈어요?"

"글쎄……."

승우는 내심 당혹해하면서 성현이가 얼른 이해하기 쉬운 마땅한 답을 찾지 못해 잠시 뜸을 들였다. 성현이는 종종 질문으로 성립되기 어려운 질문 아닌 질문을 던져 어른들을 난감하게 하였다. 성현이가 재차 물었다.

"왜 저절로 폈느냐구요?"

"우리 성현이가 얼마나 예쁜지 보고 싶어서 저절로 피었대."

"아, 그렇군요. 근데 이 꽃이 무슨 꽃이라고 했어요?"

"나팔꽃. 꽃 모양이 나팔처럼 생겨서 나팔꽃이라고 한단다."

"정말 나팔처럼 생겼네요. 그런데 왜 나팔소리가 안 나요?"

"글쎄……. 그럼 아빠가 나팔꽃 대신 나팔소리를 내 볼까."

"어떻게요?"

"노래를 부르면 되지."

"좋아요."

성현이는 뾰족한 송곳니를 드러내 보이며 귀엽게 웃었다. 이제 비로소 잠이 멀리 달아난 모양이었다. 승우는 크음크음 헛기침으로 목청을 가다듬은 뒤 고개를 까딱거리며 동요를 부르기 시작했다.

해님이 방긋 웃는 이른 아침에
나팔꽃 아가씨 나팔 불어요
잠꾸러기 그만 자고 일어나라고
나팔꽃이 또또따따 나팔 불어요

나팔꽃 아가씨는 졸음도 없지
매일 아침 이맘때면 나팔 불어요
잠꾸러기 어서어서 일어나라고
나팔꽃이 또또따따 나팔 불어요
— 〈나팔 불어요〉 (김영일 요, 박태현 곡)

승우가 노래를 다 부르고 났을 때 성현이는 박수를 치면서 좋아했다. 실로 오랜만에 불러보는 동요인지라 생각보다 훨씬 어려웠지만, 그러나 귀염둥이 성현이가 즐거워하는 것을 보자 이만저만 기쁘지 않았다.

성현이를 위해서라면 무슨 일인들 못해줄까. 예로부터 자식 사랑은 내리사랑이라고 했지만, 성현이를 얻은 뒤로 승우는 그 녀석에게 흠뻑 빠져 있었다. 두 딸은 사실상 관심 밖으로 밀려났고, 그 대신 성현이한테는 모든 사랑을 남김없이 쏟아 부었다.

승우가 자식 편애의 부당성을 모를 리 없었다. 하지만 다 큰 두 아이들보다도 성현이한테 더 정이 가는 것을 어쩌란 말인가. 늦둥이로 낳은 아이여서 그런 것일까, 아무튼 승우는 성현이한테 특별한 애정을 느끼고 있었다. 승우가 녀석에게 물었다.

"아빠 노래가 어때?"

"좋아요."

"진짜로 좋아?"

"네. 한 번 더 불러주세요."

"서 좋시."

승우는 다시 한 번 노래를 불렀다. 아침 식사도 하기 전에 노래를, 그것도 어린이들이나 부르는 동요를 내리 두 번씩이나 연짱 불러 보기는 난생 처음이었다. 그가 다시 노래를 부르고 나자 성현이는 '또또따따……' 어쩌구 하면서 한두 소절을 흉내 냈다. 성현이가 말했다.

"재미있어요."

"그래. 내일 아침에 또 노래 불러줄게."

승우는 성현이를 데리고 안으로 들어왔고, 가족들과 삐잉 둘러앉아 아침밥을 먹었다. 벌써 몇 달째 남의 돈 한 닢 구경을 못했지만 밥맛은 꿀맛이었다. 이렇다 할 벌이도 못 하면서 끼니마다 꼬박꼬박 밥만 먹어치운다는 것이 참으로 괴롭기만 하였다.

승우가 그런 심사 속에 마악 식사를 마치고 물러나 앉을 때 난데없이 전화벨이 울렸다. 그는 혹시 좋은 소식이라도 있지 않을까 하는 기대 속에 반가운 마음으로 얼른 송수화기를 들었다.

"여보세요."

"거기 현숙이네 집이죠?"

상대방이 다짜고짜 물었다. 승우는 목소리만 듣고서도 대번 상대방이 아내 친구 도희라는 것을 알아차렸다. 도희는 이쪽이 현숙의 남편 승우라는 것을 뻔히 알면서도 의례적인 인사조차 하지 않았다. 최소한의 예의조차 갖추지 못한, 그러면서도 서양 물 좀 먹었네 하고 온통 저 혼자 잘난 체하는 버르장머리 없는 여편네…….

아무리 제 친구라고 하지만, 도희는 남의 아내이자 세 아이의 어머니가 된 중년 주부의 이름을 마치 저희 집 강아지 이름 부르듯 하였다. 빌어먹을……. 도희는 으레 그런 식이었으므로 승우도 일부러 상대방을 모르는 척하면서 다소 뻣뻣하게 대꾸했다.

“그렇습니다만…….”

“현숙이 있습니까?”

“잠깐 기다리십시오.”

승우는 현숙에게 송수화기를 넘겨주고는 한 걸음 뒤로 물러났다. 입맛이 썼다. 모처럼 만에 기쁜 소식이라도 있을까 했더니, 젠장 기쁜 소식은커녕 이른 아침부터 그 돼먹지 못한 미국병 환자가 전화를 걸어오다니……. 승우는 언제부턴가 그 여자 목소리만 들었다 하면 거의 예외 없이 반사적으로 거부반응을 일으키곤 하였다.

누구 약을 올리는 것일까, 현숙은 그러나 도희와 통화하는 동안 소갈머리 없다 싶을 정도로 낄낄대며 한바탕 신바람 나게 수다를 떨었다. 아내는 평소 묻는 말에도 잘 답변하지 않을 만큼 과묵했다. 그리하여 아내와 대화를 나누다 보면 어떤 때는 속이 터질 정도로 답답하기만 하였다.

그러나 도희한테서 전화가 걸려왔다 하면 아내의 태도가 180도로 달라졌다. 아내는 뭐가 그리도 반갑고 좋은지 숫제 송수화기를 붙들고 늘어져 시종일관 히히덕거렸다. 그날도 아내는 전화통에 매달려 무려 한 시간 가까이 수다를 떨어대다가 통화를 마쳤다. 어쩌면 도희가 귀를 즐겁게 해주어 그런지도 몰랐다.

어느 사이엔가 승우의 내면에는 아내에 대한 애증이 북받쳐 올랐다. 어쩌다 부부동반으로 모이는 자리에 가게 되면 꾸어다 놓은 보릿자루가 되어 얼굴 내미는 것조차 쑥스러워하는 아내. 그러나 도희한테서 전화가 왔다 하면 무슨 이야기가 그렇게도 많은지 아내는 시간 가는 줄조차 모르고 수다를 떨어댔다.

승우는 배알이 뒤틀려 슬그머니 서재로 들어왔다. 각종 논문집이 가득 찬 서재에는 겨우 한 사람이 누울 공간밖에 없었는데, 승우는 그 좁은 공간에 벌렁 드러누워 천장을 바라보았다. 천장에는 고장 난, 두 개의 스타트전구 가운데 외눈박이처럼 한 쪽만 살아 있는 형광등이 일(一)자로 걸려 있었다.

승우는 온몸에서 힘이 쫘악 빠져나가는 것을 느끼지 않을 수 없었다. 이제 잠시 후에는 도희가 찾아올 것이고, 그렇게 되면 또 무슨 개 같은 소리를 들어야 할지 모르기 때문이었다. 그는 애꿎은 담배만 축내면서 선풍기 스위치를 눌러 풍속을 미풍으로 설정해 놓았다.

간밤에 집중호우가 지나간 터라 무더위는 한결 가셔 있었다. 하지만 곧 도희가 들이닥칠 일을 생각하면 열불이 나서 견딜 수가 없었다. 그녀가 다녀가고 나면 언제나 부부 싸움의 빌미가 생겼으므로 승우는 벌써부터 기분이 확 잡치고 말았던 것이다.

본래 승우의 아내 현숙은 전형적인 한국 여인상을 고이 간직한, 아이들에게는 어진 어머니이면서 동시에 남편에게는 한없이 내조 잘하는 현모양처의 귀감이었다. 그녀는 승우에게는 둘도 없는 인생의 반려자였고, 얼마 되지 않는 수입을 쪼개고 또 쪼개어 아이들 가르치며 살림살이를 하느라 무진 애를 써왔다.

한데 지난봄 어느 날 갑자기 미국에서 돌아온 도희가 들락거리면서 현숙의 생활 태도가 돌변하기 시작하였다. 도희는 시도 때도 없이 찾아왔다. 과연 술은 새 술이 좋고, 친구는 옛 친구가 좋은 것일까. 도희는 미국에서 귀국한 직후부터 뻔질나게 찾아왔고, 현숙과 어울리게 되면 별로 인생에 도움이 되지 않는 거랑말코 같은 수작을 벌이다 돌아가곤 하였다.

그 뒤로 현숙은 눈에 띄게 달라졌다. 그녀는 생활이 쪼들리면 쪼들릴수록 투정이 늘어갔고, 이 근래 승우의 수입이 전혀 없다는 것을 뻔히 알면서도 심심하면 한번씩 돈타령을 하며 승우를 달달 볶아댔다.

얼마 전까지만 해도 이 없으면 잇몸으로 살자던 아내가 아니었던가. 그러던 사람이 떼쓰는 아이처럼 막무가내로 손을 벌리고 덤빌라치면 승우는 차라리 땅속으로라도 기어 들어가고 싶었다. 도대체 돈이 없어서 못 주는 것을 어쩌란 말인가. 그런데도 현숙은 사흘이 멀다 하고 승우를 궁지로 몰아붙이며 강짜를 부리곤 하였다.

누구보다도 승우가 잘 알고 있지만, 현숙은 처음부터 그렇게 터무니없는 여자가 아니었다. 그런데 최근 그녀가 변질된 것은 소위 미국 생활 좀 했다는, 남편 덕에 돈푼이나 만진다는 도희가 들락거리면서 허파에 바람을 잔뜩 불어넣은 탓이었다. 말하자면 그동안 집안 살림살이에만 열중해 있던 현숙은 은연중 도희와 자신의 위치를 비교해 보면서 일종의 회한 같은 것을 품기 시작하였다.

도희는 최소한 남부러울 것 없는, 그녀의 인생관이나 가치관이야 왕창 썩어 문드러졌든 말든 겉으로 보기에는 그런대로 자유분방한 여자였다. 더욱이 그녀는 제 잘난 멋에 사는 여성들이 다 그렇듯 주둥이까지 발랑 까져 있었다. 결혼 이후 이날 이때까지 끼니 걱정 속에 아등바등 살아온 현숙의 입장에서 본다면 그런 도희야말로 자유와 풍요를 만끽하는, 세계 조류의 첨단을 달리는 최신식 현대 여성의 한 전형으로 보일 수도 있었다.

더군다나 도희는 언제 어떤 자리에서든 한 번 입을 벌렸다 하면 못하는 말이 없었다. 그녀는 미국 생활의 경험담에서부터 자기네 돈벌이 수완은 물론, 부부가 이불 속에서 벌이는 그렇고 그런 행위하며 제 남편 바람피운 이야기라든가 어쨌든 귀신 씻나락 까먹는 소리까지 거침없이 술술 늘어놓았다.

아무튼 도희가 출현한 이후 승우는 말할 수 없는 번민과 갈등에 시달리고 있었다. 그녀가 아무리 꿈같은 이야기를 한다 해도 한 귀로 듣고 다른 한 귀로 흘린다면 별 탈이 없을 텐데, 현숙은 문득문득 도희의 화려한 삶에 자신의 초라한 처지를 대입(代入)해 보고는 괜히 아무 죄도 없는 승우에게 애꿎은 분풀이를 해대는 것이었다.

도희가 서울에 나타나기 전까지만 해도 승우 부부는 별 탈 없이 구순하게 지낼 수 있었다. 아주 이상적인 가정을 꾸려간다고 말할 수는 없어도 좌우간 큰 의견 충돌 없이 지낼 수 있었다는 것만으로도 얼마나 다행스런 일인가. 벌이가 신통치 못해 늘 걱정이기는 했지만, 그러나 부부 사이의 사랑이, 더 나아가 가족의 행복지수가 반드시 재물의 많고 적음에 비례하는 것은 아니었다.

그동안 집안이 늘 화목할 수 있었던 그 이면에는 아내 현숙의 무한한 인내와 눈물겨운 희생이 있었다. 그녀는 있으면 있는 대로 없으면 없는 대로 잘 견뎌주었고, 집안에 생활비가 떨어져 승우가 조바심을 낼 때에도 도리어 따뜻이 위로해주면서 용기를 북돋아주곤 하였다. 그녀는 죽이면 죽, 밥이면 밥…… 일절 쓰다 달다 말이 없었으며, 그 어떤 어려움도 기꺼이 받아들여 거뜬히 극복해 내는 보기 드문 적응력을 가지고 있었다.

그러나 도희가 들락거리기 시작한 이후에는 양상이 확 달라졌다. 현숙은 곧잘 자기를 다른 친구들과 비교하려 들었고, 걸핏하면 돈이라는 잣대를 들이대며 승우를 곤경으로 몰아넣곤 하였다. 희한한 일이었다. 그렇게 살림 잘하고 참을성 많던 아내가 얼토당토않게 돈에 눈먼 사람처럼 돌변한 것을 보면 참으로 기가 막히지 않을 수 없었다.

승우는 안다, 그 병인(病因)이 어디에서 옮았는가를……. 그것은 두말할 나위도 없이 도희한테서 전염된 것이었고, 그것을 재삼 확인이라도 해주듯 현숙은 도희가 다녀가고 나면 거의 십중팔구 승우에게 이것저것 꼬투리 잡아 투정을 부리곤 하였다. 더군다나 그 투정 중에는 도저히 받아들일 수 없는, 자존심뿐만 아니라 오장육부까지 송두리째 발칵발칵 뒤집어 놓는 오기 섞인 생떼까지 포함돼 있었다.

아무튼 지금까지 도희가 찾아와 집안에 일으킨 일련의 평지풍파는 이만저만 심각한 것이 아니었다. 오죽하면 승우는 연립주택 출입구에 '도희 출입 금지'라는 팻말이라도 내걸고 싶은 심정이었다. 하지만 어쩌랴. 아내의 체면을 봐서 도희의 발길을 막을 수는 없었고, 이웃이 알까 두려워 차마 그런 팻말도 내걸 수가 없었다.

승우는 애꿎은 담배만 축내다가 선풍기를 껐고, 성현이와 함께 월명산에 올라갈 요량으로 메리야스 위에 운동복을 걸치고 빛바랜 모자를 푹 눌러 썼다. 그때 마침 출입문에서 초인종이 울렸는데, 현숙이 나가서 문을 열자 아니나 다를까 문제의 도희가 기세 좋게 들어섰다.

도희는 앞 못 보는 안마사처럼 시푸르뎅뎅한 선글라스를 끼고 입술에는 시뻘건 립스틱을 바르고 있었다. 그녀는 머리에 노란 물감을 들인 데다 나이에도 어울리지 않는 배꼽티를 입고 있었다. 그 깡똥한 배꼽티 밑으로는 배꼽뿐만 아니라 허여멀끔한 뱃살에서부터 불룩 솟아올라 온 불두덩까지 살짝 드러나 보였다. 그녀가 현숙에게 말했다.

"잘 있었니?"

"응. 어서 와."

"넌 왜 인사 안 해?"

도희는 성현이에게 꿀밤을 먹이면서 꾸지람을 주었다. 불혹을 훨씬 넘겨 뒤늦게 낳은 남의 귀한 아들에게 감히 손찌검을 하며 꾸지람이나 주다니, 그녀는 남의 사정이야 아랑곳없이 천둥벌거숭이처럼 자기 뭐 꼴리는 대로 오두방정을 떨어댔다. 그러자 성현이가 마지못해 인사했다.

"안녕하세요?"

"그래야지. 미국 아이들은 어른들을 보면 어떻게 하는지 알아?"

"전 그런 거 몰라요."

잡치기에는 되치기가 약이라는 듯 성현이는 야무지게 되받아 쳤다. 승우는 통쾌함을 느끼면서 서재를 나섰고, 도희와 눈길이 마주치자 마지못해 건성으로 인사말을 건넸다.

"어서 오십시오."

"아, 안녕하세요? 오늘 같은 날 집에서 뭐하고 계세요? 가족들하고 바닷가에라도 다녀오시지……."

그 순간, 승우는 울컥 욕지기가 치밀어 견딜 수가 없었다. 말이면 다 말인 줄 아는가. 도희가 나불거린 입놀림이야말로 말인지 막걸리인지 알다가도 모를 일이었다. 승우는 그러나 목구멍까지 치밀어 오르는 욕지거리를 애써 참으면서 웃음으로 응대해주었다. 그가 말했다.

"우리가 바닷가로 떠났다면 도희 씨가 어떻게 우리 집사람을 만날 수 있겠습니까?"

"호호……. 하긴 그렇군요. 하지만, 제가 바닷가까지 쫓아갈 수도 있잖아요? 성능 좋은 승용차가 있는데 뭐가 걱정이겠어요? 그까짓 기름 좀 넣어 봤자 몇 푼 되지도 않을 거고……."

사람 약을 올려도 분수가 있지, 도희는 당장 끼닛거리를 걱정하는 사람에게 호강에 넘친 소리만 지껄여대고 있었다. 그녀는 정녕 머리가 돌았거나 아니면 바보 천치인 모양이었다. 승우가 말했다.

"그럼 전 잠깐 실례하겠습니다."

"어디 가시게요? 사실은 은경 아빠한테 드릴 말씀이 있는데……."

"뭡니까?"

"언제까지 이런 집에서 사실 거예요? 좀 나은 집으로 이사 가면 안 돼요?"

"사람에게는 각자 형편이라는 게 있잖습니까?"

"아휴 답답해. 저는 이 집에 올 때마다 답답해서 못 살겠어요. 건물은 낡아 빠졌고, 실내 공간은 좁고, 책 더미는 곧 와르르 무너져 내릴 것 같고, 앞은 콱 막히고……. 솔직히 말해서 이 집에 들어서면 숨이 콱 막힌다니까요. 현숙이하고는 피차 허물없는 사이니까 이런 말씀드리는 거예요."

도희는 혼자서 병 주고 약 주고…… 별 지랄을 다하고 있었다. 아무리 현숙과 가까운 사이라 해도, 아니 제아무리 태어날 때부터 찢어진 입이라 해도 할 수 있는 말과 해서는 안 될 말이 따로 있건만, 도희는 남의 속도 모르고 제멋대로 아가리를 놀려대고 있었다. 승우가 말했다.

"제 능력이 모자라서 그런 걸 어쩌란 말입니까?"

"그럼 은경 아빠만이라도 방을 따로 얻어 가지고 나가세요. 가족들이 아빠하고 함께 지내려면 얼마나 불편한지 아세요? 이 집 아이들을 보면 아빠한테 기가 꺾여 오금을 못 펴고 사는 것 같아요. 은경 아빠가 사무실 겸 따로 방을 얻어 나가면 그런 일이 없었을 텐데……. 그러면 은경 아빠 좋고, 가족들 편하게 살 수 있고 얼마나 좋겠어요?"

도희는 남의 가슴에 불을 지른 것도 모자라 계속 휘발유까지 확확 끼얹고 있었다. 그때 승우는 쓰디쓴 소태를 핥는 느낌이었다. 그러잖아도 도희만 보면 닭살이 돋을 지경인데, 그녀는 남의 마음이야 알 바 아니라는 듯 줄창 밑구멍으로 껌 씹는 소리를 내뱉고 있었다. 무한한 인내심을 발휘하면서 승우가 말했다.

"그럴 수만 있다면 오죽이나 좋겠습니까? 자, 그럼……."

그는 고개를 까딱해 보인 뒤 성현이에게도 알록달록한 모자를 씌워주었다. 그 모자는 성현이에게 아주 써억 잘 어울렸는데, 이번에도 도희가 고춧가루를 뿌리고 나섰다. 그녀가 말했다.

"아이구, 촌스러워……. 어디서 이렇게 형편없는 모자를 구했을까. 이럴 줄 알았으면 미국에서 멋진 모자를 가져오는 건데……."

도희는 미국이 뭐 조상 대대로 살아온, 그리고 자기를 낳고 길러준 모국이나 되는 것처럼 말끝마다 미국을 들먹거렸다. 그녀는 아마도 이 세상 사람 모두가 미국을 선망의 대상으로 삼고 있는 양 착각하는 듯했다. 어림도 없는 말씀. 그런데도 그녀는 툭하면 무엇이든 미제가 가장 좋다고 열변을 토하면서 미제라면 그저 사족을 못 쓰는 것이었다.

도희는 미상불 남자의 생식기까지 미국 놈 것을 좋아할지도 몰랐다. 아니, 그녀야말로 미국 남자 앞에서라면 상대방이 에이즈에 감염되었든 어떻게 되었든 가릴 것 없이 제가 먼저 속옷까지 홀홀 벗어 던지고는 발라당 드러누워 허벅지와 가랑이를 쩌억 벌릴 여자가 아닐는지……. 아무튼 그녀는 언제 어느 자리에서나 초지일관 입이 닳도록 미국과 미제 물건을 예찬하곤 하였다. 승우가 성현이에게 말했다.

"성현아, 우린 월명산에나 올라갈까?"

"좋아요."

"자, 그럼 어서 나가자."

신발을 신고, 승우는 성현이와 함께 집을 나섰다. 햇볕이 폭포처럼 쏟아지는 마당에는 도희의 승용차가 서 있었다. 이 퇴락해 가는 광동주택과 메기 잔등처럼 비끈하게 빠진 최고급 승용차는 너무 대조적이었다. 그런 승용차가 이처럼 구질구질한 동네에 서 있다는 것은 마치 돼지 모가지에 진주목걸이를 걸친 것만큼이나 어색하기만 하였다.

서울 ×× 나 1818. 승우는 승용차에 붙어 있는 번호판을 보면서 피식 실없는 웃음을 터뜨렸다. '나 1818'이 '나 일팔일팔'이나 '나 천팔백십팔'로 눈에 들어오는 것이 아니라 대뜸 '나 십팔십팔', 즉 '나 씨팔씨팔'로 읽히기 때문이었다. 사실 도희의 오만무례하기 짝이 없는 안하무인격 언동을 생각한다면 그보다 더 심한 욕지거리도 모자랄 지경이었다.

평온한 가정 분위기를 송두리째 흔들어 놓고 이제는 주제넘게 상전 노릇까지 하려 드는 재수 없는 여자. 지금쯤 그녀는 아내 현숙을 상대로 무슨 주접을 떨고 있을까. 승우는 그런 생각을 하며 우편취급소 옆 골목을 돌아 월명산으로 들어섰다. 그 오밀조밀한 코스를 택하기는 참으로 오랜만이었다. 월명산 초입 아까시나무 숲에서는 매미가 매앰 매앰 매애앰 자지러지게 울고 있었다. 성현이가 물었다.

"아빠, 아빠는 매미 잡을 수 있어요?"

"잡을 수 있지."

"그럼 매미 잡아주세요."

"그건 곤란한데……. 매미를 잡으려면 매미채가 있어야 하거든. 근데 아빠는 지금 매미채를 안 가지고 왔어."

"왜 안 가지고 왔어요?"

"집에 매미채가 없거든."

"왜 없어요?"

"사지 않았으니까 없지."

"매미채도 사야 돼요?"

"그럼."

"아빠, 성현이가 말 잘 들으면 내년에 매미채 사줄 수 있어요?"

성현이는 누가 시킨 것도 아니건만 제 스스로 '말 잘 들으면'이라는 전제를 달고 있었다. 귀여운 녀석. 승우는 성현이가 그 별쭝맞은 광동주택 애새끼들 틈바구니에서도 고운 동심으로 자라나는 것을 무척 흡족하게 생각하고 있었다. 승우가 녀석의 뺨을 찰싹거리며 말했다.

"그래. 내년쯤이면 우리 성현이도 매미채 가지고 놀 수 있겠지."

"내년에 매미채 꼭 사주세요."

"알았어. 말만 잘 들으면 매미채가 문제겠니? 자전거도 사줄 수 있지."

"야, 신난다……."

성현이는 좋아서 어쩔 줄 모르고 있었다. 아, 동심……. 승우는 티 없이 해맑은 성현이의 동심에 그만 콧날이 시큰해짐을 느끼지 않을 수 없었다. 승우에게도 분명 성현이와 같은 어린 시절이 있었다. 하지만 별로 해놓은 일도 없이 어느덧 지천명의 문턱에 와 있지 않은가.

돌이켜 보면, 사실은 승우처럼 일을 많이 한 사람도 흔치 않았다. 승우는 고등학교를 졸업하고 사회에 나온 이래 일에 거의 일에 파묻혀 살다시피 하였다. 대중잡지 기자 시절에는 어느 누구 못지않게 많은 기사를 써냈고, 박일기 사장이 여명인쇄사를 차린 뒤에도 그는 원고 작성에서부터 제본에 이르기까지 모든 일을 거의 도맡다시피 하였다.

그뿐이 아니었다. 박 사장이 학문당을 설립한 뒤로는 남의 논문을 얼마나 대필했는지 그 수를 헤아릴 수 없을 지경이었다. 지금까지 그가 써낸 논문 수만큼 숱한 사람들이 승우의 대필 논문으로 석·박사 학위를 받아낸 것이었다.

아무튼 논문 대필에 관한 한 승우를 따를 자가 없었고, 그가 논문을 대필해주었다 하면 백발백중 학위를 받아내게 마련이었다. 그는 논문제조기라 해도 좋을 만큼 숱한 논문을 척척 생산해 냈고, 그 논문으로 여러 분야에서 예 간다 제 간다 하는 석·박사가 줄줄이 탄생하여 목에 힘을 주고 다녔다.

그의 머릿속에는 각 부문에 걸쳐 어느 누구도 감히 상상할 수 없는 엄청난 자료가 입력돼 있었다. 그는 무슨 말이든 한 번 들었다 하면 그대로 흘려버리는 적이 없었고, 설령 소소한 자료라 할지라도 일단 손에 들어온 것은 모두 기억하여 자기 것으로 소화해 내는 비상한 두뇌를 가지고 있었다.

후천적인 노력도 노력이지만, 승우의 특출한 기억력과 탐구정신은 선천적으로 타고났다고나 할까, 어쨌든 그는 다방면에 걸쳐 인간의 한계를 훨씬 뛰어넘는 해박한 전문지식을 가지고 있었다. 오죽하면 그에게 만물박사라는 별명이 붙었을까. 그는 최신형 고성능 컴퓨터가 무색할 정도로 머릿속에 방대한 정보를 저장해 놓고 있었던 것이다.

물론 한 편 한 편 논문을 작성하는 작업이 뛰어난 기억력이나 방대한 정보만으로 전부 해결되는 것은 아니었다. 우선 머리를 쥐어짜는 심도 있는 연구와 남모르는 땀과 눈물이 필요했다. 더욱이 그 연구 결과를 빈틈없는 글로 논리정연하게 표현하려면, 즉 책상머리에 꼬박 붙어 앉아 논문을 집필하려면 피를 말리고 뼈를 깎는 중노동을 치러내야 했다.

지금은 컴퓨터 키보드를 두들겨 원고를 작성할 수 있지만, 80년대 중반까지만 해도 논문을 작성할 때에는 만년필이나 볼펜으로 원고지에 한 자 한 자 일일이 쓰지 않으면 안 되었다. 그 시절, 승우는 손바닥에 자가품이 나서 한동안 글씨를 제대로 못 쓴 적도 있었다. 정말이지 원고를 쓴다는 것은 고역 중에서도 영혼까지 바각바각 갉아먹는 고역이 아닐 수 없었던 것이다.

그러나 승우가 작성한 논문은 전부 남의 이름으로 활자화되었다. 그는 그렇게 많은 논문을 썼으면서도 정작 자기 명의로는 단 한 편의 논문도 발표하지 못했다. 그는 대학 문턱에도 가 보지 못한 터라 굳이 논문을 제출해야 할 일이 없었고, 만약 이름을 세상에 잘못 드러냈다가는 그나마 뎅겅 밥줄이 떨어질 것이기 때문이었다.

승우는 대필해준 논문에 관한 한 어떻게 보면 유령과 같은 사람이었다. 써낸 논문은 많으나 죽을 때까지 실체를 드러내 보일 수 없는 사람. 만약 그동안 대필해준 논문의 비밀이 탄로 났다면 승우가 이 계통에서 어떻게 살아남았을까. 논문 대필 거래는 어디까지나 철저한 비밀 보장 위에서만 존립할 수 있었던 것이다.

그런데 늘 문제가 되는 것은 생활에 필요한 소득이었다. 그렇게 힘들여 논문을 대필해주었으면, 상대방에서도 최소한 노력에 상응하는 대가를 내놓아야 하는데, 항용 논문이 완성될 단계에 이르면 상대방은 처음에 약조했던 알량한 대필료마저 깎으려 들었다. 개중에는 기대 이상으로 후한 사람도 없지 않았지만, 그런 사람은 가뭄에 콩 나듯 오다가다 한두 사람에 지나지 않았고, 대부분의 사람들이 계약 당시의 철석같은 약속마저 어기면서 야박하게 나왔다.

그뿐 아니라 논문이 한 편 완성되어 상대방의 손으로 넘어가면 그때부터 승우는 아무런 권리도 주장할 수가 없었다. 그 논문에 대한 저작권은 당연히 상대방의 몫이 되었고, 승우는 얼마간의 대필료를 받는 것만으로 모든 권리를 포기해야 했다.

그것은 아주 자연스런 귀결이기도 하였다. 내막으로는 승우가 처음부터 끝까지 논문을 작성했다 해도 그 논문의 명의는 주문자, 즉 물주의 것이기 때문이었다. 이를테면 승우는 논문을 주문한 물주의 놉이라고 할까, 그의 뜻대로 움직이는 그림자 같은 수족에 지나지 않았던 것이다.

승우의 비애는 거기에서 끝나지 않았다. 대필해준 논문이 학위 심사를 무난히 통과하고 나면, 그다음부터는 물주가 자동적으로 안면을 싹악 바꾸게 마련이었다. 논문이 작성되는 동안에는 더러 밥도 사고 술도 사면서 격려해주던 사람들이 소기의 목적을 달성한 뒤에는 의도적으로 승우를 슬슬 기피하고 언제 보았느냐는 듯이 배척하였다.

그것 또한 하등 이상할 것이 없었다. 상대방은 혹여 논문 작성의 흑막이 들통날까 봐 두려워하지 않을 수 없었고, 따라서 승우와의 밀약 따위는 애당초 있지도 않았던 것으로 간주해버리기 때문이었다. 어쩌다 우연히 마주치게 되면 피차 가벼운 목례라도 교환할 수 있으련만, 승우 쪽에서 먼저 정중히 인사를 하는데도 상대방은 대개 이쪽이 인사하는 것까지 거북살스럽게 받아들이며 아는 체도 하지 않았다.

하지만 승우는 조금도 서운해하지 않았다. 승우 입장에서는 논문 대필을 계기로 상호 안면을 익히게 된 것이 좋은 인연이었다 해도 상대방에게는 부끄럽기 짝이 없는, 그리하여 죽을 때까지는 물론이고 후대에 이르기까지 두고두고 없었던 일로 덮어두어야 할 숙명의 비밀이 아닐까. 승우는 그런 특수성을 감안하여 상대방을 이해하려 했지만, 그럼에도 불구하고 열이면 열, 백이면 백, 거의 예외 없이 노골적으로 안면을 몰수하였다.

승우는 세상의 비정함을 생각하면서 아까시나무 숲을 벗어나 몇 해 전 구청에서 설치한 '월명산 안내판' 앞으로 다가갔다. 원목을 다듬어 기둥을 세우고, 함석에 페인트를 칠해 제작한 안내판에는 월명산에 거미줄처럼 퍼져 있는 여러 코스의 산책로를 비롯하여 배수지·체육공원·약수터·노인정·화장실 등이 골고루 표시돼 있었다. 그리고 그 하단에는 자연보호 캠페인 표어와 구청장 명의의 경구(警句)가 굵직굵직한 고딕체로 명시돼 있었다.

— 자연을 보호합시다

— 공원에 개를 데려오지 맙시다

— 풀 한 포기, 나무 한 그루라도 다치지 않도록 노력합시다

— 공원을 임의로 훼손하면 관련법에 따라 처벌받게 됩니다

승우는 그 안내판을 지나쳐 아무도 돌보지 않는 오래된 무덤 쪽으로 올라갔다. 저 무덤에는 누가 묻혀 있을까. 봉분 좌우로는 찔레꽃넝쿨이 뒤덮여 있었고, 그 너머 밋밋한 경사면에는 늑대가 새끼 칠 정도로 잡초가 한 길 이상 웃자라 있었다. 드문드문 서 있는 나무들은 마치 잡초의 바다 위에 떠 있는 섬과 같았다.

어럽쇼, 그런데 이게 웬일일까. 거기, 경사면을 따라 저 아래 산 끝 습지까지 군데군데 질펀하게 뒤덮고 있는 잡초는 다름 아닌 돼지풀이었다. 근

동 주민들의 뒷마당이나 다름없는 산, 그것도 하필이면 토종 식물의 보고(寶庫)나 다름없었던 그 경사면에 바다 건너 남의 땅에서 묻어 들어온 고약스런 돼지풀이 군락을 이루고 있다니 기막힌 일이 아닐 수 없었다.

몇 해 전까지만 해도 그곳에는 까마중을 비롯하여 강아지풀·개망초·개미자리·개미취·개미탑·개비름·고사리·냉이·달구지풀·달래·달맞이꽃·닭의장풀·더덕·둑새풀·들국화·마·마타리·망초·멍아주·민들레·바랭이·반하·방동사니·쇠뜨기·쇠무릎·쇠비름·쑥·씀바귀·엉겅퀴·여뀌·여로·옥잠화·원추리·익모초·잔대·제비꽃·질경이·참비름·창포·패랭이꽃·할미꽃 따위의 토종 식물이나 귀화식물들이 자랐고, 어느 해 여름엔가는 개똥참외까지 한자리를 차지하고 앉아 넝쿨 마디마디에 노란 꽃을 피운 적도 있었다. 그 참외넝쿨에는 잔털 보송보송한 참외 여남은 개가 맺혀 새록새록 자라나고 있었다.

승우는 개똥참외를 발견했을 때 아주 신선한 느낌을 받았다. 그 참외알은 겨우 메추리알만 한 크기로 자라났을 때 누군가의 손을 타고 말았지만, 어쨌거나 각종 공해와 환경 파괴로 얼룩진 이 도시에서 개똥참외를 발견할 수 있다는 것만으로도 마냥 즐겁기만 하였다.

그런데 꽃도 떨어지기 전에 누군가가 어린 참외알을 싹둑 따 버린 것은 여간 유감스런 일이 아니었다. 이 월명산을 오르내리는 여러 사람이 참외가 노랗게 익어 가는 것을 골고루 보았더라면 더 좋았을 텐데 아쉽기 짝이 없었다. 참외알을 따낸 것은 필경 짓궂은 동네 개구쟁이들의 소행이 아닐까.

그야 어찌 됐든 각종 토종 식물이 자라던 그 땅을 어느 틈엔지 족보에도 없는 돼지풀이 차지하고 있었다. 말하자면 힘세고 우악스런 불청객이 얌전하고 착한 주인을 몰아내고 안방까지 점령한 셈이었다. 승우는 지난 몇 해 동안 줄곧 주유소 쪽 코스로만 다녔는데, 모처럼 이 코스로 올라오자 참으로 어처구니없는 일이 벌어져 있었던 것이다.

어쩌다 두억시니 같은 돼지풀이 주민들의 안식처나 다름없는 월명산까지 침범했을까. 승우는 그 경사면으로 다가가 돼지풀을 정밀 관찰하였다. 잎이 깃꼴로 갈라져 마주 나거나 어긋나 있는데, 몸 전체에 부유스름한 강모(剛毛)를 뒤집어쓰고 있었다. 그뿐 아니라 줄기와 가지 끝에서 이삭이 돋아나 꽃차례를 이루고 있었다.

앞으로 씨앗이 여물고, 그 씨앗이 쏟아져서 멀리멀리 퍼지면 돼지풀이 어디까지 영역을 넓혀 나갈지 모르는 상황이었다. 더욱이 돼지풀은 생긴 것만큼이나 침투력이 강해서 그놈의 씨가 한번 떨어져 뿌리를 내렸다 하면 우리나라 토종 식물이 발을 붙이지 못하도록 그 자리를 급속도로 잠식해버렸다.

그렇다면 '돼지풀 분포상황은 어떻게 될까. 아직 정확한 연구 결과는 나와 있지 않지만, 돼지풀은 벌써 전국 각지의 산과 들을 잠식하면서 이 땅의 식물 생태계를 정면으로 위협하고 있었다. 소도 먹지 않는, 그러면서 화분병(花粉病)이나 일으키는 백해무익한 돼지풀. 아무리 구르는 돌이 박힌 돌 뽑는다고 하지만, 그런 나쁜 종자가 어떻게 이 산하에 들어와 지난 세월 우리와 함께, 우리와 더불어 살아온 토종 식물을 밀어내고 버젓이 주인 행세를 하고 있을까.

한 보고에 의하면, 우리나라에 돼지풀이 발을 붙이게 된 연원인즉 수입 곡물에 돼지풀 씨앗이 함께 묻어 들어오면서 비롯되었다는 것이었다. 과문한 탓인지는 몰라도 승우는 아직 그에 대한 뚜렷한 반론을 보지 못했는데, 어쨌든 이 나라 산야가 미구에 온통 돼지풀로 뒤덮일지도 모른다고 생각하면 그저 아찔해질 따름이었다.

그 돼지풀을 면밀히 관찰하고 있는 동안 승우의 눈앞에는 돌연 도희의 얼굴이 떠오르고 있었다. 뭐가 뭔지도 모르면서 괜히 미국병에 걸린 여자. 미국이라는 나라, 그 나라 국민들의 진면목도 알지 못하면서 극소수에 의해 겉으로 드러난 썩어 문드러진 퇴폐풍조만 몸에 묻히고 들어와서 착실하기 짝이 없는 모범 주부나 오염시키는 여자. 승우의 눈앞에는 돼지풀에 겹쳐 자꾸만 그녀의 모습이 어른거리고 있었다.

사실 돼지풀과 도희는 도긴개긴인 셈이었다. 돼지풀이 이 땅의 식물 생태계를 유린하고 있듯이 도희는 그런대로 포근했던 승우의 가정환경을 여지없이 뒤흔들어 놓고 있었다. 돼지풀과 도희는 어쩌면 그렇게 닮은 점이 많을까. 돼지풀이 들어오지 말았어야 할 식물이라고 한다면, 도희야말로 승우네 집에 발을 들여 놓지 말았어야 할 인간이었다.

돼지풀을 없애버릴까 말까……. 마음 같아서는 며칠이 걸리더라도 돼지풀을 뿌리째 싸그리 파헤침으로써 아예 씨를 말리고 싶었지만, 구청이나 주민들의 동의 없이 주제넘게 임의로 풀을 뽑고 그 언저리를 마구잡이로 파헤쳤다가 혹여 무슨 봉변이나 책임 추궁을 당하게 될지도 모른다는 생각이 들었다.

승우는 한 걸음 뒤로 물러났고, 그 대신 나름대로 대안을 모색하여 가장 합리적인 수순을 밟기로 하였다. 대안이란, 구청 공원녹지과에 정식으로 건의하여 돼지풀을 완전히 뿌리 뽑고 그 자리에 아주 자연스러운 토종 식물 군락지를 복원하는 일이었다.

그리하여 외래종인 돼지풀에게 빼앗겼던 땅을 토종 식물들에게 되찾아주고, 그렇게 함으로써 이 땅의 식물 생태계를 보호하는 것은 물론, 더 나아가 자라나는 어린이들에게 생생한 자연학습장으로 활용해 보면 어떨까. 그것은 일석이조(一石二鳥) 또는 그 이상의 효과를 기대할 수 있는, 이를테면 도랑 치고, 동전 줍고, 가재 잡고, 그 가재로 매운탕 끓여 얼김에 소주까지 한잔 얼큰하게 걸칠 수 있는 기발한 착상이었다. 승우는 회심의 미소를 머금으며 성현이에게 물었다.

"성현아. 우리 이제 그만 집에 갈까?"

"조금 더 있다 가요."

"이 월명산이 좋아?"

"네. 그리고 집에 가기도 싫어요."

"집에 가기도 싫다니……. 그게 무슨 말이야? 집에서 엄마가 기다리고 있을 텐데……."

"난 그 아줌마가 싫어요."

성현이가 단호히 말했다. 역시 사람 보는 눈은 어른이나 어린이나 오십 보 백 보인 모양이었다. 아니, 어쩌면 어린이의 눈이 더 매서운지도 몰랐다. 어른이야 좋든 싫든 여간해서 속내를 드러내 보이지 않을 뿐만 아니라, 설령 눈에 거슬리는 일이 있더라도 누이 좋고 매부 좋다는 식으로 대충대충 넘어가게 마련이었다. 하지만 티 없이 순진무구한 어린이가 어떻게 위선으로 가득 찬 가식적인 언행을 구사할 것인가. 승우가 물었다.

"그 아줌마가 왜 싫어?"

"그냥 싫어요."

성현이는 도리질을 해댔다. 문제의 아줌마, 즉 도희가 싫은 것은 분명한데 아직 세 돌밖에 지나지 않은 성현이가 그 이유를 논리적으로 설명하기란 무리일 수밖에 없었다. 승우가 말했다.

"집에 오신 손님을 싫어하면 안 되는 거야. 자, 우리 그럼 저쪽으로 올라가 볼까? 손님은 언제나 반갑게 맞이해야지……. 우리 성현이가 벌써부터 집에 오신 손님을 싫어하면 어떡해?"

승우는 마음에 없는, 진심과는 아주 상반되는 말을 하면서 성현이를 데리고 월명정이 우뚝 서 있는 월명산 정상을 향해 한 걸음씩 무거운 발자국을 떼어놓았다. 그는 이 아름다운 월명산에서 기필코 돼지풀을 말살시키고야 말리라 별렀다. 그들 부자가 정상을 향해 오르면 오를수록 돼지풀로 무성한 경사면이 점점 멀어지고 있었다. (《자유문학》 2000년 봄호)

만물박사(6)

패랭이꽃

그들 부자는 배수지 가장자리 철책을 따라 걸었다. 어젯밤 집중호우가 지나간 뒤끝이라 해맑은 햇살이 눈부시게 쏟아지고 있었다. 아직 몇몇 작은 웅덩이에 물이 고여 있었고, 도랑 같은 곳에는 흙이 질척했지만, 월명산 산책로는 더욱 단단하게 다져진 느낌이었다.

운동장 옆 언저리 움푹한 곳에는 신문지·과자 봉지·비닐 쪼가리·휴지·담배꽁초 같은 쓰레기가 어지럽게 흩어져 있었다. 구청에서 파견한 관리인이 빗자루를 들고 축축하게 젖은 쓰레기들을 싸악싸악 쓸어내고 있었다. 귀염둥이 성현이가 먼저 그에게 인사했다.

"안녕하세요?"

"아이구, 착하기도 하지. 늦둥이가 오늘도 아빠 따라 나왔구나."

늙수그레한 관리인은 잠시 비질을 멈춘 채 엉거주춤 서서 성현이에게 밝은 미소를 보냈다. 벌쭉이 벌어진 입술 사이로 거무튀튀하게 변색된 의치가 드러나 보였다. 승우가 그에게 말했다.

"언제나 수고가 많으시군요."

"그 뭐 수고랄 거야 있나요? 늘 하는 일이지만, 말씀이라도 그렇게 해주시니 고맙습니다."

"버리는 사람 따로 있고, 치우는 사람 따로 있고……. 이거 되겠습니까? 정말 한심한 일입니다. 월명산을 이용하는 주민들이 조금만 신경 쓰면 깨끗한 환경을 유지할 수 있을 텐데요."

"누가 아니랍니까? 아침저녁으로 치우고 또 치워도 쓰레기가 떠나질 않습니다."

"자, 그럼 수고하십시오."

승우는 그에게 가벼운 목례를 보낸 뒤 그곳을 지나쳐 철책 너머 깎아지른 낭떠러지 쪽을 바라보았다. 그곳에는 칡넝쿨이 무성했고, 피보다도 더 짙은 자줏빛 칡꽃이 만발하여 장관을 이루고 있었다. 성현이가 승우에게 물었다.

"저 아저씨는 어디 살아요?"

"글쎄다…… 어디 살까?"

승우는 그 관리인의 이름이나 주거지를 알 까닭이 없었다. 다만, 승우가 월명산에 오를 때마다 거의 예외 없이 마주치기 때문에 피차 얼굴만 알고 있을 뿐이었다. 그런데도 성현이는 그 관리인이 어디 사는지 궁금한 모양이었다. 성현이가 다시 물었다.

"저 아저씨네 집에도 나팔꽃 있어요?"

"잘 모르겠는데……. 웬 나팔꽃은……?"

"우리 집엔 나팔꽃이 있잖아요?"

성현이는 승우의 얼굴을 빤히 쳐다보고 있었다. 녀석의 콧잔등에는 땀방울이 송골송골 맺혀 있었는데, 질문 같지도 않은 질문을 가지고 진지하게 따지는 터라 어이가 없었고, 다른 한편으로는 그럼으로 해서 녀석이 더욱 귀엽고 어여쁘기만 했다.

그런데 성현이가 잇따라 얼토당토않은 질문을 던져 놓고는 그 이유를 꼬치꼬치 캐물을라치면 그때그때 마땅한 답변을 마련하기가 여간 곤혹스런 것이 아니었다. 정말이지 녀석의 질문 중에는 전혀 예상치 못한 황당무계한 것도 한둘이 아니었다.

지난번에는 해님과 달님 중에서 누가 더 말을 잘 듣느냐고 물어서 진땀을 뺀 적도 있었다. 그때 승우는 무심코 그건 하느님만 안다고 대답해주었다. 그러자 녀석은 하느님이 누구냐고 다시 캐물었다. 하지만 이제 겨우 세 돌 지난 어린이에게 하느님을 설명한다는 것은 사실상 불가능한 일이었다.

승우는 나름대로 하느님을 설명하느라 무진 애를 먹어야 했다. 하지만 성현이는 승우가 설명을 하면 할수록 더 골치 아프게 파고들었다. 이번에도 성현이가 질문 공세를 시작한다면 그 꼬리가 어디까지 이어질지 모를 판이었다. 승우는 성현이의 관심을 다른 데로 돌리기 위하여 일부러 뻔한 질문을 던졌다.

"우리 성현이는 몇 살이라고 했지?"

"네 살이잖아요."

"그래, 맞았어. 네 살이구나. 그럼 둘째 누나는 몇 살일까?"

"그건 잘 모르겠는데요."

"열여덟 살이라고 했잖아?"

"아, 그래요. 열 살에다 여덟 살을 보태야 한다고 했지요?"

그러면서 녀석은 앙증스런 손바닥을 활짝 펴서 열을 만들었다가 다시 여덟을 만들어 보이느라 고사리 같은 손가락을 꼼지락거리고 있었다. 아무튼 성현이는 제 또래의 다른 아이들보다 훨씬 영특한 편이었다.

콱 깨물어주고 싶을 정도로 귀여운 늦둥이 아들. 만일 녀석이 태어나지 않았더라면 어쩔 뻔했을까. 승우는 성현이의 재롱을 볼 때마다 자기도 모르게 가슴 벅찬 희열에 사로잡히곤 하였다. 아무튼 녀석의 재롱을 보고 있을라치면 세상만사 모든 시름이 멀찌감치 사라졌다. 승우가 말했다.

"성현아. 아빠가 업어줄까?"

"아뇨."

성현이는 두 팔을 휘저으며 깡총깡총 뛰어 나갔다. 승우는 녀석이 혹여 돌부리에 채여 넘어지지나 않을까 염려하면서 잰걸음으로 그 뒤를 바짝 따라붙었다. 운동장 트랙에서는 몇몇 젊은이들이 땀을 뻘뻘 흘리며 앞서거니 뒤서거니 달리기를 하고 있었는데, 그때 마침 약수터 쪽에서 날아오른 비둘기 떼가 어린이놀이터 방향으로 둥그런 원을 그리며 선회하고 있었다.

약수터 가는 길에서는 중풍 환자 서넛이 찔뚝찔뚝 발걸음을 떼어놓으며 걷기 연습을 하고 있었다. 어쩌다 그런 몹쓸 병에 걸려 수족조차 제대로 움직이지 못하게 되었을까. 한쪽 팔을 뻣뻣하게 감아쥔 채 뻗정다리로 삐딱삐딱 걷는 그들을 볼라치면 가슴이 아리다 못해 사뭇 콧날이 시큰해졌다.

승우는 성현이를 데리고 월명산 정상의 펀펀한 능선으로 올라갔다. 앞뒤가 탁 트여 시원한 바람이 불어왔다. 승우는 잠시 몸을 풀면서 몇 번 심호흡을 했는데, '월명산 안내판'을 지나 돼지풀이 무성하게 우거져 있는 서남쪽 경사면에서 여기까지의 거리는 만만치 않았다.

그러나 승우 부자는 잠깐 관리인과 인사 나눌 때를 제외하고는 한 번도 쉬지 않고 내처 이곳까지 올라왔다. 승우야 어른이니까 그렇다 치고, 아직 코흘리개에 지나지 않는 성현이가 단숨에 여기까지 온 것을 생각하면 참으로 대견스럽기만 하였다. 녀석은 중간에 꾀 한 번 부리지 않고 열심히 걸어왔던 것이다.

월명정 앞 둔덕에는 '월명산과 월명정 안내판'이 설치돼 있었다. 그 안내판에는 월명산에 얽힌 전설과 월명정을 건립하게 된 경위 등이 빼곡하게 기술돼 있었다. 그런데 그 안내문 중에서는 월명정 건립 당시에 재임했던 구청장의 공적 찬양이 가장 많은 비중을 차지하고 있었다.

빌어먹을……. 엄연히 구민들의 혈세로 월명정을 지었으면서도 구민들에 대한 언급은 한마디도 없고, 당시 구청장의 시답잖은 공적이나 너절하게 늘어놓은 뒤 초 치고 된장 풀고 갖은 양념으로 번드르르하게 미화시켜 놓은 꼴이라니 승우는 목구멍에서 울컥 구역질이 치밀어 오름을 느꼈다.

개 눈에는 뭐만 보이더라고, 지난 수십 년 동안 남의 논문 대필을 생업으로 삼아온 터라 승우의 눈에는 논리상의 모순을 비롯하여 엉터리 같은 문장뿐만 아니라 오식(誤植)이나 오기(誤記) 따위의 미세한 오류까지 가차 없이 걸려들곤 하였다. 생물학자들은 현미경을 이용하여 미생물을 관찰하지만, 그 분야에 관한 한 승우의 눈은 그 어떤 초정밀 현미경을 뺨칠 만큼 고도로 발달해 있었던 것이다.

사실 문제의 안내판은 제목부터 잘못돼 있었다. 그냥 '월명산과 월명정' 또는 '월명산과 월명정 안내'라고 해도 될 것을 굳이 '판' 자까지 붙인 까닭은 무엇인가. 저 아래 '월명산 안내판' 역시 '월명산 안내'라고 해도 그만인 것을 어째서 '판' 자까지 붙였는지 알다가도 모를 일이었다.

'판'이야 널빤지나 반반한 표면을 일컫는 말이니까 구태여 쓸 필요가 없지 않을까. '월명산 안내'든 '월명산과 월명정'이든 '월명산과 월명정 안내'든 그것을 게시한 널빤지가 '판'이고, 또 '판'이야말로 안내문을 공지하기 위한 수단에 불과한데도 굳이 '판' 자까지 써넣어야 할 필요가 어디 있는가.

중요한 것은 '판'이라는 물체가 아니라, 월명산을 오르내리는 시민들에게 알리고자 하는 '안내'가 아니던가. 즉 '판'은 단순한 전달 매체에 불과할 뿐이고, 모름지기 '안내'를 위하여 '판'을 세웠으련만, 그것을 설치한 사람들은 뭐가 뭔지도 모르는 모양이었다.

물론 '안내'가 들어간 '판' 전체를 구조물이라는 측면에서 통째로 부를 때에는 당연히 안내판이라고 해야겠지만, 그러나 '판'보다도 '안내'가 주된 목적이라면 '판' 자는 아무 짝에도 쓸모없는, 아니 말과 글의 쓰임새조차 왜곡시키는 군더더기가 아니고 무엇인가.

만약 누군가가 그 표현이 옳다고 바득바득 우긴다면, 예컨대 널빤지가 아닌, 전광판이나 와이드스크린으로 안내 문안을 전달코자 할 경우 꼬박꼬박 '월명산 안내 전광판', '월명산과 월명정 안내 전광판', '월명산 안내 와이드스크린', '월명산과 월명정 안내 와이드스크린'이라고 해야 하지 않을까.

그뿐 아니라 진정 그런 방식이 옳다면, 구청장 명함에도 '○○구청장'이라는 직함 밑에 곧바로 자기 이름을 쓸 것이 아니라, 숫제 '○○구청장 명함'이라고 써서 '명함'이라는 사물 명칭까지 명시한 뒤에 비로소 자기 이름을 박아야 하지 않을까.

하기야 어떤 국문학자는 자기 책을 발간하면서 버젓이 '논문모음집'이라는 말도 안 되는 표제를 붙여 놓고 있었다. 논문모음이면 '논문모음'이고,

논문집이면 '논문집'이지 도대체 '논문모음집'이라니……. 그 작자는 필경 '모을 집(集)' 자가 무슨 뜻을 담고 있는지도 모르는 모양이었다.

젠장, 그런 잡것들이 명색 국문학자랍시고 대학 강단에 서서 후학들을 가르친다……? 하지만 그것은 빙산의 일각에 불과했고, 어떻게 보면 인간 사회 전체가 어차피 오류와 부조리로 뒤범벅되어 구제 불능 상태까지 추락하지 않았나 싶기도 하였다.

승우는 가급적 인간 사회를 긍정적으로, 좋은 것을 더 좋게, 아름다운 것을 더 아름답게 바라보려고 무던히도 노력해왔다. 그러나 이 근래 세상 돌아가는 꼬락서니를 보면 어느 것 하나 신통한 것이 없었다.

인간미라고는 눈곱만 한 씨알머리까지 몽땅 증발해버린 세상. 그리하여 박제나 다름없는 거죽뿐인 인간들이 그저 돈만 벌면 그만이라는 생각으로 눈에 핏발을 세우고 헐떡거리는 꼴이란 차마 눈꼴이 시어서 못 볼 지경이었다. 인간은 간 데 없고, 인간 비슷한 것들만 우글거리는 세상…….

승우는 그런 생각을 하며 저 아래 월명아파트 단지를 내려다보았다. 소위 신흥부자들만 산다는, 그리하여 이 일대의 주민들이 선망의 대상으로 삼는 동네이지만, 그래 봤자 이 월명산 꼭대기에서는 월명아파트 단지도 어쩔 수 없이 저만큼 발바닥 밑으로 내려다보였다.

승우는 자신이 살고 있는 광동주택 쪽을 바라보았다. 그러나 그 연립주택은 월명초등학교와 새로 들어선 상가 건물에 푹 파묻혀 보이지도 않았다. 광동주택은 마치 승우의 삶을 상징하는 것 같기도 하였다. 지금까지 어느 학자 못지않게 수많은 논문을 집필해왔지만, 그 논문은 전부 남의 이름으로 발표되었고, 승우는 단순히 그들의 대필자에 지나지 않았으므로 이름이나 얼굴을 전면에 드러낼 수가 없었던 것이다.

그런데 승우에게는 본명 이외에도 만물박사라는 별명과 김승일이라는 필명이 있었다. 필명 김승일은 승우 자신이 직접 지은 이름인데, 그나마 필명이라도 있어서 때로는 본명 아닌 필명을 더 요긴하게 써먹을 수 있었다.

70년대 초《○○잡지》라는 어느 대중잡지의 기자로 근무하면서 그는 남들이 잘 모르는 특이한 세계를 체험할 수 있었다. 잡지의 내용이 연예인의 사생활 관련 기사에 높은 비중을 두고 있었으므로 기자들은 틈만 났다 하면 잘나가는 연예인들과 어울렸고, 그들은 연예인도 아니면서 때로는 연예인 아류와 같은 이상맹랑한 생활을 하지 않을 수 없었다.

대중의 우상이나 다름없는 인기 절정의 연예인들. 지금이야 웬만한 유흥업소에 가면 그들을 만날 수 있지만, 그 당시만 해도 서민 대중이 내로라하는 인기 연예인을 만난다는 것은 상상할 수도 없는 일이었다. 서민 대중은 극장에나 들어가야 쇼 무대에 출연한 인기 연예인을 먼발치로 구경할 수 있을 따름이었다.

그러나 잡지사 기자들은 마음만 먹으면 언제 어디서라도 예 간다 제 간다 하는 연예인들을 만날 수 있었다. 연예인에게 전화를 걸어 인터뷰 요청을 하면 대부분 잘 응해주었는데, 아직 주간지가 나오기 이전인지라 연예인들에게는 대중잡지가 자신의 인기 관리를 위해 결코 외면할 수 없는 홍보 매체이기도 했다.

한편, 잡지사 기자들은 연예인을 많이 알아야만 유능한 기자로 인정받을 수 있었다. 연예 관련 기사가 빠진 대중잡지란 독자들이 거들떠보지도 않았고, 그 대신 연예인과 관련된 쇼킹한 기사가 나가면 대번 잡지의 판매 부수가 달라졌다. 그만큼 연예인의 일거수일투족은 대중들의 주목을 받았으며, 서너 사람이 모인 자리에서는 언제나 연예인과 관련된 이야기가 주요 화제로 떠올랐다.

그 시절, 승우는 틈만 났다 하면 발바닥이 닳도록 연예인들의 메카나 다름없는 충무로를 들락거리며 연예인 관련 기사를 써냈다. 물론 가공인물을 내세워 그럴듯한 눈물의 수기도 많이 썼지만, 그는 매달 빠짐없이 연예인 관련 기사로 특종을 터뜨려《○○잡지》의 판매 부수를 부쩍부쩍 끌어올렸다. 특히 상승 가도를 달리는 연예인 관련 기사가 나가면 자연히 잡지의 판매 부수도 달라지게 마련이었다.

하지만 승우는 어느 누구보다도 겸손한 사람이 되자고 다짐했다. 기자들 중에는 야비하게 일부 연예인의 약점을 물고 늘어져 금품이나 갈취하려는 모리배도 없지 않았지만, 그러나 승우는 기자이기 이전에 가슴 따뜻한 인간이 되어 연예인들과 상부상조하지 않으면 안 된다고 골백번도 더 다짐했다.

그는 연예인의 스캔들을 다룬다 하더라도 폭로성 위주가 아닌, 그들의 인격을 최대한 존중하면서 흥미진진한 기사를 쓰려고 노력했다. 그뿐 아니라 만일 근거 없는 뜬소문으로 고통 받는 연예인이 있으면 의도적으로 해명성 기사를 써주기도 하였다.

그런 시각을 가지고 접근해도 승우는 얼마든지 독자의 눈에 팍팍 띄는 특종을 터뜨릴 수 있었다. 그러나 몇몇 기자들은 폭로성 기사라야만, 그리하여 특정 연예인의 밥줄을 싹둑 끊어놓아야만 특종이 되는 것으로 오인하고 있었다. 천만의 말씀이었다. 승우는 그런 기자들을 경멸했고, 상대방이 도덕적으로 죽을죄를 짓지 않은 이상 기자라고 해서 특정 연예인의 인격과 명예를 해쳐서는 안 된다고 생각했다.

아무튼 승우의 그런 마음가짐에 대해 많은 연예인들이 호감을 가졌고, 그들은 언제 어디서나 승우를 흉허물 없이 맞이해주면서 승우가 굳이 요청하지 않아도 기삿거리가 될 만한 정보를 제공해주었다. 말하자면 승우와 연예인들 사이에는 공존과 상생(相生)의 인간관계가 형성돼 있었던 것이다.

그로부터 얼마 후 대중잡지는 호화찬란한 주간지에 떠밀려 사실상 설 자리를 잃게 되었지만 승우는《ㅇㅇ잡지》가 문을 닫은 뒤에도 몇 년 동안 그들과 변함없는 친분을 유지할 수 있었다. 아마 현직에서 떠난 뒤까지 승우만큼 연예인들과 긴밀한 인간관계를 지속시킨 전직 대중잡지 기자도 드물 것이었다.

그런데 대중잡지 기자라는 직업은 고달프기 짝이 없었다. 남들이 선망의 대상으로 삼고 있는, 그러나 감히 근처에 갈 수도 없는 연예인을 수시로 만날 수 있다는 점에서는 잡지사 기자야말로 화려하다면 화려한 직업일 수 있었다. 취직하기가 하늘의 별따기만큼이나 어려웠던 시절, 생각하기에 따라서는 대중잡지 기자라고 해서 매력의 대상이 되지 말라는 법도 없었다.

하지만 잡지사 기자들의 생활 현실은 속 빈 강정이라고 할까 빛 좋은 개살구에 지나지 않았다. 기자들은 배가 고팠고, 기시 작성에서부터 교정뿐만 아니라 밤늦도록 인쇄소와 제본소까지 들락거리며 몸을 혹사시키지 않으면 안 되었다.

승우가 잡지사 기자로 한창 깃발을 날리던 그해 여름, 마침 한 방송국에서 파격적인 현상 고료를 내걸고 다큐멘터리 프로그램 제작용 논픽션을 공모하고 있었다. 승우는 그때 김승일이라는 필명으로「충무로 25시」

라는 작품을 응모하여 당당히 당선하였다. 그 일을 계기로 승우는 잡지계 뿐만 아니라 늘 상대하는 연예인들 사이에서도 자신의 위상을 한 단계 더 끌어올릴 수 있었다.

한몫에 받은 현상 고료도 난생처음 만져보는 거금이었지만, 그 작품은 심사위원들로부터 논픽션의 모범 답안을 제시했다는 극찬을 받은 데다 얼마 후 「충무로 25시」가 다큐멘터리로 제작되어 텔레비전으로 방영되었을 때에는 방송 프로그램의 새로운 지평을 열었다는 평가와 함께 담당 프로듀서가 방송대상을 수상하는 영예까지 누렸다.

「충무로 25시」는 충무로를 근거지로 살아가는, 특히 일감을 얻기 위해 다방에 나와 세월없이 죽치고 앉아 있는 무명 연예인들의 따분하고 애처로운 삶을 사실 그대로 그린 작품이었다. 그 작품에는 악어와 악어새처럼 연예인들 틈바구니에서 공생하는 충무로의 군상(群像)들이 실감나게 묘사돼 있었다. 그뿐 아니라 그 작품의 행간마다에는 연예계에 파고들어 연예인들의 스캔들을 캐내려는 대중잡지 기자들의 애환도 자연스럽게 녹아 있었다.

아무튼 승우는 그때부터 김승일이라는 필명을 갖게 되었고, 훗날 논픽션을 전문으로 쓰는 일단의 작가들이 한국논픽션작가협회를 창립할 때에도 그 이름으로 참여하였다. 당초 승우는 그런 단체에 관여할 의사가 없었고, 좀 더 냉정히 말하자면 그런 단체의 필요성 여부에 대해서도 다소 회의적인 견해를 가지고 있었다.

그런데 뒤늦게 등장한 후배 작가들이 아침저녁으로 찾아와 붙들고 늘어지더니 급기야 승우를 그 단체의 발기인 명단에 넣었다. 그 뒤로 승우는 지금까지 줄곧 그 단체의 이사직을 맡아왔고, 이사회가 열릴 때에는 모처럼 바깥바람이나 쐰다는 가벼운 마음으로 꼬박꼬박 참석하였다.

그러나 그는 데뷔작 「충무로 25시」 이후 사실상 논픽션에서 손을 떼고 있었다. 그동안 방송국의 요청으로 몇 편의 다큐멘터리 대본을 집필하기는 했지만, 《○○잡지》 시절부터 끈끈한 인연을 맺어온 친구 박일기가 논문제작 전문업체인 학문당을 설립한 뒤에는 논문 대필에 매달리느라 다른 일에는 신경 쓸 겨를이 없었다.

그런데 일감이 끊긴 이후 그는 그야말로 백수가 되어 있었다. 승우는 앞으로 살아갈 일을 걱정하면서 한숨을 훌훌 내쉬다가 월명정을 바라보았다. 월명정은 제법 모양을 내어 팔각정으로 지었는데, 울긋불긋 단청으로 치장된 처마 밑에는 '月明亭'이라 쓰인 별로 볼품없는 편액이 걸려 있었다. 승우가 성현이에게 말했다.

"성현아. 우리 저 월명정에 올라가 볼까?"

"좋아요."

승우는 그 녀석을 데리고 시뻘건 흙뭉치가 덕지덕지 묻어 있는 층계를 올라갔다. 질척한 흙을 밟았던 주민들이 신발을 털지 않고 층계를 오르내려 여기까지 황토가 묻어난 흔적이었다. 역시 붉은 흙으로 맥질한 듯한 월명정 누마루 한복판에서는 낯익은 노인들 몇이 신문지를 깔고 삐잉 둘러앉아 고누를 두고 있었다. 그 노인들은 평소 노인정에서 소일하는 분들이었는데, 오늘은 무슨 일로 이곳 월명정 누마루까지 진출했는지 모를 일이었다.

승우는 그 노인들을 눈여겨보다가 그만 입을 딱 벌리며 탄성을 자아내고 말았다. 고누 두는 노인들 곁에서 훈수하고 있는 또 다른 노인이 티셔츠 왼쪽 앞가슴에 패랭이꽃 한 송이를 꽂고 있기 때문이었다. 더군다나 노인과 패랭이꽃은 절묘한 조화를 이루고 있었으므로 여간 보기 좋은 것이 아니었다.

도대체 얼마 만에 보는 패랭이꽃인가. 어버이날이 지나도 한참 지났건만, 노인의 가슴에 카네이션보다도 훨씬 더 멋진 저 꽃을 달아드린 사람은 과연 누구일까. 그리고 저 패랭이꽃은 어디에서 구했을까. 그런데 예의 노인은 훈수를 하다 말고 슬그머니 물러나 천천히 월명사 쪽 능선으로 휘적휘적 내려갔다.

그 노인이 오리나무 숲 사이로 멀어져간 뒤, 승우는 누마루 난간의 나무의자에 느슨히 걸터앉아 주변 경관을 바라보았다. 손에 잡힐 듯한 한강이 유장히 흘렀고, 영등포는 물론 마포와 용산 일대가 한눈에 들어왔다. 항상 희뿌연 스모그를 뒤집어쓰고 있던 남산타워도 다른 날보다는 훨씬 가까이 다가와 있었다.

그런데 월명정 안에는 오늘도 변함없이 '月明亭 建立記'라는 편액이 걸려 있었다. 그 편액은 나무판에 월명정 건립 목적과 준공 경위를 해서체(楷書體)로 음각하고 글자마다 흰 안료를 칠했는데, 그 글씨며 조잡스런 편액 제작 기법은 말할 것도 없고 문안 자체가 유치 졸렬의 극치를 달리고 있었다.

승우는 월명정 건립 당시의 구청장 공로만 괴발개발 예찬한 그 건립기를 보면서 다시금 고소를 금치 못했다. 도대체 그 구청장이라는 작자는 어떤 인간일까. 말도 되지 않는 엉터리 문장도 문장이지만, 오만무례하게 자기의 공적(功績)을, 그것도 거짓부렁으로 뻥튀기한 공적 아닌 '공적(空績)', 아니 버러지만도 못한 공적(公賊)의 행각을 나무판에 새겨 만인이 오가는 장소에 버젓이 걸어놓은 그 후안무치를 과연 어떻게 이해해야 할까. 그 작자는 정녕 구민 알기를 숙맥이나 바보 천치로 아는 모양이었다.

화나는 것은 그것뿐이 아니었다. 목재를 제대로 건조하지 않은 채 졸속으로 건물을 지은 탓에 기둥을 비롯하여 대들보·도리·서까래에는 쩌걱쩌걱 금이 가 있었다. 오죽하면 월명정에 쓰인 목재는 한 군데도 성한 데가 없었다. 특히 누마루와 지붕을 떠받치고 있는 둥근 기둥에는 손가락이 들락거릴 만큼 굵직굵직한 틈새가 벌어져 마치 비천문(飛天文) 같은 형상을 보여주고 있었다.

공사를 그렇게 해놓고서도 여기서기 제 공적이나 조작하여 기록해놓은 것으로 미루어 짐작한다면, 아무래도 구청장이라는 작자는 최소한의 부끄러움이나 교양조차 갖추지 못한, 좀 더 노골적으로 말하자면 월명정 시공업자로부터 리베이트라는 명목으로 늘큼늘큼 뇌물이나 챙겨 먹었을 법한, 그리하여 옛 고부군수(古阜郡守) 조병갑(趙秉甲) 쯤이야 저리 가라 할 정도의 썩어 문드러진 탐관오리(貪官汚吏)인 듯했다.

뻔뻔스럽기도 하지. 그 작자는 땀과 눈물, 그리고 피가 엉긴 구민들의 혈세를 이렇듯 엉망진창으로 집행해놓고서도 무슨 똥배짱으로 안내판이며 편액에 제 놈의 공로나 떠벌리고 있을까. 그 작자는 무지와 무례, 그리고 탐욕으로 가득 찬 자신의 실체를 대대손손 입증해 보일 작정인 듯했다.

구민들은 왜 그런 편액을 그냥 놔두고 보는 것일까. 하기야 서민 대중은 위정자들과 벼슬아치 나부랭이의 시건방진 작태를 너무 많이 보아왔고, 그 과정에서 그들의 안목과 정서가 무뎌질 대로 무뎌져서 그런지도 몰랐다.

그러나 승우는 안다, 그 편액이 걸려 있는 한 문제의 구청장은 두고두고 제 이름과 얼굴에 똥벼락이나 얻어맞으리라는 것을……. 그리고 언젠가는 구청장 명의가 아닌, 구민들의 이름으로 된 빛나는 편액이 다시 걸리게 되리라는 것을…….

승우는 그런 생각을 하면서 문득 서남쪽 기슭으로 눈길을 던졌다. '월명산 안내판'을 지나 아무도 돌보지 않는 옛 무덤 건너편 경사면에 토종 식물들을 밀어내고 열대의 밀림처럼 무성하게 우거져 있던 돼지풀. 그러나 여기서는 거리가 너무 먼 데다 저쪽 봉우리와 숲이 시야를 차단했으므로 그 두억시니 같은 돼지풀 무더기는 보이지 않았다. 다만, 온통 초록으로 짙게 물든 청산에 눈부신 햇살만 가득 넘치고 있었다.

그런데 승우가 그 끔찍스런 돼지풀 군락지를 떠올리는 동안 그의 뇌리에는 다시금 도희의 모습이 선연하게 오버랩 되고 있었다. 제기랄, 어쩌다 그런 요망한 계집이 불쑥 나타나 집안 공기를 송두리째 뒤흔들어 놓는 것일까. 어느 사이엔가 승우의 몸에는 우툴두툴 닭살이 돋아나고 있었다.

성당에 나가기로 마음을 굳혔더니 마귀가 지랄발광을 하는 것일까, 아무튼 도희가 나타난 뒤 승우의 가정은 하루도 평온한 날이 없었다. 그녀는 시도 때도 없이 찾아와 승우의 오장육부를 발칵발칵 뒤집어 놓곤 하였다. 승우는 그녀가 돌아가고 난 뒤 짜증을 냈고, 현숙도 되받아 치기로 맞서게 되어 종당에는 어김없이 부부 싸움으로 발전하게 마련이었다. 아까부터 줄곧 하품을 베어 무는 성현이에게 승우가 말했다.

"성현아, 이제 그만 집에 가자꾸나."

"난 아줌마가 싫어요. 아직도 그 아줌마가 안 갔으면 어떡해요?"

"아니야. 아마 지금쯤은 가셨을 거야."

"그걸 어떻게 알아요?"

"아빠가 생각할 때는 가셨을 것 같아. 아, 참 좋은 방법이 있구나."

"뭔데요?"

"일단 산에서 내려가 우리 집까지 가는 거야. 그런 다음 아줌마 차가 집 밖에 서 있으면 도로 나오고, 아줌마 차가 떠났으면 집 안으로 들어가도 되잖아?"

"아, 그렇군요. 그거 좋겠는데요."

성현이는 어른처럼 고개를 끄덕였고, 승우는 그 아이를 불끈 안아 월명정 누마루 층계를 내려섰다. 그런데 성현이가 아니라면 승우 역시 집에 들어갈 마음이 없었다. 아식도 도희가 떠억 버티고 앉아 귀신 씻나락 까먹는 소리나 지껄이고 있으면 어쩌나 하는 우려 때문이었다.

하지만 집을 나선 지도 오래되었을 뿐만 아니라 성현이가 줄곧 햏햏 하품을 내뱉는 터라 한곳에서 오래 머물 수가 없었다. 그는 적당히 시간을 끌면서 성현이의 지루함을 덜어주기 위해 일부러 광동주택과는 정반대편에 있는 월명사 쪽으로 방향을 잡았다.

그는 약수터 가는 길을 버리고 대형 비둘기집이 있는 곳을 지났다. 그러자 울창한 오리나무 숲 사이로 언뜻언뜻 월명사 대웅전의 기와지붕과 마당 한편에 서 있는 석불의 갓머리가 시야에 들어왔다. 승우가 성현이에게 말했다.

"저기 기와지붕 보이지?"

"네. 거기는 누구네 집이에요?"

"응. 저 집은 바로 절이란다."

"절이 뭔데요?"

"절은 부처님 모시고 스님들이 열심히 기도하는 곳이야."

"스님은 뭔데요?"

"스님은 머리 깎고 부처님을 잘 모시는 사람이란다. 너, 며칠 전 텔레비전에서 이상한 옷 입고 부처님께 절하는 사람들 봤지?"

"네. 봤어요."

"그래. 바로 그분들이 스님들이야."

"그럼 저 집에는 스님들이 살아요?"

"맞았어. 우리 성현이는 이렇게 똑똑하다니까. 바로 저 절에는 스님들이 살고 있어."

그제서야 승우는 안도의 한숨을 내쉬었다. 그는 성현이를 덜 심심하게 해줄 요량으로 무심코 절 이야기를 꺼냈다가 녀석이 계속 까다롭게 물고 늘어지면 어쩌나 은근히 긴장했었는데, 성현이가 그 정도에서 질문을 그쳐주었으므로 한 짐 벗은 기분이었다. 성현이가 물었다.

"아빠, 이쪽은 우리 집 가는 길이 아니잖아요?"

"이쪽으로 가도 돼. 절 앞 골목길로 나가면 큰길이 있거든. 그 길을 따라가면 우리 집이 나오게 돼 있어. 알았지?"

승우는 성현이와 함께 월명사 뒤 울타리를 끼고 푸릇푸릇 이끼 낀 바위 쪽으로 돌아나갔다. 그런데 이게 웬일일까, 아직도 물기가 촉촉하게 남아 있는 바위 밑 잡초 속에 패랭이꽃이 만발해 있었다.

그 꽃을 발견한 순간, 승우는 자기도 모르게 오랜만에 만난 친구 대하듯 야, 하고 감격 어린 환호성을 토해냈다. 그동안 월명산을 무수히 오르내렸건만, 패랭이꽃 군락지를 오늘에야 발견하게 되다니 아무리 생각해도 정말 믿어지지 않았다.

돼지풀이 우거지기 전, 승우는 서남쪽 기슭에서 패랭이꽃 서너 포기를 발견할 수 있었다. 하지만 월명산에 이렇게 번성한 패랭이꽃 군락지가 있다는 것은 오늘에야 처음 알았다. 그는 짐짓 월명산에 오를 때마다 거의 일정한 코스로만 다닌 것을 자탄하였고, 다른 한편으로는 이제라도 패랭이꽃 군락지를 발견하게 된 것을 큰 행운으로 여겼다.

아까 월명정에서 만났던 노인이 앞가슴에 달고 있던 패랭이꽃도 어쩌면 이곳에서 꺾은 것 아닐까. 승우는 그런 추리를 하면서 패랭이꽃을 보고 또 보았다. 한 뿌리에서 나온 줄기가 곧추 자랐고, 몸 전체에 뿌연 분백색(粉白色)이 돌 뿐만 아니라 불의를 보고서는 금방이라도 무찔러버릴 것 같은 뾰쪽뾰쪽한 이파리라든가 아무튼 패랭이꽃은 튼실하게 자라 있었다.

누가 돌보지 않아도 잡초 속에서 잘 자라는 식물. 결코 요란하거나 사치스럽지 않으면서 곱고 단아한 꽃. 속세가 싫은 듯 산과 들에서 저 혼자 조용히 피는 꽃. 그런 패랭이꽃을 이 월명산에서 만나게 되다니, 승우는 너무 반갑고 기뻐서 그 곁을 떠나고 싶지 않았다.

그리고 어느 사이엔가 승우의 뇌리에는 패랭이꽃과 관련된 자료들이 영사기에 장착한 영화 필름처럼 좌악좌악 지속적으로 돌아가고 있었다.

패랭이꽃은 석죽과에 속하는 다년생 초본식물로 한자어로는 구맥(瞿麥)이라고 하는데, 그밖에도 석죽화(石竹花)·대란(大蘭)·거구맥(巨瞿麥)·산구맥(山瞿麥)·남천축초(南天竺草)·죽절초(竹節草) 등 여러 가지 이름을 가지고 있었다. 그 이름이 다양한 것처럼 패랭이꽃을 다룬 문헌도 수두룩하였다.

유암(流巖) 홍만선(洪萬選)의 『산림경제(山林經濟)』「양화편(養花篇)」을 비롯하여 호암(湖岩) 문일평(文一平)의 『화하만필(花下漫筆)』이라든가 어쨌든 패랭이꽃과 관련된 문헌들을 열거하자면 한이 없었다. 그런데 뭐니 뭐니 해도 승우에게 가장 감명 깊이 떠오르는 것은 고려시대 정습명(鄭襲明)이 지은 「石竹花」라는 오언율시(五言律詩) 한 편이었다.

世愛牧丹紅(세상 사람 모두가 붉은 모란 사랑하여)

栽培滿院中(뜰에 가득 심는다지만)

誰知荒草野(누가 알리, 거친 초야에)

亦有好花叢(역시 좋은 꽃떨기 있을 줄이야)

色透村塘月(빛은 마을 연못 달에 스미고)

香傳隴樹風(향기로움은 언덕 나무 바람에 풍겨 오누나)

地偏公子少(구석진 땅에 귀한 인물 드물어)

嬌態屬田翁(그 고운 교태를 시골 노인에게나 붙일 뿐)

승우는 재삼 그 시를 음미하였고, 다른 한편으로는 유난히도 파란만장했던 정습명의 생애를 더듬어 보았다. 그는 향공(鄕貢)으로 문과에 급제하여 내시(內侍)에 보임된 이래 간단없는 우여곡절을 겪었으나, 훗날 간관직(諫官職)에 올라 죽음까지 불사한 직간(直諫)으로 일관하다가 정적(政敵)들의 모함을 받았고, 병들어 눕자 하필이면 자신을 결사적으로 비방해온 김존중(金存中)이 대직(代職)하는 것을 보고 스스로 목숨을 끊었다.

그의 후손 중에서 저 유명한 정몽주(鄭夢周) 같은 인물이 나온 것은 결코 우연한 일이 아니었다. 그 선조에 그 후손이라고 할까, 왕대밭에 왕대 나고 참대밭에 참대 나듯 청렴 강직했던 정습명의 가문에서 정몽주 같은 후손이 태어난 것은 아주 자연스럽고 당연한 일이 아니고 무엇일까.

그런데 정습명의 혼백이 듬뿍 깃들어 있는 듯한 패랭이꽃은 어떻게 보면 승우의 삶과 닮아 있기도 하였다. 아무도 알아주지 않는, 아니 별 볼일 없는 잡초들 틈에 끼어 남들이 알아주기를 바라지도 않는, 그러나 어떤 꽃에 뒤질세라 곱디곱게 피어나는 그런 패랭이꽃이야말로 마치 승우의 삶을 상징하는 듯했다. 승우가 그 꽃에 한껏 도취돼 있을 때 성현이가 물었다.

"아빠, 이 꽃은 무슨 꽃이에요?"

"응. 아빠가 좋아하는 패랭이꽃이란다. 어때? 이 꽃 예쁘지?"

"네. 아주 예뻐요. 아빠가 좋아하는 꽃이니까 더 예쁘잖아요."

"그래. 네 말이 맞구나. 아빠는 이 꽃을 사랑한단다."

"사랑이 뭔데요?"

"글쎄다, 사랑이란 서로 좋아한다는 뜻이지. 아빠가 우리 성현이를 좋아하잖아? 그걸 사랑이라고 하는 거야."

"아, 그렇군요."

성현이는 이번에도 어른처럼 고개를 끄덕이며 맞장구를 쳤다. 하지만 녀석의 눈에는 잠이 그득했으므로 승우는 하산을 서둘렀다. 우람한 석불이 올려다보이는 탱자나무 울타리를 돌아 일주문 쪽으로 나서자 매끈하게 잘 포장된 도로가 나왔다. 마침 절에서 염불하는 목탁 소리가 들려오고 있었다.

승우 부자는 월명산 밑 도로를 따라 광동주택으로 돌아왔다. 그런데 아직까지도 광동주택 마당에 당연히 주차돼 있을 줄 알았던 도희의 승용차는 보이지 않았다. 도희가 벌써 떠났다니, 한편으로는 다행스러우면서도 다른 한편으로는 해가 서쪽에서 뜰 일이라 여겨졌다. 아무튼 이상한 일이었다.

승우는 고개를 갸우뚱하면서 광동주택 현관으로 들어서다가 우편함에 꽂혀 있는 우편물 한 통을 발견하였다. 이게 뭘까. 그는 몹시 궁금해하면서 우편물을 꺼내들었는데, 그것은 그가 이사로 참여하고 있는 한국논픽션작가협회에서 날아온 것이었다.

그는 조심조심 겉봉을 뜯고 내용을 읽어보았다. 그런데 그 내용이란 고작 회비 납부를 독촉하는 공문이었다. 회비를 내야지. 하지만 그는 명색 이사로 있으면서도 협회 회비조차 낼 수가 없었다. 벌써 몇 달째 담배 한 갑 사더라도 놀란 자라처럼 목을 한껏 움츠리고는 슬금슬금 가족들 눈치를 살펴야 하는 형편인지라 미적미적 회비 납부를 미룰 수밖에 없었던 것이다.

승우는 성현이와 함께 층계로 올라가 출입문에 달린 초인종 단추를 눌렀다. 한 번, 두 번, 세 번……. 그러나 안에서는 아무런 응답이 없었다. 은경이와 옥경이는 밖에 나갔을 것이고, 그 꼴 보기 싫은 도희야 당연히 돌아갔겠지만, 아내 현숙까지 문을 굳게 잠근 채 어디론가 외출한 모양이었다.

난감했다. 열쇠만 가지고 있다면 아무런 문제가 없겠지만, 월명산에 올라갈 때 맨몸으로 집을 나섰던 터라 굳게 잠긴 문을 열 수가 없었다. 물론 시장통에 있는 열쇠 깎는 사람을 불러 자물쇠를 열고 안으로 들어갈 수도 있었지만, 그러려면 열쇠 깎는 사람에게 다만 몇 푼이라도 출장비를 주어야 했다.

젠장, 담뱃값도 아쉬운 마당에 열쇠 깎는 사람까지 불러 구태여 주머니를 축낼 게 뭐람. 승우는 아내가 돌아올 때까지 밖에서 기다리기로 했다. 성현이가 졸음을 감당하지 못해 몸을 비비 꼬고 있었지만, 마땅히 뉠 자리가 없었으므로 승우는 녀석을 데리고 다시 현관 밖으로 나왔다. 아내가 출입문에 간단한 메모라도 남겼더라면 덜 답답할 텐데, 아내가 언제 돌아오리라는 기약도 없이 밖에서 기다리자니 거의 미치고 환장할 일이었다.

설상가상으로 동네 애새끼들은 오늘도 '가' 동과 '나' 동 사이의 좁은 공간에서 돼지 멱따는 소리를 질러대며 뻥뻥 축구공을 걷어차고 있었다. 그놈들은 무슨 살판이라도 만났는지 우당탕퉁탕 복대기를 치면서 들입다 공을 내지르는 것이었다.

승우는 따가운 햇볕을 피해 담장 옆 은행나무 그늘 쪽으로 잠시 자리를 옮겼다. 집중호우가 지나간 터라 하루살이는 자취를 감추었지만, 하수구에서는 여전히 시쿰시쿰한 냄새가 코를 찌르며 등천하고 있었다.

이제 성현이의 눈동자는 갤갤 풀려 게슴츠레하였다. 그런데도 잠투정하지 않고 잘 견디는 것을 보면 녀석이 사뭇 신통하기만 했다.

다른 날 같으면 지금쯤 성현이가 한숨 잘 시간이었다. 녀석은 이상하다 싶을 정도로 잠이 많았다. 아침에 늦게 일어나면서도 녀석은 이맘때가 되면 어김없이 살풋 낮잠을 자곤 하였다. 더구나 오늘은 월명산에 올라가 많이 걸었으므로 여느 날보다 훨씬 더 피곤하지 않을까. 승우가 녀석에게 물었다.

"우리 성현이 졸립지?"

"네. 자고 싶어요."

"그런데 문이 잠겨 있어서 어떻게 하지?"

"저쪽으로 가면 안 될까요?"

"어디로……?"

"이리 와 보세요."

승우는 성현이가 잡아끄는 대로 따라갔는데, 녀석은 연립주택 현관 쪽으로 다가가고 있었다. 성현이는 현관으로 들어서자 층계에 쪼그려 앉아 벽에 몸을 기댔고, 이내 침을 질질 흘리면서 병아리처럼 꾸벅꾸벅 졸기 시작하였다.

승우도 그 곁에 나란히 앉았다. 짓궂은 애새끼들이 그렇게 축구공을 내지르며 버럭버럭 악을 써대건만 녀석이 층계에 쪼그리고 앉아 잠든 것을 보면 안쓰럽기 짝이 없었다. 누울 자리가 없다면 모르되, 아직까지는 엄연히 집이 있는데도 부자가 집에 들어가지도 못한 채 층계에 쪼그리고 앉아, 어린 아들은 잠자고 나잇살이나 먹은 아버지가 그 곁에서 지키고 있는 꼴이란 그야말로 우스꽝스럽기 짝이 없었다.

얼마나 지났을까, 드디어 아내 현숙이 돌아왔다. 현숙은 승우와 성현이가 출입구 층계에 앉아 있는 것을 보고 홍당무가 되어 허둥지둥하였다. 더군다나 혼곤히 잠든 성현이를 보자 그녀는 몸 둘 바를 모르고 쩔쩔맸다. 승우가 물었다.

"도대체 어떻게 된 거야?"

"도희가 나가자고 하는 바람에……."

"차암, 정신 나갔군."

"정말 죄송해요. 은경이나 옥경이가 집에 있었더라도 이런 일이 없었을 텐데……. 오늘따라 걔들은 어디 갔는지 모르겠네요."

현숙은 핸드백에서 열쇠를 꺼내 부리나케 문부터 열었고, 깊이 잠든 성현이를 살그머니 안아 들고 사뿐사뿐 안으로 들어갔다. 녀석이 선잠을 깰까 봐 숨을 죽이면서 현숙은 그 아이를 방바닥에 가만히 눕혔다. 다행히 성현이는 깨지 않았고, 현숙은 자기 얼굴에 뻔질뻔질 묻어난 땀을 닦은 뒤 후닥닥 옷을 갈아입었다. 그녀가 거실로 나오자 승우가 조용히 물었다.

"도희라는 그 여자, 도대체 뭐 하는 사람이야?"

"잘 알면서 왜 그러세요?"

"그 여자가 나타난 뒤로 여간 불편한 것이 아니야. 그 여자를 꼭 만나고 싶으면 밖에서 만나는 것이 어때? 무엇 때문에 집으로 불러들여 우리를 불편하게 하는지 모르겠어."

"밖에서 만나면 돈이 들어가잖아요?"

"돈?"

"차라도 한 잔 마시려면 돈 없이 되겠어요? 돈이 없으니까 제가 밖으로 나가지 못하는 거예요."

"오, 그래? 그럼 오늘은 어떻게 나갔어?"

"도희가 나가자고 해서 나갔어요. 솔직히 말씀드려서 걔 차도 한 번 타보고 싶었구요."

"자가용 못 타서 몸살이라도 났어?"

"아이구 참……. 자가용을 사주지는 못할망정 친구 차 한 번 얻어 탄 걸 가지고 너무 그러지 마세요. 더군다나 걔가 아침밥도 먹지 않았대요. 아침 겸 점심 먹으러 가자고 하는데 어떻게 혼자 가라고 하겠어요?"

"그렇다면 성현이가 잠자는 시간조차 새까맣게 까먹었단 말인가."

"아뇨. 알고 있었어요. 하지만 은경 아빠가 열쇠 깎는 사람을 불러 문을 열 수도 있었잖아요?"

현숙은 사뭇 도전적이었고, 승우는 속이 터질 것만 같아 펄펄 뛰었다. 열쇠 깎는 사람을 부를 줄 몰라서 부르지 않은 것이 아니라 가진 돈이 없어 히염없이 기다렸건만 현숙은 남의 속도 모르고 부득부득 생떼를 쓰고 있었다. 승우가 말했다.

"정말 그런 식으로 나올 거야?"

"제가 뭘 어쨌길래 그러세요?"

"이거 봐. 자기 잘못을 시인하고 사과하면 간단히 끝날 일을 가지고 왜 그렇게 빙빙 돌리며 미꾸라지처럼 빠져나가려고만 들어?"

"제가 뭘 잘못했는데요?"

"그래, 문 잠가 놓고 어디론가 슬쩍 사라진 것이 잘한 일이야?"

"사정에 따라서는 그럴 수도 있지요. 친구 만나 잠시 바람 좀 쐰 것이 그렇게도 잘못인가요?"

"허허 참……."

"지금 해수욕장은 피서객으로 몸살을 앓고 있대요. 근데 은경 아빠는 뭐예요? 해수욕장은 고사하고 남들처럼 외식 한 번 시켜준 적 있어요?"

가난을 숙명으로 받아들이며 묵묵히 살아온 여자. 가정이 화목하기만 하면 더 바랄 것이 없다고 입버릇처럼 되뇌던 여자. 그런 여자의 영혼이 어쩌다 이렇게 향락을 동경하게 되었을까.

곰곰이 생각해 보면, 아내가 변질되기 시작한 것은 불행하게도 도희가 나타난 시점과 완벽하게 일치했다. 말하자면 도희한테 나쁜 영향을 받아 어제의 천사가 오늘의 악마로 돌변한 꼴이었다. 담배 한 대를 다 피우고 나서 승우가 물었다.

"당신이 언제부터 그렇게 됐어?"

"내가 뭐 어떻게 됐다고 그러세요? 나도 이제는 다른 사람들처럼 인간답게 살고 싶어요."

"그렇다면 지금까지는 인간답게 못 살았단 말이야?"

"그렇죠. 집안에서 아이들 낳아 돌보고 살림에만 매달리는 것이 인생의 전부는 아니잖아요?"

"남편 노릇 제대로 못해서 미안해. 하지만 당신은 누구보다도 내가 고생하는 것을 잘 알잖아? 당신이 보기에는 그런 내가 불쌍하지도 않아?"

"흥. 그런 고생은 남들도 다 해요. 이 세상에 그만한 고생 안 하는 사람 있는지 아세요?"

현숙은 콧방귀를 뀌면서 야멸차게 쏘아붙였고, 그 순간 승우는 묵직한 해머로 뒤통수를 호되게 얻어맞은 듯한 충격을 받았다. 지난 수십 년 동안 밤을 낮 삼아 코피 쏟으며 등골이 물러나도록 일을 해왔건만, 다른 사람도 아닌 아내까지 남의 가슴에 피못을 박다니 복장이 터지다 못해 머리까지 회까닥 돌아버릴 것만 같았다. 어질어질 현기증을 느끼면서 승우가 말했다.

"거 참, 당신 입에서 그런 말이 나오다니……. 어쨌든 좋아. 오늘은 그만하지. 먹고살기도 힘든 판에 싸워본들 무슨 소용이 있겠어?"

승우는 휘청휘청 서재로 들어와 팔베개를 베고 벌렁 드러누웠다. 그는 이제나저제나 일감이 들어오기를 기다렸고, 일단 일감만 들어오면 찬밥, 더운밥 가리지 않고 닥치는 대로 해내리라 벼르고 있었다. 그러나 아내까지 그런 언사로 사람을 짓깔아뭉개는 데는 온몸에서 힘이 쫘악 빠져나가 일이고 나발이고 아예 인생 자체를 포기하고 싶은 심정이었다.

그는 산에서 내려올 때만 해도 구청 공원녹지과에 연락하여 월명산 서남쪽 경사면에 울창하게 우거진 돼지풀을 근절하고 그 자리에 토종 식물 위주의 자연학습장 조성 방안을 건의할 작정이었다. 하지만 지금은 그런 건의 같은 것을 생각할 계제가 아니었고, 당장 수입과 직결된 일감이 들어온다 해도 반갑게 받아들일 마음이 없었다.

배신감, 절망감, 의욕 상실……. 그는 눈시울이 화끈해짐을 느꼈고, 그와 동시에 두 눈에서 솟은 뜨거운 눈물이 뺨을 타고 귓불 쪽으로 주르르 흘러내렸다. 아무도 거들떠보지 않는 일개 필부에 지나지 않을지언정 청빈(淸貧)을 소중한 덕목으로 삼아 영혼만은 해맑게 간직해 나가자고 다짐했건만 아내마저 그 뜻을 몰라주다니 그저 혀를 콱 깨물어 피를 토하며 죽어버리고 싶은 심정뿐이었다.

어느 사이엔가 흠씬 젖은 그의 눈에는 아롱아롱 월명산 패랭이꽃이 뿌옇게 아른거리고 있었다. (《한국소설》 2000년 봄호)

만물박사(7)

명아주

창문으로 들어온 햇살이 머리맡으로 빗금을 그으며 책 더미에 꽂혔고, 햇살 속에서는 마치 미생물 같은 티끌과 미세먼지들이 곰실곰실 헤엄쳐 다니고 있었다. 먹고살기도 힘겨운 세상인데, 하잘것없는 티끌과 먼지들까지 왜 이다지도 기승을 부리는 것일까. 그의 신경은 서슬처럼 시퍼렇게 날이 서서 무엇이라도 금세 베어버릴 것만 같았다.

승우는 아까부터 팔베개로 뒤통수를 받치고는 벌렁 널브러져 있었다. 아내 현숙의 말 한마디에 완전히 기가 꺾여버렸으므로 그는 한순간에 모든 의욕을 잃었다. 아직도 그의 귓가에는 현숙의 가시 돋친 목소리가 앵앵거리고 있었다.

흥. 그런 고생은 남들도 다 해요. 이 세상에 그만한 고생 안 하는 사람 있는지 아세요?

그녀의 말 한마디는 실로 승우의 가슴을 찢어지게 하였다. 평소 밤을 낮 삼아 코피를 쏟아가면서 혀 빠지게 일에 매달려 살아왔건만, 남편의 고통을 가장 이해해주어야 할 아내가 겨우 그따위 언설이나 씨불여대다니 이제 일은 둘째 치고 아예 살고 싶은 마음마저 싹악 달아났다.

승우는 평소 아내 현숙을 끔찍이도 아끼고 사랑했다. 아내 자랑, 자식 자랑하는 자는 팔불출에 속한다지만, 승우가 생각할 때 현숙이야말로 한 군데도 나무랄 데 없는 현모양처의 귀감이었다. 그녀는 결혼 이후 승우에게 모든 내조를 아끼지 않았고, 아이들 키우는 일과 집안 살림 이외에는 한눈을 판 적이 없었다.

더군다나 현숙이 그 어려운 여건 속에서도 쓰다 달다 군말 없이 살아온 것을 생각하면 참으로 눈물겹기만 하였다. 그녀는 월세방에서 전세방으로, 전세방에서 그나마 내 집이라고 이 연립주택을 장만할 때까지 이만저만 고생한 것이 아니었다.

신혼살림을 차렸을 때, 승우 부부는 거의 맨손이나 다름없었다. 승우가 가진 것이라곤 고작 불알 두 쪽뿐이었는데, 그렇다고 미래에 대한 뚜렷한 희망이나 가능성이 보이는 것도 아니었다. 아니, 그때까지만 해도 승우에게는 뒤를 돌봐주어야 할 동생들까지 줄줄이 딸려 있었으므로 살림을 꾸려가기가 늘 힘들기만 하였다.

그런데도 현숙은 별 불평불만 없이 잘 견뎌주었고, 어떠한 어려움도 자기에게 주어진 운명으로 받아들이며 조용히 순명하였다. 승우는 그런 현숙을 인간이 아닌, 필경 하늘에서 내려온 천사가 아닐까 생각했다. 아무튼 현숙은 어떤 곤경 속에서도 인간 이상의 초인적인 면모를 보여주었고, 그럼으로 해서 승우는 그녀를 더욱 아끼고 사랑하지 않을 수 없었던 것이다.

그런데 이 근래 도희가 자주 나타나면서 사정이 확 달라지고 말았다. 도희는 현숙에게 찾아와 괜히 허황된 바람을 넣었고, 집안 살림밖에 모르던 현숙의 간덩이가 붓기 시작하였다.

그리하여 현숙은 종종 도저히 받아들일 수 없는 얼토당토않은 몽니를 부렸고, 걸핏하면 승우의 무능을 물고 늘어지며 생떼를 쓰곤 하였다. 더욱이 그녀는 승우를 남의 집 남편들과 비교하면서 이것저것 결점과 약점을 들춰낼 때도 있었다. 그럴 때마다 승우는 천불이 나서 견딜 수가 없었다.

제대로 벌이나 할 수 있다면 모를까, 승우는 벌써 몇 달째 개점휴업 상태로 빈둥빈둥 놀고 있었다. 그동안 한 일이 없었으므로 수입이 있을 리 만무했다. 돈을 써야 할 데는 많은데, 돈이 나올 만한 구멍이라고는 눈을 씻고도 찾아볼 수가 없었다.

아이들은 커 나가고 빚은 자꾸 늘어만 가고……. 이러다간 밥 빌어다 죽 쑤어 먹기도 힘들 뿐만 아니라 이 보잘것없는 연립주택마저 남의 손에 넘겨주어야 할 판이었다. 그렇건만 도희는 시도 때도 없이 들락거리며 불난 집에 부채질하는 정도가 아니라 숫제 활활 타오르는 불더미에 휘발유를 확확 뿌려대고 있다.

그녀는 달착지근한 사탕발림으로 현숙을 충동질하였고, 순진하기 짝이 없는 현숙은 모처럼 살판 만났다는 듯이 살림 따위는 뒷전으로 멀리 팽개친 채 도희와 어울려 고삐 풀린 망아지처럼 밖으로만 나돌았다.

친구 따라 강남 가는 형국이라고나 할까, 현숙은 도희에게 이끌려 집안 살림 따위는 알 바 아니라는 듯 눈만 떴다 하면 어디론가 나가지 못해 안달을 하는 것이었다. 밖에 나가지 않으면 좀이 쑤시는 모양이었다. 현숙은 도희가 집에 왔다 하면 희색이 만면하였고, 두 사람이 무릎을 맞대고 앉아 한바탕 수다를 떤 다음에는 십중팔구 훌쩍 밖으로 사라지곤 하였다.

늦게 배운 도둑질이 날 밝는 줄 모른다던가, 아무튼 조신했던 주부가 바

깔바람을 쐬기 시작하자 이제는 현숙이 도희보다 한술 더 뜨는 실정이었다. 그녀는 뭐 아예 주부가 집에 들어앉아 알뜰살뜰 살림하는 것을 큰 수치라 여기고 있었다.

그뿐이 아니었다. 현숙은 남편인 승우 알기를 홍어 뭐처럼 알았고, 이른바 물질에만 눈이 멀어 뭐니 뭐니 해도 돈이 제일이라는 신념을 굳혀가고 있었다. 그녀는 매사를 돈과 결부시키는 가운데 돈이야말로 인생을 가장 확실하게 담보하는 행복의 잣대라고 확신했다.

정말이지 현숙은 한 번 빗나가기 시작한 이후 이제는 아무도 말릴 수가 없었다. 온몸으로 급속히 번져나가 급기야 생명을 위협하는 암세포처럼 도희한테 감염된 나쁜 풍조는 어느 사이엔가 그녀의 사고방식이나 인생관 전체를 완전히 뒤바꿔놓고 말았다. 오죽하면 그녀는 다른 주부들이 입고 다니는 그럴싸한 옷만 보아도 노골적으로 부러워하였다.

사람이 변해도 어쩌면 그렇게까지 변할 수 있을까. 옛말에도 얌전한 고양이가 부뚜막에는 먼저 올라간다고 했지만, 그렇게 알뜰살뜰 살림밖에 모르던 여자가 일단 지랄 같은 물이 들자 좀 색다른 물건만 보아도 사족을 못 쓰고 군침 질질 흘리며 탐욕을 부렸다.

승우는 오래전부터 어떻게 하면 아내를 본래의 모습으로 되돌릴 수 있을까 고심했다. 해결책은 단 한 가지밖에 없었다. 그것은 도희와 아내를 떼어놓는, 이를테면 도희라는 감염원으로부터 점점 더 심각히 오염돼 가는 아내를 격리시키는 방안이었다. 그렇지 않고서는 달리 아내를 구제할 마땅한 방도가 없었던 것이다.

며칠 전이었다. 승우는 두 딸이 외출하고 성현이가 잠든 사이 현숙을 불러 진지한 화두를 던진 적이 있었다. 먼저 승우가 말했다.

"나, 당신한테 꼭 할 말이 있어."

"뭔데요?"

"좀 귀에 거슬리더라도 끝까지 들어줬으면 좋겠어. 난 도희라는 그 여자를 도저히 이해할 수가 없어."

"왜요?"

"당신도 잘 알잖아? 지금 내 코는 석 자나 빠졌어. 그런데 그 여자는 우리를 재벌쯤으로 착각하는 것 같아. 우리 집에 와서 함께 걱정을 해주기는 커녕 도리어 호강에 넘친 배부른 소리만 하고 있으니 그거 되겠어?"

"도희 입장이 우리 입장하고 같을 수는 없잖아요?"

"그야 그렇지. 하지만, 당신은 지금 우리가 어떤 형편에 처해 있는지 잘 알잖아? 그런 사람이 어떻게 도희 흉내를 내려고 그래?"

"내가 뭐 언제 걔 흉내를 냈다고 그러세요?"

"좋아. 난 당신 입장도 얼마든지 이해할 수 있어. 모처럼만에 정다운 친구를 만났으니까 반갑기도 하겠지. 그러나 그 여자가 우리 집에 들락거리기 시작한 이후 당신이 너무 엄청나게 변했어."

"그건 괜한 오해예요. 나, 절대로 변한 것 없어요."

현숙은 자신의 변질을 조금도 인정하지 않으려 했다. 참으로 복장 터질 노릇이었다. 현숙의 변화 여부는 그녀 자신이 속단할 문제가 아니라, 그녀가 돌변함으로써 가장 괴롭고 불편해진 승우가 평가할 몫이었다. 그렇건만 현숙은 말도 안 되는 억지를 부리고 있었다. 머리끝까지 치밀어 오르는 화를 참으면서 승우가 말했다.

"관두지. 그럼 한 가지만 당부할까."

"말해 보세요."

"당신…… 초심으로 돌아갈 수 없을까?"

"초심이라니……. 날 보고 어떻게 하라는 거예요?"

"우리가 맨 처음 만났을 때 당신은 아름다운 한 송이 꽃이었어. 그리고 얼마 전까지만 해도 당신은 천사였잖아? 그런 사람이 어쩌다 그렇게 확 돌변했을까……."

"나, 변한 것 없다니까 왜 자꾸 생사람을 잡아요?"

현숙은 숫제 도끼눈을 부릅뜬 채 부르르 떨었고, 승우는 북받치는 울화를 달래느라 삐질삐질 진땀을 빼고 있었다. 말귀조차 알아듣지 못하는 답답한 여자. 승우가 말했다.

"정말 답답하군."

"답답한 사람은 은경 아빠가 아니라 나예요. 내가 지금까지 어떻게 살아왔는지 아세요?"

"고생 많았지. 그렇다고 내가 일부러 고생시킨 것도 아니잖아?"

눈으로 보이지는 않지만, 승우의 가슴속에서는 시뻘건 피가 콸콸 넘쳐나고 있었다. 알아듣기 좋게 말을 하는데도 남의 말을 존중하기는커녕 벽창호 같은 옹고집으로 나오는 여자. 그런 아내 앞에서 더 이상 무슨 말을 어떻게 하랴. 병든 개처럼 식식거리는 승우에게 현숙이 오뉴월 풋쐐기처럼 암팡지게 쏘아댔다.

"내 일에는 참견 말고 은경 아빠 일이나 잘하세요."

"그래. 앞으로 잘할게. 당신도 조금만 날 도와줘."

승우는 이마에 번질번질 묻어난 땀을 손등으로 쓰윽 훔쳐내면서 간곡히 사정했다. 아니, 그것은 사정이라기보다 차라리 애원이었다. 그러나 현숙은 간단하면서도 야멸차게 응수하였다.

"그만큼 도와주면 됐지, 날더러 뭘 얼마나 더 도와달라는 거예요?"

"도희라는 그 여자, 좀 멀리할 수 없어?"

"아이구, 은경 아빠가 과연 그런 말을 할 자격이 있어요?"

"그건 또 무슨 소리야?"

"나에게는 은경 아빠보다 도희가 훨씬 나아요. 솔직히 말해서 은경 아빠가 나한테 해준 것이 뭐가 있어요? 도희는요, 당신이 몰라서 그렇지 나한테 너무 잘해줘요."

그 말을 듣는 순간, 승우의 눈에서는 번쩍 불꽃이 튀며 살기가 번개치럼 스쳐 지나갔다. 마음 같아서는 아내의 볼아가지를 사정없이 걷어차고 싶었지만, 그러나 그는 천만다행히도 아슬아슬하게 위기를 모면할 수 있었다.

사실 승우는 불같은 불뚝성을 가지고 있었다. 한 번 칼을 뽑았다 하면 반드시 무 토막이라도 베어야 직성이 풀리는, 그렇지 않고서는 분을 삭이지 못해 자폭도 불사할 무시무시한 폭발력과 결단력을 가지고 있었던 것이다.

그러나 승우는 하늘이 도왔던지 용케도 일촉즉발의 위기를 잘 모면할 수 있었다. 그는 끝까지 참았고, 더욱 험악해질 수 있는 상황을 그 정도 선에서 슬기롭게 극복하였다. 현숙이 분명 뇌관을 건드렸는데도 승우가 폭발하지 않은 것은 어느 모로 보나 기적이 아닐 수 없었다. 승우는 그날 일을 생각하면서 으드득 이를 갈았다.

나에게는 은경 아빠보다 도희가 훨씬 나아요. 솔직히 말해서 은경 아빠가 나한테 해준 것이 뭐가 있어요?

그렇게나 어질고 착했던 아내의 입에서 아무 거리낌 없이 그런 말이 불거져 나올 줄이야……. 그 말을 확대해석하면, 설령 두 사람이 부부 관계를 청산하는 한이 있더라도 도희와는 만나지 않을 수 없다는 뜻으로 간주할 수 있지 않은가.

기가 막혔다. 도희가 얼마나 좋으면 감히 그런 말을 거침없이 내뱉을 수 있을까. 도대체 도희라는 여자는 어디서 굴러먹다 들어온 개뼈다귀이길래 남의 가정에 이처럼 엄청난 풍파를 안겨주는 것일까.

승우는 도희를 원망하고 또 원망하면서 엊그제 부부 싸움이 설전만으로 끝난 것을 무척 다행스럽게 받아들였다. 그날 상황으로 본다면, 주먹이 날아가든 발길이 날아가든 끝장을 내도 시원찮을 판이었지만, 그는 무한한 인내력으로 일단 끔찍스런 불행을 막을 수 있었다.

하지만 그날 입은 마음의 깊은 상처는 아무래도 쉽게 치유될 것 같지 않았다. 그런데 이번에는 아내가 그 상처에 독한 고춧가루를 뿌렸고, 마지막 남은 한 가닥 의욕마저 무자비하게 짓밟아 이겼으므로 그는 폭폭하고 서러워서 견딜 수가 없었다.

흥. 그런 고생은 남들도 다 해요. 이 세상에 그만한 고생 안 하는 사람 있는지 아세요?

아내의 그 말 한마디는 가위 살인적이었다. 말 한마디로 천 냥 빚 갚는다는 말은 들었어도, 말 한마디가 그처럼 원자폭탄보다도 더 엄청난 파괴력을 발휘할 줄이야 꿈에도 생각 못한 일이었다.

제행무상(諸行無常)이라……. 얻고 잃음이 모두 헛것이요 인생이 한바탕 꿈이라 했지만, 이제껏 등골이 물러나고 지문이 닳아 없어지도록 일한 것을 생각하면 분하고 억울하기 짝이 없었다. 아내한테 고작 그런 업신여김이나 당하려고 그렇게도 죽을 둥 살 둥 일에만 파묻혀 살았단 말인가.

지난 세월, 승우는 오직 일에 매달려 살아왔고, 단 한 차례도 본업 이외에는 샛길로 빠져나간 적이 없었다. 그는 남들이 돈방석에 앉아 흔전만전 호의호식할 때에도 자나 깨나 오직 한 길 한 우물을 파면서 논문 대필에 관한 한 자신이 단연 독보적인 위치에 있다고 자부하며 살아왔다.

사실 승우는 논문 대필의 개척자이면서 동시에 지난 20여 년 동안 이 분야에서 최고 권위를 자랑하고 있었다. 하기야 논문 대필에 무슨 자격증이 주어진다거나, 이름하여 논문 대필업이 우리 사회가 공인하는 직종으로 명문화되어 있는 것도 아니었다. 논문 대필이야말로 비밀 유지를 생명으로 삼지 않으면 존립할 수 없는 터라 세상에서는 그런 직종의 존재 여부조차 잘 모르는 형편이었다.

그런데 그 세계의 내면을 깊숙이 들여다보면 예나 지금이나 자기 손으로 직접 논문을 작성하지 못해 전전긍긍하는 사람은 한둘이 아니었다. 그들의 속사정도 각양각색이었다. 연구는 충분히 했으면서도 시간에 쫓겨 논문을 쓰지 못하는 사람, 탁월한 연구 결과를 가지고도 문장력이 없어 표현을 못하는 사람, 학문과는 관계없이 학위만 받아내기 위해 논문을 필요로 하는 사람 등등…….

그럴 경우 논문이 꼭 필요한 사람은 싫든 좋든 남의 손을 빌리지 않을 수 없었다. 그들은 대개 개인 교습처럼 대학교수나 가까운 친인척, 아니면 알음알음으로 선후배에게 논문 대필을 의뢰하곤 하였다. 물론 거기에는 철저한 비밀 유지가 수반되어야 했다.

학문당 박일기 사장은 어떤 사람의 무슨 논문이 누구의 손에 의해 어떻게 쓰였는지 속속들이 꿰뚫어 보고 있었다. 그는 각 대학에 거미줄 같은 정보망을 가지고 있었으므로 어느 누구보다도 그 바닥 사정에 정통했다.

물론 학문당은 사이비 학자가 아닌, 쟁쟁한 실력파 학자들의 논문 제작에 주력하였다. 그런 학자들이 논문 대필을 의뢰할 까닭이 없었고, 그들이야말로 생명의 액즙(液汁)과도 같은 피땀 어린 연구 결과를 책자로 제작하기 위해 학문당과 거래하고 있을 뿐이었다.

그런데 석학을 비롯하여 중량급 학자들이 학문당을 선호하게 되자 사이비 학자들이나 대학원에 이름만 걸어놓고 등록금이나 축내는 엉터리 학도들까지 이삿짐에 개 따라나서듯 너도나도 덩달아 학문당으로 몰려들었다. 바로 그들 중에 논문 대필을 주문하는 사람이 있었고, 박 사장은 그런 일감이 들어오면 곧장 박학다식하고 필력 좋은 승우에게 연결해주었다.

20여 년 전, 승우가 최초로 대필해준 논문은 어느 국영기업체에 근무하던 K전무의 석사 학위 논문이었다. K전무는 그 논문으로 무난히 학위 인준을 받은 것은 물론 기대 이상의 호평을 받았다. 결론부터 말하자면, 그것이 계기가 되어 승우는 저절로 논문 대필을 생업으로 삼게 되었다.

승우가 알고 있는 한, 그 이전까지만 해도 논문을 전문적으로 대필해주는 사람은 존재하지 않았다. 오다가다 개인적 친분이나 은밀한 암거래에 의해 부분적으로 논문 대필이 이루어지긴 했지만, 전적으로 그 일에만 매달려서 생계를 도모하는 사람은 찾아볼 수가 없었다.

그런 점에서 승우는 논문 대필 전문가 제1호인 셈이었다. 그는 K전무의 석사 학위 논문 이후 만사 제쳐놓고 오직 논문 대필에만 매달렸다. 물론 중간중간 방송 다큐멘터리 대본을 쓴 일이 있었고, 소위 방귀깨나 뀐다는 자들의 자서전을 대필해준 적도 있지만, 그것은 논문 일감이 떨어졌을 때 공백을 메우기 위해 짬짬이 손댄 것에 불과했다.

사실 방송 다큐멘터리 대본 집필이나 자서전 대필이 끊임없이 지속적으로 생기는 일감은 아니었다. 방송 대본은 과거 논픽션 현상 모집에 당선된 경력으로, 또 자서전 대필은 논문 대필 과정에서 맺어진 특별한 인연으로 어쩌다 한 번씩 의뢰받곤 하였다.

따라서 그런 작업은 일회성으로 스쳐 지나가는 군것질 같은 일거리에 불과했고, 승우는 어디까지나 논문 대필을 필생의 본업으로 삼고 있었다. 그는 벌써 강산이 두 번 이상 변하도록 그 일에 종사해왔고, 앞으로도 그 일 이외에는 달리 직업을 바꿀 수도 없었다. 이제 논문 대필은 손에서 떼려야 뗄 수 없는 천직으로 굳어져 있었던 것이다.

승우에게 만물박사라는 별명이 붙은 것도 우연한 일이 아니었다. 그는 본래 남들과는 다른, 아주 뛰어난 천재적인 두뇌를 가지고 있었을 뿐만 아니라 오랜 세월 그 많은 논문을 대필하는 과정에서 자연스럽게 만물박사가 돼버렸다.

그러나 근자에 들어와 심각한 문제가 발생하였다. 진작부터 이러한 문제가 나타나리라는 것을 예견하지 못한 것은 아니었지만, 해가 갈수록 논문 주문이 부쩍부쩍 줄어들더니 몇 달 전부터는 일감이 뚝 끊겼다.

그 원인은 여러 가지로 분석할 수 있었다. 우선 각계각층에 만연돼 있던 거품이 빠져나가면서 사람들이 명분보다 실익을 추구하게 되었고, 특히 상당수의 학구파 대학원생들이 학비를 벌기 위해 암암리에 남의 논문을 대필해주고 있기 때문이었다.

거품이 북적거리던 시절, 경향 각지의 여러 대학원에는 이상한 사람들이 문전성시를 이루었다. 이상한 사람들이란, 가진 것이라곤 돈밖에 없는 사람들을 의미했다. 정경유착이 낳은 일확천금의 거부에서부터 은행 돈 끌어다 한탕 해 가지고 돈더미에 올라앉은 신흥 재벌, 제도권 금융시장을 쥐고 흔드는 사채업자, 부동산 투기로 뭉칫돈을 거머쥔 졸부에 이르기까지 그들의 출신 성분은 다채롭기만 했다.

알 만한 사람은 다 알고 있는 일이지만, 그들의 대부분은 돈만 많았지 머릿속에 든 것이 없는 깡통 같은 사람들이었다. 무식이야말로 그들에게는 최대의 약점이었다. 깡통들은 그런 약점을 은폐하고, 더 나아가 제법 유식한 사람으로 행세하기 위하여 소위 '간판'을 필요로 했다.

그리하여 한때는 소위 돈깨나 있다는 사람들 사이에서 대학원 입학이 무슨 유행병처럼 번진 적도 있었다. 그뿐 아니라 깡통들은 대학원에 다니는 것을 큰 자랑으로 여겼고, 일단 대학원을 마친 뒤에는 학력을 밝힐 때마다 개나 걸이나 무슨무슨 대학원 수료를 등록상표처럼 전면에 내세웠다.

역시 돈이 좋기는 좋았다. 대학원에 나가면 텔레비전에 자주 등장하는 저명한 교수는 두말할 나위도 없거니와, 공중에 뜬 새도 떨어뜨린다는 정치권의 실세들을 비롯하여, 막강한 영향력을 가진 정부기관의 고관대작, 산천초목도 벌벌 떤다는 고위 장성, 예 간다 제 간다 하는 재계의 큰손 등등 이름만 들으면 누구나 알 수 있는 거물들과도 자연스럽게 접촉할 수 있었다.

깡통들에게는 돈이면 안 되는 것이 없었다. 그들은 대학원에서 만난 거물들을 미인들이 줄 서서 기다리는 룸살롱으로 초대할 수도 있었고, 고운 잔디가 카펫처럼 좌악 깔려 있는 필드에 나가 푸른 하늘을 향해 그림 같은 드라이브샷을 날릴 수도 있었다. 일정 기간 그런 식으로 스스럼없이 어울리다 보면 언젠가는 한 건 잘 엮어지게 마련이었다.

아무튼 깡통들은 대학원에 다니는 동안 잃는 것보다 얻는 것이 훨씬 더 많았다. 소위 끗발 좋은 사람들과 어울릴 수 있다는 사실만으로도 그들에게는 크나큰 영광이었고, 그들과 어울리느라 돈 좀 쓴다 한들 나중에 자연스럽게 돌아올 반대급부를 생각한다면 하등 아까울 것이 없었다.

학교에 공식적으로 내는 등록금쯤이야 그들 입장에서는 아이들 껌값에 지나지 않았고, 그 돈에 대한 대가는 교과과정을 마친 뒤 학위증명서와 석사모나 박사모 쓰고 찍은 멋들어진 사진으로 돌아오도록 되어 있었다. 요컨대 깡통들에게 필요한 것은 문서로 증명되는 학벌이었지 머릿속에 챙겨둘 학식이 아니었던 것이다.

그렇다고 해서 깡통들의 대학원 행진을 무턱대고 비난하거나 매도할 일은 아니었다. 그들은 그들 나름대로 뚜렷한 명분이 있었다. 대학원에 다님으로써 좋은 사람 사귀고, 그들 말마따나 비즈니스도 하고, 나중에는 꿈에도 그리던 학위까지 받을 수 있지 않은가. 즉, 대학원 수학이야말로 그들에게는 꿩 먹고, 알 먹고, 둥지 헐어 군불까지 땔 수 있는 절호의 기회인 셈이었다.

승우는 지금까지 주로 그런 사람들의 논문을 대필해주었다. 물론 그가 대필해준 논문으로 박사 학위를 받아 버젓이 교수가 된 사람도 있고, 정부 출연 기관의 연구소장이 된 사람도 있지만, 어쨌든 논문 대필을 의뢰하는 물주들 중에서는 죽을 때까지 깡통일 수밖에 없는 사람들이 단연 대종을 이루고 있었다.

그런데 몇 년 전부터 슬슬 양상이 달라지기 시작하였다. 깡통들도 약을 대로 약아빠져서 가급적이면 상대적으로 부려먹기 좋고 대필료를 적게 요구하는 학구파 대학원생들을 골라 논문 대필을 부탁하였다.

그 바람에 웬만한 논문은 대학원 내부에서 그럭저럭 요리되었고, 일부 밖으로 흘러나오는 어수룩한 일감이 있다 해도 전부 승우가 독점할 수 있는 것은 아니었다. 사정이 이렇다 보니 승우에게 돌아오는 일감은 점점 줄어들 수밖에 없었다.

승우는 벌써 몇 달째 남의 돈 한 푼 구경하지 못했다. 불안했다. 당장 발등에 떨어진 불을 생각할라치면 눈앞이 캄캄해 왔다. 승우는 똑바로 누워 앞으로 살아갈 일을 궁리했지만, 그러나 아무리 궁리해 봐도 뾰족한 답이 나오지 않았다.

그는 한때 이런 서재를 가질 수 있다는 것만으로도 하느님께서 베풀어주신 은총이라 생각한 적이 있었다. 하지만 앞길이 콱 막혀버린 지금 이 시점에서는 차라리 이대로 누워 아무도 모르게 조용히 죽어버리고 싶은 심정뿐이었다.

그런데 남루하기 짝이 없는 그 서재는 바로 승우의 현주소를 상징해주는 듯했다. 명색 서재라고 하지만, 그것은 가족들이 부르는 방 이름에 불과했고, 사실은 서고(書庫) 또는 그냥 '책 창고'라 부르는 편이 훨씬 낫지 않을까. 방 자체가 워낙 비좁고 컴컴한 데다 각종 책이 제대로 정리되지 않은 채 두엄처럼 뒤죽박죽 쌓여 있는 터라 그 방은 말만 서재일 뿐 남들이 거창하게 생각하는 널찍하고 잘 정돈된 서재와는 거리가 멀었다.

그런데도 가족들은 언제부턴가 그 방을 서재라 불렀다. 본래 그 방은 안방에 딸린 건넌방에 해당되었지만, 승우 이외의 다른 가족들은 거의 출입하지 않았고, 승우가 밤낮으로 틀어박혀 일하는 공간인지라 자연스럽게 그런 이름이 붙여졌던 것이다.

10여 년 전, 이 광동주택으로 처음 이사 올 때만 해도 승우는 서가에 책을 차곡차곡 정리할 수 있었다. 하지만 그 알량한 서가만으로는 부쩍부쩍 불어나는 책을 도저히 감당할 수가 없었다. 그는 책이 생길 때마다 여기저기 주섬주섬 쌓아 놓기 시작했고, 그러다 보니 이제는 방바닥에서부터 천장까지 온통 책으로 가득 차게 되었다. 책은 그 방에만 넘쳐 나는 것이 아니었다. 거실은 말할 것도 없고 발코니까지 각종 책이 산더미처럼 그득그득 쌓여 있었다. 이제는 책을 더는 쌓으려야 쌓을 공간도 없었다.

아무튼 서재에는 마치 통로 같은, 겨우 한 사람이 누울 만한 빠끔한 공간밖에 없었다. 컴퓨터 놓인 테이블 쪽에 머리를 두고 승우가 일자로 반듯이 누우면 꽉 차는 그런 공간이었다. 몸을 뒤치고 싶어도 움직일 틈이 없었으므로 승우는 문득 관(棺) 속에 누워 있는 듯한 착각을 불러일으켰다.

그런 보잘것없는 방이었지만, 그러나 승우에게는 서재야말로 가장 소중한 공간이었다. 그동안 헤아릴 수 없이 많은 논문들을 써낸 곳도 바로 그 방이었다. 그 서재에는 승우의 땀과 눈물, 그리고 그만이 아는 뼈저린 아픔이 곳곳에 스며 있었다.

전후좌우 벽면과 서가에 의지하여 천장까지 높다랗게 쌓인 책은 위태롭기 짝이 없었다. 책 더미는 제 무게를 감당하지 못해 옆구리가 불룩하였고, 금방이라도 책이 꾸역꾸역 삐져나와 와르르 무너질 것만 같았다.

책을 가지런히 쌓아 놓기만 하면 그런 일이 없었을 텐데, 이 책 저 책 수시로 뽑아 보아야 하기 때문에 책 더미는 들쭉날쭉할 수밖에 없었다. 갈피갈피 승우의 손때가 묻은 책. 그 책 더미야말로 승우를 만물박사로 키워준 밑거름이었다.

그는 책을 아내처럼 아끼고 사랑했다. 책과 아내는 언제 보아도 자신의 분신처럼 느껴졌다. 책 더미를 물끄러미 바라보고 있는 그의 눈길에는 어느 사이엔가 아내 현숙의 모습이 아련히 떠오르고 있었다.

제 눈에 안경이라는 말도 있지만, 승우는 아직까지 아내만큼 예쁘고 아리따운 여인을 보지 못했다. 천하일색이라는 양귀비나 클레오파트라를 데려다 놓는다 해도 현숙만은 못하리라. 눈에 넣어도 아프지 않을 그런 현숙을 대할 때마다 승우는 나팔꽃 설화를 생각하며 가슴 뭉클한 감동에 젖곤 하였다.

옛날옛날 한 옛날, 중국 어느 고을에 마음씨 착한 한 화공(畵工)이 살고 있었다. 그의 부인은 절세가인이었다. 그런데 하루는 그 고을 원님이 말도 되지 않는 해괴한 구실을 달아 그 부인을 잡아가버렸다.

해괴한 구실이란, 그 여자의 얼굴이 너무 예뻐 선량한 동네 사람들이 죄를 짓게 된다는 것이었고, 더 나아가 그 부인이 자기 말을 듣지 않는지라 처벌이 불가피하다는 것이었다. 원님은 그 부인을 잡아다 높고 깊은 성 안에 가두었다.

화공은 부인을 그리워하다가 그만 미쳐버렸고, 며칠 동안 그림 한 장 그리지 못했다. 그러던 어느 날, 화공은 그림 한 장을 정성스럽게 그려 부인이 갇힌 성 밑에 파묻고 자신도 그 자리에서 목숨을 끊었다.

그로부터 얼마 후 성에 갇힌 부인은 꿈을 꾸었다. 그리고 그녀는 꿈속에서 화공인 남편을 만났다. 그런데 남편이 말하기를, 밤에는 당신을 찾아올 수 있지만 해가 돋으면 당신이 잠에서 깨어나므로 또 내일을 기다려야 한다는 것이었다.

부인은 매일 똑같은 꿈을 꾸었다. 이상한 일이었다. 부인은 아침 일찍 잠에서 깨어나자마자 성 밖을 바라보았다. 그런데 이게 웬일일까, 성벽을 타고 기어 올라오는 넝쿨에 아름다운 나팔꽃이 피어 있었다. 부인은 그 꽃이 바로 남편의 넋이라는 것을 알게 되었다.

희끗희끗 새치가 늘어나는 오늘에 이르도록 승우는 아내를 사랑하다가 스스로 목숨까지 끊은, 그리고 마침내 나팔꽃으로 환생한 중국 화공 같은 남편이 되자고 골백번도 더 다짐했다. 하지만 현숙은 남의 마음을 티끌만큼도 알아주지 않은 채 청개구리처럼 자꾸만 엉뚱한 길로 엇나가고 있었다.

발코니 난간의 나팔꽃은 어떻게 되었을까. 극성스런 동네 애새끼들 등쌀에 나팔꽃이 과연 온전하게 배겨날 수 있을지 걱정이었다. 그는 애간장을 태우며 조바심을 내다가 거실을 거쳐 발코니로 나갔다.

어느 사이엔가 애새끼들은 은행나무 근처로 옮겨 가 있었다. 전생에 은행나무와 무슨 철천지한이라도 있었던 것일까, 그 녀석들은 깨액깨액 고함을 질러대며 은행나무를 겨냥해 사정없이 공을 내지르고 있었다.

그놈들 딴에는 슈팅 연습을 하는 것이겠지만, 그러나 공은 번번이 은행나무를 비켜 날아가 블록 담장에 맞고 튕겨져 나왔다. 애새끼들이 내지른 공은 잘해야 열 번에 한 번쯤 은행나무에 명중할 뿐이었다. 그런데도 애새끼들은 무슨 억하심정으로 그 애꿎은 은행나무를 못살게 구는지 몰랐다.

방충망을 열고, 승우는 나팔꽃부터 살펴보았다. 아침에 그렇게도 싱싱하게 피었던 나팔꽃은, 그러나 입을 굳게 다문 채 시들시들 힘없이 말라비틀어져 가고 있었다. 더위에 지친 나팔꽃 이파리들이 축 늘어져 있긴 했지만, 꽃의 원형 자체가 망가지지 않은 것을 보면 아직까지 넝쿨에는 손상이 없는 듯했다.

그렇다고 마음마저 편한 것은 아니었다. 아침에 요사스러울 만큼 활짝 피었다가 바람 빠진 풍선처럼 흐물흐물 오그라진 나팔꽃은 마치 아내를 향한 자신의 애증을 꼭 빼닮아 있었으므로 어쩐지 그를 슬프게 하였다.

승우는 머리도 식힐 겸 울적한 심사를 달래려고 연립주택을 나섰다. 어느 집에선가 젓국을 끓이는지 비릿하면서도 쿠리쿠리한 냄새가 등천하고 있었다. 그는 '가' 동 모퉁이를 벗어나 모처럼 월명초등학교 쪽으로 걸어 나갔다.

해가 두어 발쯤 남아 있었는데, 콘크리트 옹벽 밑에 듬성듬성 서 있는 해바라기들이 저무는 해를 바라보며 목을 비틀고 있었다. 그 해바라기를 보는 순간, 승우는 그만 피식 웃고 말았다. 불현듯 대흥증권 이중화 사장과 김대상 전무가 떠올랐기 때문이었다.

대흥증권 창업주 정희만 회장의 자서전『끝없는 집념』을 대필하기 위해 아침저녁으로 그의 집무실을 출입할 때, 그 회사 이중화 사장이나 김대상 전무 등 여러 임원들이 보여주었던 일련의 행태는 어떻게나 더럽고 치사하던지 구역질이 나서 못 볼 지경이었다. 그들은 죽으나 사나 정 회장을 태양으로 받들어 모시는 해바라기들과 다를 바 없었던 것이다.

그 일을 진행하는 동안 승우는 실로 자본의 위력이 어떤 것인가를 직접 눈으로 확인할 수 있었다. 정 회장은 그룹 안에서 황제 폐하나 다름없었고, 임직원 모두가 정 회장 앞에서는 옛 황실의 내관들 흉내를 내고 있었다. 오죽하면 그들은 고양이 앞의 쥐새끼처럼 오금을 펴지 못했다.

사실 그룹 임직원들은 대부분 똑똑한, 최소한 몇십 대 일의 경쟁을 뚫고 입사한 엘리트들이었다. 그들이야말로 대학에 다닐 때까지만 해도 자존심을 생명처럼 여겼고, 그리하여 무슨 주제가 주어지든 왕성한 혈기를 바탕으로 둘째가라면 서러워할 만큼 목에 힘주고 이빨깨나 까던 사람들이었다.

하지만 아무리 잘난 사람도 일단 조직 안에 들어가면 풀이 죽어 조직이라는 대형 기계에 조립되는 한 개의 부속품으로 전락할 수밖에 없었다. 대흥증권 임직원들은 정 회장으로 대표되는 회사의 자본 앞에서 오직 충성 경쟁에 혈안이 되어 정 회장의 머슴이 아니라 차라리 충견임을 자임하고 나서기를 주저하지 않았다.

그러한 현상은 직급이 높으면 높을수록 더욱 심했다. 이중화 사장이나 김대상 전무는 어느 한순간 정 회장의 눈빛만 달라져도 사시나무 떨 듯 벌벌 떨곤 하였다. 아무리 목구멍이 포도청이라지만, 그들이 정 회장 앞에서 처음부터 끝까지 굽실굽실 낮은 포복으로 박박 기는 모습을 볼라치면 측은하다 못해 가련하다는 생각까지 들었다.

그들은 어떻게 해서든 정 회장과 맺어진 인연의 끈을 놓치지 않으려고 발버둥 쳤다. 아니, 그들은 수단과 방법을 가리지 않고 그 끈을 더욱 견고하게 비틀어 매려고 안간힘을 썼다. 특히 이 사장과 김 전무는 정 회장에게 조금이라도 잘 보이기 위하여 목을 매달고 덤볐다.

그들이 정 회장과 승우의 관계를 모를 리 없었다. 지금이야 연락조차 두절된 상태이지만, 『끝없는 집념』을 대필할 때만 해도 대흥증권 안에서 어느 누구도 승우의 끗발을 무시할 수가 없었다. 승우는 정 회장 집무실을 수시로 출입하는, 더군다나 배석자 없이 정 회장과 독대하면서 흉금을 털어놓고 대화하는 위치에 있었던 것이다.

그때 승우의 말 한마디는 막강한 영향력을 행사할 수 있있다. 눈만 떴다 하면 거짓말인지 참말인지 그것조차 구분하기 어려운 달착지근한 보고만 들어온 정 회장으로서는 이른바 외부 인사인 승우의 말에 유난히도 귀를 기울이곤 하였다.

승우는 자서전을 대필해주는 것 이외에 정 회장과 아무런 이해관계가 없었다. 그는 오로지 정 회장의 구술을 받아 그가 살아온 궤적을 따라 그의 마음에 드는 자서전을 써주면 그만이었으므로 특별히 아부할 이유가 없었을 뿐만 아니라 자서전 대필이 끝난 뒤에 별도의 거래 관계를 유지해야 할 입장도 아니었다.

승우는 언제나 자유로운 몸이었다. 대흥증권에 몸담고 있는 사원이라면 인터뷰 과정에서도 눈치코치 살필 일이 많았겠지만, 그러나 승우는 금융계의 대부로 알려진 천하의 정 회장이라 해도 하등 두려울 것이 없었다. 다만 인생을 훨씬 오래 살아온 노인에 대한 예의범절만 잘 갖추면 되었다.

하지만 대흥증권 임직원들은 그게 아니었다. 그들은 너 나 할 것 없이 해바라기가 되어 오로지 정 회장을 태양처럼 떠받들고 있었다. 특히 사장이네 전무네 이른바 직급이 높은 사람들일수록 아부와 아첨에 남다른 면모를 보여주었는데, 동시대를 살아가는 똑같은 남자로서 승우는 당당하지 못한 그들의 종살이 기질을 도저히 이해할 수가 없었다. 아마 그렇게 하지 않고서는 대흥증권 안에서는 살아남을 수가 없는 모양이었다.

그들은 오죽하면 승우에게도 갖은 추파를 던졌다. 자서전 대필이 진행되는 동안 이 사장과 김 전무는 승우에게 온갖 친절을 베풀었고, 정 회장의 자서전 속에 각자 자기들의 공적을 두어 줄이라도 언급해달라고 간청하였다.

이 사장과 김 전무는 대흥증권 안에서 숙명의 라이벌이었다. 이 사장은 자신의 밥그릇 지키기에 바빴고, 김 전무는 호시탐탐 대표이사 사장 자리를 넘보고 있었다. 그러니까 이 사장이 쫓기는 입장이라면, 김 전무는 그를 바짝 뒤쫓는 입장이었다.

그들의 암투와 음모는 치열했다. 그들에게는 먹지 않으면 먹힐 수밖에 없다는 정글의 법칙만 존재할 따름이었다. 그들에게 양보란 한갓 사치스런 잠꼬대에 지나지 않았고, 그들은 오직 유리한 고지를 선점하기 위하여 모든 전술과 전략을 총동원하고 있었던 것이다.

그들이 승우에게 갖은 호의를 베풀며 접근한 그 이면에도 치밀한 계산이 깔려 있었다. 그들은 승우의 말 한마디에 자신들의 명운(命運)이 엇갈릴 수 있다고 넘겨짚었다. 누가 뭐래도 승우는 정 회장의 두터운 신임을 받고 있었으므로 이 사장이나 김 전무가 볼 때에는 자신들의 문제에 승우의 입김이 작용할 수 있다고 지레짐작한 것이었다.

하지만 그것은 잘못 짚어도 한참 잘못 짚은 진맥이었다. 승우는 사서전 집필만 성공적으로 마치면 그만이었지, 남의 진퇴에 영향을 미칠 만큼 본분을 벗어난 인물평이나 할 정도로 경솔한 사람이 아니었다. 그런데도 그들은 승우와 정 회장의 특수한 관계를 감지한 뒤 지나쳐도 한참 지나치다 싶을 만큼 온갖 선심을 베풀었다.

그 반면, 이 사장과 김 전무는 피차 한솥밥을 먹는 처지이면서도 서로 상대방을 잡아먹지 못해 안달을 하고 있었다. 그들은 사사건건 상대방의 발목을 잡았고, 틈만 났다 하면 허연 이빨을 드러내고는 상대방을 먼저 잡아먹으려고 으르렁거렸다.

그들의 사전에는 애당초 '동료'라거나 '동지' 또는 '사우(社友)' 같은 어휘가 존재하지 않았다. 그들에게는 피가 팍팍 튀는 각축과 목숨 건 필사의 한판 승부가 있을 따름이었다. 그런데 그들은 앙숙이 되어 상대방을 형편없이 깎아 내리면서도 일단 정 회장 앞에 섰다 하면 사족을 못 쓰고 따리를 붙이며 엉겨 붙곤 하였다.

아무튼 그들은 간도 쓸개도 없는 사람들 같았다. 명색 대기업의 중역이라면 그 직책에 걸맞은 체통이라도 있어야 할 텐데, 그들은 자기들의 입신양명을 위해서라면 제 여편네까지도 상전에게 기꺼이 상납하고도 남을 만한 위인들이었다.

그런 사람들에게 체면이고 나발이고 있을 리 만무했다. 그들에게는 오직 오너에 대한 충성심과 자기만의 독특한 애사심(愛社心)으로 포장된 아부와 아첨과 비굴이 있을 뿐이었다. 그것은 어쩌면 그들이 살아온 생존 원리이자 숱한 경쟁자들을 물리치고 중역의 위치에 오른 비결인지도 몰랐다.

승우는 길게 뒤따라오는 그림자를 끌면서 콘크리트 옹벽 밑으로 걸어 나갔다. 저무는 태양을 향해 추렷이 모가지를 비틀고 있는 해바라기 주위에는 개비름을 비롯하여 바랭이·쇠비름·참비름 같은 잡초들이 무성하게 자라 있었다.

그중에서도 무성하게 자란 명아주가 가장 눈에 띄었다. 어떤 명아주는 해바라기를 시샘이라도 하듯 한 길 가까이 훌쩍훌쩍 웃자라 있었다. 꽃대궁은 엄지손가락보다도 훨씬 더 굵었고, 땅이 별로 기름져 보이지 않는데도 탐스런 이파리들은 검푸른 빛을 띠고 있었다.

승우는 문득 찢어지게 가난했던 어린 시절을 회상했다. 식량이 턱없이 부족했던 그때 그 시절, 그의 고향 안장말에는 내리 몇 해 동안 살년(殺年)까지 들었고, 그리하여 어느 해 봄엔가는 주민들의 대부분이 누렇게 부황이 나 거의 사경을 헤매지 않으면 안 되었다.

그래도 근동 주민들이 굶어 죽지 않고 끝까지 목숨을 부지할 수 있었던 것은 순전히 안장봉 덕택이라 해도 지나친 말이 아니었다. 안장봉은 쑥·삘기·띠뿌리·버섯에서부터 심지어 송기(松肌)에 이르기까지 훌륭한 먹거리를 내주었는데, 어쩌다 꿩이나 토끼, 노루 같은 야생동물이라도 잡히면 그날은 동네 주민들이 단체로 목구멍에 낀 때를 벗겨내는 날이었다.

가장 혹심했던 대살년이 들었던 그해, 안장말 사람들은 그야말로 초근목피(草根木皮)로 주린 배를 채우지 않을 수 없었다. 주민들은 풀뿌리든 나무껍질이든 가릴 계제가 아니었는데, 외딴집에 살던 문계남 씨 일가가 광대버섯을 잘못 먹고 죽은 것도 그 무렵이었다.

안장말 사람들은 둑새풀이나 명아주를 뿌리째 뽑아다 죽을 쑤어 먹기도 하였다. 오랜 가뭄으로 논바닥이 거북등처럼 쩌걱쩌걱 갈라지고 농작물이 벌겋게 타들어 가는데도 둑새풀이나 명아주는 어찌나 생명력이 질기고 강한지 어떤 땅에서도 잘 자랐다. 특히 두엄자리나 논두렁에 돋아난 둑새풀과 명아주 풀잎에는 그런대로 토실토실 살까지 올라 있었다.

승우네 집은 안장말에서 가장 빈한했다. 웬만큼 논밭을 가진 사람도 쌀독에 쌀이 떨어져 쩔쩔 매는 판국에, 논밭은 고사하고 송곳 꽂을 땅떼기조차 없는 승우네 집의 곤궁이란 이루 말할 수가 없었다. 승우네 식구들은 굶기를 밥 먹듯 하였고, 그나마 죽지 않고 살아남아 하루하루 목숨을 이어갈 수 있다는 자체가 문자 그대로 천우신조일 따름이었다.

승우는 명아주를 보는 순간 창자가 뒤틀리도록 배고팠던 시절이 떠올라 가슴이 뭉클해짐을 느꼈다. 쑥·삘기·띠뿌리·버섯·둑새풀·명아주, 그리고 안장봉의 소나무 같은 산천초목이 아니었던들 어떻게 살아남았을까. 정말이지 그 시절을 생각할라치면 저절로 등골에서 끈적끈적한 식은땀이 배어 나왔다.

굶주림, 배고픔……. 그것은 어떤 형벌보다도 가혹했다. 승우는 유년 시절 이후 지천명을 목전에 둔 이날 이때껏 유난히도 험난한 가시밭길을 헤쳐 나왔고, 실의와 좌절로 멍든 그의 뼈마디에는 선혈보다도 더 붉은 한이 서리서리 맺혀 있었다.

고향을 떠난 뒤에도 모진 곤고(困苦)가 끈질기게 따라왔지만, 그러나 승우는 서울로 올라온 이후 입에 풀칠이라도 하게 된 것을 큰 축복으로 받아들였다. 재물이야 둘째 치고 우선 굶지 않는다는 것 자체가 얼마나 다행한 일인가. 하지만 근자에 들어와 워낙 오래 놀았으므로 승우는 살얼음판을 걷듯이 불안하고 초조한 나날을 보내고 있었다.

평소 놀기에 이골 난 사람이라면 몰라도, 지난 수십 년 동안 줄곧 일 속에 파묻혀 살아온 터라 그는 마치 가시방석에 앉은 기분으로 하루하루를 이어가고 있었다. 날개 부러진 새가 따로 없었다. 일감만 있다면 저 드높은 창공을 누비는 새처럼 한바탕 신바람 나게 일할 수 있겠지만, 벌써 몇 달째 일감이 들어오지 않아 그는 날개 부러진 새가 되어 훨훨 날고 싶어도 날 수가 없었던 것이다.

답답하기 짝이 없었다. 몸이 얼마나 달았는지 등짝에 생콩을 놓으면 그 콩이 볶아져서 튈 것만 같았다. 그렇건만 아내까지 남의 가슴에 왕창 불을 지르다니 참으로 미치고 환장할 지경이었다.

아내는 당연히 승우의 삶을 가장 가까이에서 지켜보며 살아온, 그리하여 그가 흘린 땀과 눈물이 얼마나 처절했던가를 잘 알고도 남을 사람이었다. 그런 사람이 어떻게 남의 가슴에 피못을 박고 최후의 보루나 다름없는 한 가닥 의욕마저 사정없이 짓밟아 뭉개는지 실로 알다가도 모를 일이었다.

이 없으면 잇몸으로 살자던 아내. 가난을 타고난 운명으로 받아들이며 한 마리 순한 양처럼 살아온 아내. 아무리 도희한테 개떡 같은 영향을 받았다고는 하지만, 그렇게 착하디착했던 여자가 어쩌다 그처럼 달라졌을까. 미상불 마귀의 농간이 아니고서는, 아내가 그렇게까지 변질되리라고는 상상할 수도 없는 노릇이었다.

흥. 그런 고생은 남들도 다 해요. 이 세상에 그만한 고생 안 하는 사람 있는지 아세요? 나에게는 은경 아빠보다 도희가 훨씬 나아요. 솔직히 말해서 은경 아빠가 나한테 해준 것이 뭐가 있어요?

아내한테서 기껏 그런 말이나 들어야 하다니……. 그 말에 승우는 억장이 무너지는 듯한 충격을 받았다. 아무리 말을 하라고 찢어 놓은 입이라지만, 그걸 말이라고 하는지 너무 기가 막혀서 승우의 입은 그만 꽁꽁 얼어붙을 수밖에 없었다.

현숙은 과연 무슨 생각으로 그따위 극언을 거침없이 내뱉었을까. 그녀는 어찌하여 위험수위를 훨씬 넘어 영영 돌아오지 못할 강을 훌쩍 건너려는 것일까. 승우는 그런 현숙을 미워하면서 다른 한편으로는 온갖 불평등으로 가득한 이 세상을 한없이 저주했다.

머릿속에 든 것이라곤 똥밖에 없는, 돈이라면 양심까지 팔아먹을 깡통 같은 사람들도 누릴 것 다 누리며 즐겁게 사는데, 먹을 것 못 먹고 입을 것 못 입으면서 지문이 맨질맨질 닳아 없어지도록 정직하게 일에만 매달려 살아왔건만 그에 대한 노동의 대가란 고작 아내의 독설과 폭언뿐이란 말인가. 승우는 내친 김에 어느 조용한 곳에 가서 혀를 깨물고 콱 죽어버리고 싶을 뿐이었다.

모자챙을 콧잔등 쪽으로 잡아당기면서 그는 성곽 같은 콘크리트 옹벽을 올려다보았다. 그런데 이게 웬일일까, 깎아지른 옹벽 중간쯤에 명아주 한 포기가 거꾸로 디룽디룽 매달려 있지 않은가. 그는 그 명아주를 발견한 순간 하도 신기해서 하마터면 소리를 지를 뻔했다.

걸음을 멈추고, 승우는 경이의 눈길로 명아주를 올려다보았다. 아니나 다를까, 콘크리트 옹벽에는 물받이 파이프가 불쑥 삐져나와 있었고, 그 옆으로 가느다란 금이 가 있었는데, 명아주는 겨우 종잇장이나 들어갈까 말까 한 작은 틈새에 뿌리를 박고는 U자 모양으로 휘어져 있었다.

명아주가 그렇게 휜 것은, 자라나면 자라날수록 제 무게를 감당하지 못해 밑으로 점점 늘어진 탓이었다. 그런데도 꽃대궁만은 낚시 바늘처럼 다시 휘어 올라가 하늘을 향하고 있었다. 옹벽 밑 그 너른 땅을 쌔게 두고 하필이면 그 단단한 콘크리트 옹벽에 명아주가 뿌리를 내렸는지 참으로 기묘한 일이 아닐 수 없었다.

틈새에 박힌 뿌리만 아니라면, 명아주는 콘크리트 옹벽에 의지하여 허공에 두둥실 떠 있는 형국이었다. 아무튼 명아주는 떨어질락 말락 위태롭기 짝이 없었는데, 그런 아슬아슬한 자세로도 지난번 집중호우와 강풍을 어떻게 견뎌냈는지 그저 신기할 따름이었다.

그런 명아주를 바라보다가 승우는 그만 콧날이 시큰하면서 눈시울이 화끈해짐을 느꼈다. 가파른 옹벽에 거꾸로 매달린 명아주는, 그 비참한 환경 속에서도 곡예를 펼치듯 기구한 삶을 지탱해온, 그러나 이제는 막다른 골목 벼랑 끝에서 발버둥치는 자신의 처지를 상징해주는 듯했다.

아무래도 그 명아주는 예사롭게 느껴지지 않았다. 도저히 뿌리내릴 수 없는 콘크리트 틈새에 씨앗이 떨어졌다는 자체가 경이롭고, 그런 열악한 조건에서도 질기게 살아남은 것이 마냥 신통하려니와 제 나름대로 종자를 퍼뜨리기 위해 꽃씨까지 매달고 있는 것을 보면 생명의 신비뿐만 아니라 더 나아가 창조주의 그 오묘한 섭리를 계시하는 듯했다.

아무튼 승우는 얼마 동안 벼랑 끝에 매달린 명아주에서 눈을 떼지 못하고 있었다. 보면 볼수록 강인한, 어떤 악조건 속에서도 스스로 생명을 키워 가는 그 식물이 더욱 갸륵하고 대견스럽게 느껴졌다. 어느덧 핏빛 저녁놀이 서쪽 하늘을 붉게 물들이고 있었다. (《월간문학》 2000년 4월호)

만물박사(8)

엉겅퀴꽃

승우는 서쪽 담장을 끼고 학교 정문 쪽으로 돌아나갔다. 그 골목길에서도 동네 조무래기들이 야구놀이를 하며 악을 써대고 있었다. 불과 몇 발짝만 가면 널찍한 학교 운동장이 있는데도 애새끼들은 왜 하필이면 그 비좁은 골목길에서 복작대는 것일까.

골목길은 위험했다. 한쪽은 학교 담장이지만, 다른 한쪽에는 고만고만한 가게들이 줄지어 있었다. 어디 그뿐인가. 그 비좁은 길로 자동차들까지 뻔질나게 내왕하고 있었다. 그런데도 애새끼들은 공을 던지고 야구방망이를 휘두르다가 난데없이 버럭버럭 돼지 멱따는 소리를 지르고 있었다.

"볼이야. 볼!"

"아니야. 스트라이크야."

"이 씨팔놈아. 너 죽고 싶어? 볼이라니까 왜 그래?"

"어어, 이 개새끼가……. 너, 까불면 칼로 배때기를 확 긁어버릴 거야."

애새끼들은 차마 입에 담지 못할 욕지거리를 내뱉다가 사생결단이라도 낼 것처럼 뒤엉켜 싸웠다. 그 동네 어른들은 어느 누구 하나 아이들을 따끔하게 훈계하려 하지 않았다. 승우가 엉겨 붙은 아이들을 떼어 말렸다.

"얘들아, 왜 그러니? 너희들 그러면 못써."

아이들은 들은 척도 하지 않았다. 아니, 들은 척도 하지 않는 것이 아니라 도리어 승우에게 눈을 부라리며 분을 삭이지 못해 씨근대고 있었다. 하여간 이 동네 애새끼들은 어떻게나 드세고 별쭝맞은지 아무도 말릴 수가 없었다.

애새끼들 노는 곳은 다른 데도 아니고 바로 학교 담장 밑이었다. 그렇건만 애새끼들은 학교에서 무엇을 배웠는지 소위 막가파 인생들이나 쓰는 무지막지한 욕지거리를 내뱉다가 종당에는 결사적으로 엉겨 붙어 싸움질을 하였다.

하기야 수틀리면 소위 학생이란 놈들이 제 스승까지 마구잡이로 두들겨 패는 세상이니 더 말해 무엇 하랴. 그놈들은 머리에 노랑물, 빨강물까지 들여 가지고는 해괴망측한 꼴을 하고 있었으므로 어느 나라 인종인지 구분하기도 어려웠다.

승우는 문득 맹모(孟母) 삼천지교(三遷之敎)를 생각했다. 아이들을 제대로 가르치려면 하루 빨리 이 동네를 벗어나 환경이 좀 더 괜찮은 곳으로 떠나야 할 텐데 어느 모로 보나 그것은 요원한 꿈에 지나지 않았다.

늦둥이 성현이를 생각할라치면 참으로 아찔했다. 은경이와 옥경이는 이런 환경 속에서도 빗나가지 않고 잘 자라 나름대로 사리분별을 할 수 있는 나이가 되었지만, 이제 한창 말을 배우고 있는 코흘리개 성현이가 개망나니 같은 이 동네 애새끼들한테 물들어 버린다면 참으로 큰일이 아닐 수 없었다.

엎어지면 코 닿을 거리에 월명아파트 단지가 있었다. 월명아파트 단지는 서울 시내에서 환경 좋기로 몇 손가락 안에 들었고, 그 단지 안에는 비까번쩍하는 건물에 최신식 교육시설을 갖춘 일류 초등학교와 중고등학교가 새로 들어와 있었다.

더욱이 그 학교 학생들의 학력 수준은 서울 시내 평균치를 훨씬 웃돌고 있었다. 하지만 이 달동네 주민들의 입장에서 본다면, 월명아파트 단지와 그 안에 들어선 학교야말로 그림의 떡일 수밖에 없었다.

가깝고도 먼 월명아파트. 어쩌면 그 아파트에는 선택받은 사람들만 들어가 살 수 있는지도 몰랐다. 그 아파트 주민들은 겉보기에도 부티가 넘쳐나는 반면, 이 달동네 주민들은 생김생김이나 차림새가 한결같이 꼬질꼬질하였다. 말하자면 이 동네는 빈촌 중에서도 빈촌이었고, 주민들의 대부분은 전락할 대로 전락한 밑바닥 인생들이었다.

아이들이라고 해서 예외일 수가 없었다. 월명아파트 아이들이 좋은 환경에서 귀공자처럼 자라는 데 비해 이 동네 애새끼들은 숫제 길거리에 내버려진 어둠의 자식들 같았다. 부모가 밑바닥을 박박 기고 있으면 아이들이라도 좀 정신을 차려야 할 텐데 그놈들은 허구한 날 길거리에 나와 말썽만 부리곤 하였다.

한심했다. 그놈들에게 공부 따위는 안중에도 없었고, 눈만 떴다 하면 골목길에 나와 싸움질만 해댔다. 더욱이 그 아이놈들은 너 나 할 것 없이 야생동물처럼 사납고 난폭하였다.

그런데도 이 동네 주민들은 애새끼들이 무슨 짓을 하든 전혀 개의치 않았다. 하기야 고통에 찌들 대로 찌들면, 그리하여 마지막 작은 꿈까지 접게 되면 자식뿐만 아니라 세상만사가 귀찮고 성가시게 느껴질지도 모를 일이었다.

사실 승우도 동네 이웃들보다 별로 나을 것이 없었다. 이 근래 그는 악에 받쳐 있었다. 일감은 없고, 빚은 대추나무에 연 걸리듯 했는데, 엎친 데 덮친 격으로 아내 현숙까지 허파에 잔뜩 바람이 들어 엉뚱한 짓만 하고 돌아다니지 않는가.

지난 주 목요일이었다. 그날 오후 4시 한국논픽션작가협회 이사회가 있었다. 안건이라야 별로 중요한 것이 없었지만, 협회 창립 때부터 후배들에 의해 이사로 추대된 고참 선배가 뚜렷한 명분도 없이 이사회에 불참하기도 뭣해서 승우는 바람이나 쐰다는 가벼운 마음으로 모처럼 회의에 나가기로 하였다.

협회 임원들은 대부분 승우의 후배들이었다. 승우야 데뷔작「충무로 25시」이후 논픽션을 제쳐놓고 남의 논문 대필을 주업으로 삼아왔지만, 협회 회원들은 방송·잡지·출판을 통해 왕성한 작품 활동을 하고 있었다. 그들 중에는 굵직굵직한 방송 다큐멘터리 대본을 쉬지 않고 집필하여 제법 치부를 한 사람도 있었다.

아무튼 승우가 협회 사무실에 도착했을 때, 그곳에는 협회 회장직을 맡고 있는 홍성달 이외에도 몇몇 후배 이사들이 나와 한담을 나누고 있었다. 승우가 협회 사무실로 들어서자 그들은 한담을 멈추고 일제히 자리에서 벌떡 일어나 허리를 꺾으며 깍듯이 인사하였다.

"아이구, 선배님 나오십니까?"

"아, 참, 오랜만이오. 정말 반갑소."

승우는 그들과 일일이 악수를 나누고 소파에 앉았다. 사무실은 냉방이 잘 돼 있었으므로 온몸에 끈적끈적 배어 나왔던 땀이 금세 잦아들었다. 텔레비전에 주로 역사물을 집필하고 있는, 그리하여 시청자들 사이에 널리 알려진 손갑동이 승우에게 물었다.

"선배님, 그동안 어떻게 지내셨어요?"

"뻔하지 뭐. 갑동이는 요즘 일 많이 하더군."

"저야 더운밥 찬밥 가리지 않으니까요."

"역사물에서는 이제 갑동이가 최고 아닌가?"

"사실은 그렇지도 않아요. 까마득한 선배님 앞에서 이런 말씀드리기는 뭣합니다만, 요즘에는 대가리에 피도 마르지 않은 신인들이 작가입네 하고 얼마나 설쳐대는지 모릅니다. 그놈들은 정식으로 등단이라는 관문도 거치지 않고 어느 날 갑자기 툭 튀어나와 기성작가들을 능멸하려 들지 뭡니까? 걔들은 까마득한 선배도 몰라봐요. 방송국에서 만나도 인사조차 않는 걸요. 걔들한테는 위아래도 없다니까요. 엄연히 선배가 맡고 있는 프로그램인데도 좀 영양가가 있겠다 싶으면 그놈들이 얼마나 잽싸게 가로채는지 말도 못해요."

"허허, 그래?"

"사실은 피디(PD)들도 그놈들을 더 선호하는 경향이 있어요. 프로그램이야 죽을 쑤든 말든 애송이들을 데리고 일하면 만만하게 부려먹을 수 있으니까요. 우선 제 입맛대로 대본을 뜯어고치라고 요구하기가 수월하잖아요?"

"그렇군."

"피디들 수준이 형편없어요. 왕년에는 그래도 피디들 중에 웬만한 학자쯤 뺨치고도 남을 쟁쟁한 실력파들이 좀 많았어요? 그런데 요즘 피디들은 우리나라 다큐멘터리가 어떻게 발전돼 나왔는지 그것조차 모르는 얼치기들이 태반입니다. 감각은 극도로 발달해 있지만, 감각만으로 좋은 작품을 만들 수 있는 것은 아니잖아요?"

"하기야 그렇지."

"선배님이 더 잘 아시겠지만, 예전에는 예산이라야 별것 없었지요. 그때에 비하면 지금은 제작비가 넘쳐나는 실정입니다. 그런데도 작품의 질은 도리어 떨어집니다. 무엇보다도 안타까운 것은 그 안에 최소한의 철학이나 인간적 고뇌가 담기지 않는다는 사실이죠."

"시청자들에게도 문제가 있겠지."

"그렇죠. 시청자들은 자꾸 색다른 것만 요구하니까요. 그런데 제가 보기에는 시청자들이나 피디들보다도 대본을 쓰는 작가들 쪽에 더 문제가 많은 것 같습니다. 피라미 같은 놈들이 뭘 알아야지요. 제가 데뷔할 때만 해도 좋은 작품은 모조리 섭렵했습니다. 언젠가도 말씀드렸습니다만, 제가 논픽션 작가가 되기로 결심한 배경에는 선배님께서 쓰신 「충무로 25시」의 영향이 컸습니다. 고등학교 1학년 때였는데, 저는 그 작품을 보면서 논픽션에도 무한한 가능성이 있다는 것을 깨닫게 되었거든요."

그때 곁에 있던 조용문이 끼어들었다.

"말이야 바로 하지만, 그 당시 「충무로 25시」가 불러일으킨 감동은 대단했죠. 다큐멘터리이면서도 여느 드라마 못지않게 예술성이 뛰어났잖아요? 하지만 신출내기들이 쓰는 다큐멘터리에는 백화점식으로 이것저것 사실 나열만 되어 있을 뿐 작품성이나 예술성 같은 것은 전혀 찾아볼 수가 없어요. 선배님께는 대단히 죄송한 말씀입니다만, 이 근래 소위 잘나간다는 애들은 왕년에 「충무로 25시」라는 걸작이 있었는지도 몰라요."

그 말이 미처 끝나기도 전에 이번에는 독설가(毒舌家)로 유명한 마창식이 불쑥 입에 거품을 물고 덤벼들었다.

"세상이 온통 썩었습니다. 정치판을 보십시오. 개뿔이나 쥐 좆도 모르는 것들이 장관입네 국회의원입네 요직에 앉아 뭐 까고 댓진 바르는 소리나 하고 있잖습니까? 어디 그뿐입니까? 대갈통에 든 것이라곤 똥밖에 없는 깡통들이 돈더미에 올라앉아 띵가띵가 하는 꼴이란 차마 눈꼴이 시어서 못 볼 지경입니다. 사실은 선배님 같은 분이 제대로 대접받는 사회가 되어야 하는데……."

그의 입에서는 술 냄새가 확확 풍기고 있었다. 마창식은 평소 한 번 입을 열었다 하면 내뱉느니 독설이요 육두문자뿐이었다. 그런데도 그가 선배나 동료 작가들로부터 별 미움 받지 않고 그런대로 협회에서 한몫하는 것은 그의 독설 속에 그 나름의 날카로운 비판 의식이 담겨 있기 때문이었다. 승우가 그에게 물었다.

"낮술 한잔 걸친 모양이군?"

"아까 점심 먹으면서 소주 한잔 했지요. 세상 돌아가는 꼬락서니를 보면 술이라도 마시지 않고서는 오장육부가 뒤집혀서 살 수가 없거든요. 세상에는 이렇다 할 직업도 없이 빈들빈들 놀면서 아방궁 같은 고대광실에서 호의호식하는 놈들이 얼마나 많습니까? 점심 한 끼에 몇십만 원씩 허드렛물 쓰듯이 펑펑 쓰는 놈들이 있는가 하면, 별것도 아닌 여편네들이 서방 잘 만난 덕택에 끼리끼리 떼 지어 다니며 몇천만 원짜리 옷을 주고받지 않나, 하여간 속이 부글부글 끓다 못해 두 눈에서 불꽃이 확확 튑니다. 그 여자들 옷 한 벌 값이 도대체 얼맙니까? 그 여자들은 몇천만 원을 푼돈 정도로 가볍게 생각하는 모양이지만 변두리 영세민들은 한평생 구경도 못할 거액이거든요. 지금 아이엠에프(IMF)다 뭐다 해서 하루아침에 직장 잃고

거리로 나앉아 거렁뱅이로 전락한 사람이 한둘입니까? 끼니를 잇지 못하는 결식아동도 전국 각지에 수두룩합니다. 어디 그뿐입니까? 불과 몇 시간 거리인 휴전선 너머 북녘땅에서는 산모의 젖이 말라 핏덩이 갓난아기가 젖 한 방울 맛보지 못한 채 죽어 가는 실정입니다. 그런 판국에 흔전만전 과소비나 일삼는 계층들을 볼라치면 아무리 좋게 생각하려 해도 도저히 이해할 수가 없습니다."

"누가 아니래. 창식이 말을 들으니까 10년 묵은 체증이 확 뚫리는 것만 같군."

마창식은 마치 승우의 속내를 대변해주는 듯했다. 겉으로 드러내지만 않았을 뿐 승우의 감정도 사실은 분노와 독기로 가득 차 있었다. 사회 전반에 만연해 있는 각종 불공정과 불평등을 생각할라치면 닥치는 대로 모조리 뒤집어엎어 버리고 싶은 심정이었다.

승우는 이날 입때껏 죽자 살자 일을 했는데도 뒤로 밀리고 밀려 지천명을 목전에 둔 지금 절망의 벼랑 끝에 서 있었다. 그는 본래 어질고 너그러운 사람이었다. 그러나 노력에 비해 정당하게 대우해주지 않는 사회적 현실이 후천적으로 그를 모질게 만든 것이었다.

지난 세월 건달처럼 놀기만 했다면 모를까, 승우만큼 혀 빠지게 일 속에 파묻혀 산 사람도 드물었다. 그는 남의 논문을 대필해주느라 밤을 낮 삼아 일했고, 이 나이 먹도록 가족 동반으로 여행 한 번 한 적이 없었다.

남의 논문을 대필한다는 것은 그야말로 피를 말리고 뼈를 깎는 중노동이었다. 자기 명의로 나가는 논문이라면 뭐 꼴리는 대로 냅다 내갈겨도 그만이지만 주문자의 요구조건에 꼭 맞는, 한 군데도 트집잡히지 않도록 완벽한 논문을 써서 상대방의 손에 쥐여준다는 것은 참으로 어려운 작업이었다.

더군다나 석사든 박사든 학위 청구 논문의 경우에는 물주로 통하는 주문자의 요구조건 이외에도 그다음 단계에서 기다리고 있는 심사위원들을 의식하지 않을 수 없었다. 일부 심사위원들 중에는 개뿔이나 별 실력도 없으면서 이른바 대학교수라는 기득권을 앞세워 노골적으로 후학들의 앞길을 가로막으려는 작자들까지 있었다.

그런 부류일수록 논문을 심사할 때 괜히 이것저것 꼬투리 잡아 장난질을 치게 마련이었다. 하지만, 승우는 그들보다 몇 수 우위에 있었으므로 논문을 쓸 때마다 그들이 끼어들어 걸고넘어질 그 어떤 빌미나 틈새를 허용하지 않았다.

승우는 언제나 정면으로 승부를 걸었고, 실력 대결에서 아직까지 한 번도 현역 교수들에게 밀린 적이 없었다. 아니, 밀리기는커녕 도리어 그가 대필해준 논문 가운데 상당 부분을 현역 교수란 작자들이 앞다투어 베껴 먹는 실정이었고, 어떤 위인들은 다른 사람이 베낀 논문을 재탕 삼탕 다시 베껴 먹는 후안무치를 연출하기도 하였다.

그러나 승우는 전면에 나서서 이의를 제기할 수가 없었다. 그가 작성한 논문은 활자화되는 과정에서 어김없이 다른 사람 명의로 둔갑하게 마련이었고, 승우는 죽을 때까지 저작권을 주장할 수 없는, 문자 그대로 이름도 얼굴도 없는 대필자에 불과할 따름이었다.

승우의 인생이란, 그러므로 철저한 익명으로 점철돼 있었다. 그는 입이 있어도 말을 하지 못하고, 얼굴이 있어도 드러낼 수 없고, 이름이 있어도 밝힐 수 없는 이상야릇한 삶을 살아가고 있었던 것이다.

쾌도난마로 이어지는 마창식의 독설을 듣자 승우는 막혔던 가슴이 후련

해지는 쾌감을 맛보았다. 이를테면 대리만족인 셈이었다. 돌연 목소리를 한껏 낮추며 마창식이 속삭이듯 말했다.

"선배님, 다시 한 번 불가리아에 가셔야죠?"

"불가리아?"

"저는 요즘도 가끔 선배님과 함께 불가리아에 갔던 일을 생각하곤 합니다. 그때 정말 좋았잖아요?"

"좋았었지."

"선배님 모시고 여행을 하니까 참 편안하더군요. 지금도 리라산 엉겅퀴꽃이 눈에 선합니다. 하하하……."

"그래. 리라산 엉겅퀴꽃은 매우 인상적이었어."

몇 해 전이었다. 불가리아에서 크게 성공한 어느 사업가가 일단의 국내 논픽션 작가들을 현지로 초청한 적이 있었다. 그때 한국논픽션작가협회 회원들 가운데 열다섯 명이 단체로 불가리아를 방문하여 주마간산 격으로나마 그 나라를 일별할 수 있었다.

현지 일정 중에는 리라산 등정도 포함돼 있었다. 그날, 일행 가운데 산행에 자신 없는 사람들은 고대 유적지 관광에 나섰고, 나머지 회원들은 간편복 차림으로 그 나라의 명산으로 알려진 리라산 등반에 나섰다.

일행은 베이스캠프를 출발하여 등산로로 들어섰는데, 미끈하게 쭉쭉 뻗어 올라간 적송이며 삼나무가 하늘을 찌를 듯했다. 그런 나무들 사이에는 엉겅퀴가 무더무더 군락을 이루고 있었다. 마침 여름이었으므로 보라색 꽃이 지천으로 만발해 있었다.

반가웠다. 엉겅퀴는 어렸을 때 고향의 밭둑이나 산자락 같은 곳에서 쉽게 볼 수 있었던 식물인지라 대뜸 친근감을 안겨주었다. 승우는 어느 한순간 고향 어귀 안장봉 어느 기슭에 들어선 듯한 착각에 빠져들면서 동료들과 함께 리라산을 올랐다.

엉겅퀴는 국화과에 속하는 다년생 초본식물로서, 한자로는 대계(大薊) 혹은 귀계(鬼薊)라 하는데, 날짐승의 깃 같은 잎사귀 양면에는 날카로운 톱니와 가시가 돋아 있어서 함부로 만졌다가는 큰코다치게 마련이었다. 엉겅퀴는 어쩌면 멋모르고 덤벼드는 시건방진 적을 퇴치하기 위하여 그런 톱니와 가시로 무장하고 있는지도 몰랐다.

고대 로마에 시슬이라는, 비록 가난하지만 남달리 과묵하고 용맹스런 장군이 있었다. 다른 장군들은 싸움에 나갔다가 이기고 돌아오면 서로 생색을 내며 공훈 다투기에 바빴다. 그때 시슬 장군은 개선한 뒤에도 굳이 자신의 공로를 내세우지 않은 채 묵묵히 술만 마시곤 하였다.

그러던 어느 날, 다시 포에니 전쟁이 일어났다. 로마의 장군들은 군중들의 열렬한 환송 속에 싸움터로 나갔다. 그러나 시슬 장군은 어느 누구의 환송도 받지 못한 채 쓸쓸히 카르타고로 떠났다.

마침내 싸움이 시작되었지만, 로마군은 선불리 카르타고 성에 접근할 수가 없었다. 적이 워낙 완강하게 저항하기 때문이었다. 시슬 장군이 홀로 말을 몰고 성벽 밑으로 다가가 벽력같은 고함을 질렀다.

"이놈들아, 어서 나와라. 정정당당하게 싸우자꾸나."

그러자 카르타고의 성 위에서는 적이 우레와 같은 박수를 보냈다.

"오, 시슬. 로마의 영웅이며 우리의 영예로운 적 시슬이여."

하지만 적은 여간해서 나오려 하지 않았다. 그들은 지난번 전투 때 시슬의 용맹을 두 눈으로 똑똑히 지켜보았는데, 시슬 장군은 바로 그 자리에서 혼자 카르타고의 장수 열 명을 모조리 거꾸러뜨린 바 있었다.

적은 성문을 굳게 걸어 잠근 채 군사들을 내보내지 않고 시슬 장군에게 소나기 같은 화살 세례를 퍼부었다. 그 바람에 천하의 명장 시슬 장군은 그만 말에서 떨어져 장렬히 전사하였다.

그제서야 로마 병정들은 시슬 장군의 의연함에 감복한 나머지 일제히 궐기하여 대승을 거두었다. 얼마 후 시슬 장군의 주검에서 한 송이 꽃이 피어났다. 그 꽃이 바로 엉겅퀴꽃이었다.

승우가 리라산에 만발해 있던 엉겅퀴꽃을 회상하는 사이 다른 이사들도 속속 도착하였다. 정각 4시가 되자 사무국장의 성원보고를 시작으로 이사회가 개회되었다. 짐작했던 대로 이사회는 싱겁게 끝났다. 회의에 상정된 안건 가운데 가장 중요한 의안은 신입 회원 인준이었는데, 그 자리에 참석한 이사들은 결격사유가 있는 두 사람을 제외하고 열일곱 명 전원을 새 회원으로 인준하였다.

회의를 마치고, 협회 이사들은 근처 한 음식점으로 자리를 옮겼다. 그 자리에서도 마창식은 입에 거품을 물고 위정자와 재벌들을 무참히 성토하였다. 승우는 문득 마창식이야말로 독설의 달인이라고 느꼈다. 겉으로는 점잖은 체하면서 뒷구멍으로 남몰래 호박씨 까는 위선자들보다는 도리어 마창식처럼 남의 눈치코치 살피지 않고 원색적으로 자기 감정을 확확 내뱉을 수 있다는 것이 얼마나 솔직하고 떳떳한가.

그가 한바탕 독설을 퍼붓는 동안 나머지 이사들은 맞장구를 치면서 즐거워하였다. 그의 독설이 처음부터 끝까지 저속한 육담으로 일관하는데도 결코 천박하지 않게 느껴지는 것은 무슨 까닭일까.

그 비결은 그의 뛰어난 화술과 세상을 바라보는 시각에 있었다. 그의 입심은 만담가를 빰치고도 남을 만했고, 정곡을 찌르는 비판 의식은 면도날처럼 예리했으므로 좌중을 휘어잡는 힘이 있었다. 그뿐 아니라 그의 행동 양식은 늘 맺고 끊음이 분명했으므로 신뢰성을 더해주었다.

하긴 승우도 요즘 세상 돌아가는 꼬락서니에 신물을 내고 있었다. 소위 힘깨나 쓴다는 작자들이 하늘 무서운 줄 모르고 날뛰는 꼴이란 구역질이 나서 못 볼 지경이었다. 차라리 마창식처럼 독설이라도 확확 내뱉을 수만 있다면 얼마나 좋을까.

승우는 마창식에게 은근한 부러움을 느끼면서 학교 정문을 지나 삼거리 쪽으로 걸어 나갔다. 그때 마침 올망졸망한 이삿짐을 실은 1톤짜리 트럭이 뒷골목에서 꾸물꾸물 기어 나오고 있었다. 누군가가 이 동네를 떠나는 모양이었다.

이 해 긴 여름, 어째서 하필이면 이토록 늦은 시간에 이삿짐을 싣고 떠나는 것일까. 이삿짐의 주인은 어쩌면 빚에 쪼들리다 못해 그나마 이 구질구질한 마을을 떠나고 있는지도 모를 일이었다.

하기야 승우 자신도 이제는 길거리에 나앉을 일만 남겨 놓고 있었다. 낡아빠진 연립주택을 팔아 봤자 여기저기 빚 정리하고 나면 잘해야 월세방 보증금이나 건질까 말까 하였고, 이 상태로 몇 달만 더 지나면 그나마 살림이고 뭐고 몽땅 거덜 나서 덩그러니 몸뚱이만 공중에 뜰 판이었다.

그렇건만 도희는 이틀이 멀다 하고 승용차를 몰고 찾아와 아내 현숙에게 바람을 잔뜩 집어넣곤 하였다. 그것도 모자라 그 여자는 시도 때도 없이 현숙을 밖으로 꼬여 내곤 하였다. 그리고 현숙은 무슨 볼일이 그렇게도 많은지 한번 도희와 어울렸다 하면 아무 연락도 없이 밤늦게야 집에 들어왔다.

승우가 도희와 현숙의 입장을 전혀 이해하지 못하는 것은 아니었다. 미국에서 갓 돌아온 도희로서는 아직 국내 사정에 어두웠고, 여고 동창인 현숙이야말로 가장 기대기 좋은 언덕일 수도 있었다.

더군다나 현숙은 천성적으로 천사 같은 여자였다. 도희는 그런 현숙을 길라잡이 삼아 데리고 다니면서 나름대로 톡톡히 재미를 보는 듯했다. 하지만 도희는 제 편의만 추구했지, 자기가 현숙을 불러냄으로 해서 남의 가정이 흔들린다는 것을 모르고 있었다.

그뿐이 아니었다. 도희는 미국의 본질도 알지 못하면서 미국에서 배워 온 지랄 같은 풍조만 퍼뜨리려 하였다. 말하자면 똥치 같은 잡것이 괜히 겉멋만 들어 가지고 세련될 내로 세련된 사교계 여성들을 흉내 내는 형국이었다.

사실 도희가 미국에 체류하는 동안 과연 현지에서 무슨 짓을 하면서 어떻게 살았는지 그것은 아무도 알 길이 없었다. 막말로 그녀가 미국에서 백인이나 흑인들을 상대로 화냥질을 하지 않았다는 보장도 없었다. 그런데도 그녀는 마치 미국에서 행세깨나 한 듯이 허풍을 떨고 있었다.

본래 빈 수레가 요란하고, 똥 누는 소리 요란하면 똥개 몫이 신통찮게 마련이었다. 그렇건만 도희는 씨알도 먹히지 않을 개똥같은 소리를 거침없이 늘어놓았고, 순진하기 짝이 없는 현숙은 아무런 의심 없이 거기에 현혹되어 그녀 말이라면 팥으로 메주를 쑨다 해도 곧이들었다. 한심하다 못해 미치고 환장할 노릇이었다.

젠장, 승우가 볼 때는 그녀야말로 지성이나 교양과는 거리가 먼 백치에 지나지 않았다. 등신이 육갑을 해도 분수가 있지, 그런 여자가 걸핏하면 미국 이야기를 꺼내 가지고는 괜히 신바람을 내며 어쩌구저쩌구 떠드는 꼴이란 참으로 가관이었다. 촌놈이 모처럼 장에 갔다 오면 온 동네 사랑방꾼 잠을 못 자게 한다더니, 견문이라곤 티끌만큼도 없던 여편네가 어쩌다 미국 가서 몇 년 살다 오더니만 미국 원주민 빰칠 정도로 미국 년 행세를 하려 들었다.

그런데도 현숙은 그녀가 미국 이야기만 꺼냈다 하면 귀가 솔깃해지다 못해 아예 흠뻑 도취해 버렸다. 그것은 바로 현숙이 그만큼 순진하다는 방증일 수도 있었다. 하지만 밝으로 나도는 것도 정도가 있지, 낮이나 밤이나 동에 번쩍 서에 번쩍 발탄강아지처럼 여기저기 빽빽거리고 까질러 돌아다니는 작태를 보면 천불이 나서 견딜 수가 없었다.

승우는 문득 담장 밑 경사면을 바라보았다. 그곳에도 군데군데 개망초·바랭이·쑥·둑새풀 같은 보잘것없는 잡초들이 자라고 있었다. 하지만 그 잡초들은 북쪽 콘크리트 옹벽에 뿌리를 박고 허공에 두둥실 떠 있던 명아주에 비한다면 훨씬 호강하는 편이었다.

콘크리트 옹벽에 붙은 명아주는 얼마나 강인한 생명력을 지녔기에 집중호우와 강풍에도 거뜬히 견뎌냈을까. 아무튼 명아주가 가파른 옹벽에 의지하여 U자 모양으로 휘어져 자라난 것은 기적이라 해도 과언이 아니었다.

승우의 뇌리에는 불현듯 O.헨리의 소설「마지막 잎새」가 떠올랐다. 아무도 알아주지 않는 무명 화가 버만 영감이 세상을 떠나면서 혼신의 힘으로 벽돌담에 그려놓은 마지막 잎새. 버만 영감의 목숨과 바꾼 그 담쟁이 잎새 하나가 꺼져 가던 가엾은 생명을 살려냈듯 깎아지른 옹벽에 거꾸로 매달린 채 모진 시련을 견뎌온 명아주는 새삼 많은 것을 일깨워주었다. 그런 의미에서 그 명아주야말로 승우에게는 '마지막 명아주'라 해도 과언이 아니었다.

그런데 명아주는 도대체 무슨 영험을 가지고 있는 것일까.『삼국지연의

(三國志演義)』에 나오는 남화노선(南華老仙)이나 우길선인(于吉仙人)을 비롯, 옛날이야기에 약방의 감초처럼 등장하는 산신령과 도사들이 대부분 명아주 지팡이를 짚고 도술 쓰는 것을 본다면 예로부터 명아주는 뭔가 신통력(神通力)과 밀접한 연관이 있는 듯했다.

승우는 다시 학교 모퉁이를 돌아 비탈길로 내려갔다. 그곳 삼거리에는 어림잡아 2백 년 이상 되었을 것으로 유추되는 은행나무 한 그루가 넓은 그늘을 드리우고 서 있었다. 은행나무의 만만찮은 수령(樹齡)은 곧 결코 짧지 않은 이 마을의 내력을 증인해주고 있었다.

이 일대는 본래 경기도 ○○군 ○○면이었는데, 1963년 1월 1일자로 행정구역을 개편할 때 ○○면 전체가 서울특별시에 편입되었고, 그때부터 마을 이름도 종래의 월명리에서 지금의 월명동으로 바뀌었다. 좀 더 정확히 말하자면, 그 마을은 서울특별시 ○○구 월명4동 18통 19반이었다.

그러나 본래의 토박이들은 벌써 떠났고, 지금은 힘없고 가진 것 없는, 그렇고 그런 어중이떠중이들이 몰려와 복닥거리며 살아가고 있었다. 오래전부터 재개발을 한다 어쩐다 하는 소리가 들려왔지만, 그 동네 역시 10여 년 전이나 지금이나 별로 달라진 것이 없었다.

차라리 월명초등학교가 들어서지 않았더라면, 뒷동산 둔덕에 호박이라도 심어 가꿀 수 있었겠지만, 그 자리에 학교가 들어선 뒤로는 그것도 옛말이 돼가고 있었다. 18통 주민들은 대부분 하루 벌어 하루 먹는, 문자 그대로 하루살이처럼 고단하게 살아가는 사람들이었다.

은행나무 밑 평상에는 동네 노인들 여남은이 살랑살랑 부채를 부치며 더위에 지친 몸을 식히고 있었다. 삼거리에는 약국·세탁소·철물점·푸줏간·분식센터·떡볶이집 등이 옹기종기 모여 있었고, 그 앞으로는 올망졸망한 노점상이 쪼르르 늘어앉아 일종의 간이 시장을 형성하고 있었다.

노점 좌판 위에는 여러 가지 먹거리가 소비자들을 기다리고 있었다. 비록 보잘것없는 조잡스런 노점에 지나지 않았지만, 고만고만한 좌판마다 오이·호박·가지·당근·고추·파·양파·마늘 같은 농산물들이 보기 좋게 진열돼 있었다.

특히 푸성귀는 없는 것이 없었다. 열무·배추·상추·쑥갓·아욱·시금치·부추·근대·호박잎……. 그리고 얼마 전에 맛있게 먹은 고구마 줄기에 이르기까지 없는 것 빼놓고는 다 있는 셈이었다. 상인들은 장 보러 나온 주부들을 향해 뭣뭣을 사라고 외치며 열심히 호객 행위를 하고 있었다.

푸줏간 옆에는 제법 번듯한 청과물가게가 있었다. 단내가 물씬물씬 풍겨 나오는 그곳에는 딸기·자두·복숭아·참외·수박 같은 과일들이 수북하게 쌓여 있었다. 과일 더미는 가게 벽면의 대형 거울에 반사되어 더욱 풍성해 보였는데, 과일가게 문턱에는 연꽃 모양으로 삐쭉삐쭉 껍질을 도려낸 수박이 놓여 있었다.

너무 잘 익어 시뻘겋다 못해 분백색을 뒤집어 쓴, 마치 서릿발 같은 수박 속살은 입에 넣기만 하면 그냥 슬슬 녹을 것 같았다. 승우는 그런 먹음직스런 수박을 보면서 꿀꺽 군침을 삼켰다. 눈은 풍년인데 수박 맛을 본 지가 언제인지 알 수가 없었다. 여느 해와 달리 올해에는 수박이 대풍을 이루었으므로 다른 과일에 비해 값도 헐한 편이었다.

그러나 승우는 몇 달째 땡전 한 닢 벌지 못한 터라 수박은커녕 언제 끼니를 거르게 될지 모르는 절박한 형편이었다. 주머니가 거덜 난 뒤로 먹고 싶은 것은 왜 그렇게도 많은지……. 주머니에 다소 여유가 있을 때에는 그냥 별 볼일 없이 지나쳤던 흔한 과일까지도 이 근자에는 예사로 보이지 않았다.

최근 언론 보도에 의하면, 수박값이 폭락하여 수박 재배 농가들이 죽을 지경이라고 했다. 수박을 집단으로 재배하는 전북 고창이나 충북 음성 같은 곳에서는 수박 수확을 포기한 농가도 수두룩하였다. 그나마 미리 중개상인들에게 수박을 밭떼기로 넘긴 농민들은 조금 나은 편이었다. 그들은 얼마간 계약금이라도 손에 쥘 수 있었지만, 그러나 아직까지도 중개상인에게 넘기지 않고 있던 농민들의 피해는 이루 말할 수가 없었다.

그들은 아예 밭을 갈아엎는 실정이었고, 며칠 전에는 수박 농사 잘 지어 빚을 갚으려 했던 어느 농민이 도리어 막대한 손해만 보게 되자 늘어나는 부채를 감당할 길 없어 스스로 목숨을 끊기도 하였다. 지금 산지에서는 수박값이 똥값이었다. 오죽하면 수박을 밭떼기로 샀던 중개상인들까지 두 손 들고 벌렁 나자빠져 있을까. 두말할 나위도 없이 수박을 수확해 봤자 작업비조차 나오지 않는 탓이었다.

그런데도 이 도시의 수박값은 녹록지 않았다. 물론 다른 농산물에 비해 수박값이 싼 것은 사실이었고, 작년 이맘때에 비한다면 올해에는 절반 가격에도 미치지 못했다. 그렇지만 산지의 농민들이 출하를 포기한 채 마구 갈아엎는 형편을 고려한다면 도시의 수박값은 운송비와 일정 부분의 도소매 마진을 감안한다 해도 터무니없이 비싼 것이었다.

문제는 유통구조에 있었다. 수박 한 통이 생산자로부터 소비자에게 넘어오려면 여러 단계를 거쳐야 했고, 그 과정에서 이놈 저놈 농간을 부리며 이윤을 붙여 먹는 터라 소비자 가격은 비싸질 수밖에 없었다. 말하자면 재주는 곰이 넘고 돈은 되놈이 챙기는 셈이었다.

그러나 관계 당국은 정부가 농정을 잘 이끌어 수박이 풍작을 이루었다며 귀신 씻나락 까먹는 소리나 씨불여 대고 있었다. 농민들이야 죽건 말건, 소비자가 바가지를 쓰건 말건 태평성대를 노래하는 농정 담당자들이야말로 미상불 이 나라 국민이 아니라 머나먼 우주에서 날아온 외계인들인 모양이었다.

승우는 고향에서 수박을 재배하는, 시름에 가득 차 있을 일가친척과 옛 친구들이 떠올라 눈시울이 화끈해짐을 느꼈다. 그들은 지금쯤 얼마나 울상을 짓고 있을까. 그중에서도 전문적으로 수박 농사만 짓는 사람들이 더 걱정되었다.

승우의 고향 안장말에서는 해마다 수박을 대량으로 생산하고 있었다. 백마강 수박이 바로 그것이었다. 백마강 수박은 고창의 금메달 수박, 음성의 맹동 수박, 늦여름에서 서리 내리는 가을까지 나오는 무등산 수박과 더불어 전국 수박 시장에서 인기가 높았다.

풍광 수려한, 백제의 영화가 살아 숨 쉬는 백마강 일대는 토양과 기후 등 수박 이외에도 배추·무·토마토 같은 채소류를 재배하기에 좋은 천혜의 조건을 갖추고 있었다. 장구한 세월을 두고 잘 발달된 범람원(氾濫原) 평야는 땅 자체가 비옥하고 수분을 흠뻑 머금고 있었으므로 채소류 재배에는 안성맞춤이었다. 그뿐 아니라 들녘이 사통오달로 탁 트여 일조량이 많은 데다 사질토(沙質土)로 형성된 토질은 배수가 잘 되는지라 수박의 경우 자연히 당도(糖度)가 높아질 수밖에 없었다.

더군다나 비닐이 농사에 본격적으로 활용되기 시작하면서 농업에도 혁명적 변화가 일어났다. 과거 다수확 품종의 보급이 녹색혁명을 가져왔다면, 농사에 비닐이 도입된 이후 바야흐로 은빛혁명이 일어난 셈이었다. 이제 고향 사람들은 종래의 벼농사 위주에서 벗어나 비닐하우스를 이용하여 소득이 될 만한 작물이면 무엇이든 손대지 않는 것이 없었다.

승우가 자라날 때만 해도 극히 일부 농가에서만 시험적으로 비닐하우스를 지어 채소류를 재배했었다. 그러던 것이 언제부턴가 백마강 일대 들녘이 온통 은빛 비닐하우스로 뒤덮였고, 이제는 마침내 계절의 변화에 구애받지 않고 사시사철 각종 채소류를 생산할 수 있는 시설원예업이 성행하게 되었던 것이다.

전국 시장으로 공급되는 백마강 수박 역시 대부분 비닐하우스에서 생산되고 있었다. 물론 노지(露地)에서 나오는 수박도 없지 않았지만, 비닐하우스에서 재배한 수박이라야 상대적으로 상품성이 더 높은 까닭이었다.

그런데 백마강 수박은 속이 꽉 찬 데다 단맛은 말할 것도 없고 입에 넣으면 사근사근 씹히는 데다 뒷맛까지 개운하여 열 사람이 먹다가 두어 사람 죽어도 모를 기막힌 맛을 지니고 있었다. 그런 백마강 수박은 이제 고향의 새로운 명물로 떠올랐고, 어느 사이엔가 수박 농사는 고향 사람들의 삶을 지탱해주는 중요한 방편으로 자리매김하였다.

승우의 당숙과 재종들이며 초등학교 동창들 중에도 매년 수박 농사를 짓는 사람들이 있었다. 그중에는 그동안 더러 재미를 본 사람도 있지만, 대부분은 인건비다 뭐다 빚더미에 올라앉아 힘겹게 살아가고 있었다. 아무리 농사를 잘 짓는다 해도 농산물 가격이 워낙 들쭉날쭉하여 재산을 맞추기가 어렵기 때문이었다.

그들은 오늘도 고향을 지키며 땅을 일구고 있었다. 땅을 목숨처럼 여기면서 농업을 천직으로 삼아 열심히 살아가는 사람들. 그러나 승우는 고향을 떠나온 이래 이 나이 먹도록 고향으로 되돌아갈 그 어떤 명분도 마련하지 못한 채 하루살이처럼 살얼음판을 걷듯 아슬아슬하게 살아왔다.

컴컴한 음지에서 남의 논문이나 대필해주는 처량한 신세. 그는 책상머리에 앉기만 하면 무슨 논문이든 척척 써내는 비상한 능력과 실력을 갖추고 있었다. 그러나 그까짓 별것도 아닌 수박 한 통에 군침이나 질질 흘릴 형편이라면 이제 인생이고 뭐고 갈 데까지 갔다는 자괴감뿐이었다.

승우는 은행나무 앞 담배 가게에서 마을버스가 다니는 왼쪽 길로 방향을 틀었다. 그곳에는 낡고 허름한, 바람만 불어도 금세 훌렁 날아갈 것 같은 불량 주택들이 밀집해 있었다. 그 마을은 이 고장이 서울특별시로 편입되기 훨씬 이전부터 토박이들이 살아온 터전이었다.

학교 담장이 끝나는 곳에 야트막한 축대가 있었다. 그 축대 중간쯤에 관로가 삐쭉 불거져 있었고, 아가리를 떡 벌린 홈통에서 흘러나온 폐수가 아직 복개되지 않은 도랑으로 주룩주룩 떨어지고 있었다.

도랑은 마치 분뇨 탱크를 방불케 하는 시궁창이었다. 이번 집중호우로 도랑에 고였던 폐수가 말끔히 씻겨 내려갔을 텐데, 그럼에도 불구하고 도랑은 여전히 시궁창으로 남아있었다. 아무리 변두리 달동네라고는 하지만, 소위 경제개발협력기구(OECD) 회원국이라는 대한민국에, 그것도 이 나라 수도인 서울특별시에 아직까지도 이런 동네가 남아 있다는 사실 자체가 도저히 믿어지지 않을 따름이었다.

시커먼 폐수가 골목길 밑에 매설한 하수구로 콸콸 흘러들고 있었다. 시궁창에서는 악취가 등천하고 있었지만, 이 동네 사람들은 그 지독한 악취를 도리어 향취로 여기는 듯 아무런 표정도 없이 골목길을 내왕하고 있었다.

도랑과 하수구 언저리에는 검푸른 잡초가 무성하게 우거져 있었다. 그런데 시궁창을 따라 주욱 늘어선 잡초는 보기에도 끔찍스런 돼지풀이었다. 오다가다 명아주나 쑥대 같은 토종 식물도 보였지만, 한 길 이상 훌쩍 웃자란 두억시니 같은 돼지풀이 온통 도랑둑을 뒤덮고 있었다.

빌어먹을……. 그렇잖아도 승우는 얼마 전 월명산 자락에 돼지풀이 우거진 것을 보고 경악을 금치 못했는데, 백해무익한 돼지풀은 어느 사이엔가 산기슭뿐만 아니라 동네 한복판까지 파고들었다. 참으로 놀라운 일이 아닐 수 없었다. 그런 돼지풀 위로 다시 도희의 얼굴이 오버랩 되고 있었다.

감귤도 양쯔강(揚子江)을 건너면 탱자나무가 된다지만, 도희는 미국에서 몇 년 살다 왔답시고 틈만 났다 하면 약장수 빰칠 만큼 미국 선전에 열을 올렸다. 하지만 정작 영어권 사람을 만나면 대번 주둥이가 얼어붙어 꿀 먹은 벙어리가 되어버리는 여자…….

그러면서도 그녀는 미국 문물에 속속들이 통달한 양 한 번 입을 열었다 하면 침을 튀기면서 개나발을 불어대곤 하였다. 천만의 말씀이었다. 미국 현지에 머물 때, 그녀는 사실 언어와 관습이라는 장벽에 가로막혀 문 밖에 제대로 나서지도 못했다.

그녀는 간단한 생필품 몇 가지를 사기 위해 슈퍼마켓에 갈 때에도 남편을 앞세우고 집을 나서야 했다. 하지만 그녀의 남편도 영어에 능통하거나 미국문화에 익숙한 사람은 아니었다. 그들 부부는 거리에 나갔다가 건장한 흑인만 보아도 몸을 움찔하면서 여차하면 냅다 달아날 구멍부터 찾곤 하였다.

그런 여자가 어느 날 갑자기 불쑥 나타나 남의 가정에 평지풍파를 일으킬 줄이야 누가 알았을까. 며칠 전이었다. 그날도 현숙은 오전 일찍 도희를 따라 나간 뒤 아무 연락도 없다가 밤이 이슥해서야 집에 돌아왔다. 승우가 물었다.

"어딜 그렇게 돌아다녀?"

"노래방에 좀 갔다 왔어요."

"온종일 노래방에서 놀았단 말야?"

"낮에는 일 좀 보고, 저녁 식사 후에 친구들이랑……."

"듣기 싫어. 성현이가 얼마나 울었는지 알아?"

현숙이 집을 비운 사이 승우는 성현이를 돌보느라 이만저만 애를 먹은 것이 아니었다. 쉬를 시키고 밥을 먹이는 것쯤이야 아무것도 아니었다. 그러나 성현이가 엄마를 찾으며 울고불고 할 때는 그야말로 어떻게 해 볼 재간이 없었다. 현숙이 말했다.

"미안해요."

"미안이고 나발이고 정신 좀 차려. 세상에 어린 아이 떼 놓고 하루 종일 밖으로 나도는 엄마가 어디 있어?"

"미안하다고 했잖아요. 도희가 가자는데 안 갈 수도 없고……."

"그 여자 때문에 우리 가정 망치겠어. 도흰지 도깨빈지 그 여자 좀 멀리할 수 없어?"

"멀리하긴 어떻게 멀리해요?"

"내가 볼 때는 그 여자야말로 정신 나갔더군."

"너무 그러지 마세요. 도희처럼 좋은 애도 드물어요. 사람을 그렇게 평가하는 법이 어디 있어요?"

"웃기지 마. 그 여자는 정상적인 인간이 아니야. 내가 볼 때는 미쳤어. 제까짓 것이 미국에 대해 알면 얼마나 안다고 함부로 까부는지 원……."

"은경 아빠도 도희를 너무 무시하지 마세요. 도희에게도 명예와 자존심이 있어요."

"명예? 자존심? 시거든 떫지나 말라고 해. 그 여자가 미국에 살던 이야기를 꺼내 주접을 떨면 목구멍으로 똥물까지 넘어올 지경이야. 그 미친 여자가 뭐랬어? 미국 사회에서 마치 귀부인 대우를 받은 것처럼 떠벌렸잖아?"

"남이야 귀부인 대접을 받았든 파출부 대접을 받았든 그게 은경 아빠와 무슨 상관이 있어요?"

"입에 침도 바르지 않은 채 얼토당토않은 거짓말을 하니까 그렇지. 본래 거짓말이란 아무나 할 수 있는 게 아니야. 거짓말도 머리 좋은 사람이나 하는 것이지, 도희처럼 덜 떨어진 인간은 거짓말을 할래야 할 수가 없어. 만약 그 여자가 거짓말을 꾸며댈 능력이라도 가지고 있다면 푸줏간에 내걸린 소대가리가 웃을 거야. 거짓말도 웬만한 거짓말이라야 곧이듣지 속까지 훤히 들여다보이는 그따위 어설픈 거짓말을 누가 믿어? 내가 볼 때, 도희야말로 모자라도 한참 모자란, 중년이 되도록 대소변조차 못 가리는 바보 천치에 지나지 않아."

"남을 그런 식으로 매도하지 마세요."

"차라리 그 여자가 선천성 장애인이라면 얼마든지 애정으로 보살펴줄 수도 있겠어. 하지만 그 여자는 누가 뭐래도 육신 멀쩡하잖아? 흥. 몸뚱이야 잘 먹고 잘 입어서 허여멀끔하겠지. 그러나 그 여자의 영혼은 썩을 대로 푹신 썩었어. 그 여자의 대갈통에는 구더기만 득실거리고 있다니까. 그러지 않고서야 어떻게 그 자리에서 당장 뽀록날 개똥 같은 거짓말이나 씨불이고 다니겠어? 돼먹지 못한 것이 잘난 체는 왜 그렇게도 하는지……."

"정말 왜 그러세요? 내 친구가 그렇게도 하찮게 보여요?"

"하찮지. 남의 가정에 불을 질러놓은 장본인이 누군데? 그 여자 때문에 지금 우리가 얼마나 큰 피해를 입고 있어?"

"피해는 무슨 피해를 입었다고 그러세요?"

"이대로 나가다간 가정이 파탄 날 지경이야. 내가 누구야? 이래 봬두 남들이 날 만물박사라고 해. 그렇건만 내 앞에서 감히 미주알고주알 아는 체를 하다니 말이나 돼? 폭포 앞에서 쌍오줌을 지려도 분수가 있지, 내 앞에서 아는 체한다는 것은 어림도 없는 수작이야. 맥도 짚을 줄 모르면서 침대롱 흔들어대는 꼴이라니 내 더러워서……."

"너무 그러지 마세요. 도희처럼 똑똑한 여자도 흔치 않아요."

"지랄하고 자빠졌네. 조용히 있으면 중간이나 간다고 해. 개뿔이나 아는 것도 없는 주제에 괜히 유식한 체하지 말고……. 그 여자한테서는 눈곱만 한 진실도 찾아볼 수가 없어. 대갈통에 든 것이라곤 오로지 거짓과 구더기밖에 없으니까."

천사처럼 착하고 순진한 주부를 오염시키는 악마 같은 여자. 상대방이 싫어하는 줄도 모르고 남의 집을 문턱 닳도록 들락거리는 여자. 승우는 이미 오래전에 도희를 영원히 구제받지 못할 쓰레기 정도로 낙인찍었다. 마땅히 분리수거돼야 할 쓰레기.

무성총(無聲銃)이라도 있다면 즉각 사살해버릴 텐데……. 승우는 그 여자를 얼마나 증오했던지 수시로 그런 충동까지 느끼곤 하였다. 그렇건만 현숙은 그녀한테 홀딱 빠져 있었고, 그 대신 승우의 말이라면 지나가는 개의 방귀만큼도 알아주지 않으려 하였다.

너는 짖어라, 나는 내 멋대로 내 갈 길 가면 그만이다……. 승우가 아무리 진지하게 충고해도 현숙은 언제나 그런 식이었다. 현숙은 필경 눈이 삐었거나 그렇지 않으면 눈에 북어 껍질이라도 쓰인 모양이었다.

승우는 그동안 그런 현숙의 마음을 돌려보려고 무던히도 노력했다. 그러나 어쩌랴. 말을 물가까지 데려갈 수는 있어도 그 말에게 물을 억지로 마시게 할 수는 없지 않은가. 현숙은 도희와 완전히 한통속이 되었고, 그런 뒤로는 가정이고 살림이고 전혀 관심을 두지 않았다. 오죽하면 귀염둥이 성현이가 말을 붙이며 재롱을 부려도 귀찮고 성가시게 여겼다.

승우는 자기도 모르게 이를 으드득 갈았다. 미꾸라지 한 마리가 온 강물을 다 흐려놓는다더니, 어쩌다 도희 같은 인간쓰레기가 나타나 남의 가정을 송두리째 뒤흔들어 놓는 것일까. 밀림처럼 우거진 돼지풀을 보자 다시금 꼴도 보기 싫은 그녀의 상판대기가 눈앞에 어른거렸다.

승우는 돼지풀이 겹겹이 우거진 도랑둑을 따라 좁은 길로 들어섰다. 시궁창에서는 여전히 악취가 진동하였고, 학교 담장 모퉁이에는 녹슨 고철에 깨진 벽돌하며 조각난 사금파리라든가 아무튼 온갖 잡동사니가 패총처럼 쌓여 있었다.

그곳에도 돼지풀이 음침하게 우거져 있었다. 그런데 이게 웬일일까, 그런 돼지풀 틈바구니에 엉겅퀴꽃이 보라색으로 화사하게 피어 있었다. 그뿐 아니라 마침 알록달록한 호랑나비 한 마리가 꽃술 위에 앉아 날개를 폈다 접었다 하면서 열심히 꿀을 빨아먹고 있었다.

엉겅퀴꽃을 발견하는 순간 얼마나 반갑고 기뻤던지 승우는 하마터면 소리를 지를 뻔했다. 아주 튼실하게 피어난 엉겅퀴꽃은 10년이나 20년 만에 만난 친구처럼 반가웠다.

더군다나 엉겅퀴는 아무 짝에도 쓸모없는 그 고약한 잡초 틈에 저 홀로 피어나 돼지풀의 집중 공격을 받는 형국이었다. 온몸에 날카로운 톱니와 벌침 같은 가시로 무장한 엉겅퀴는, 그러나 떼거리로 달려드는 돼지풀 앞에서도 일기당천(一騎當千)의 꿋꿋한 자태를 보여주고 있었다.

아무튼 엉겅퀴꽃은 필경 새로운 생명으로 환생한, 저 과묵하고 용맹했던 시슬 장군의 화신인 듯 선혈 같은 보랏빛을 띠고 있었다. 그런 엉겅퀴는 어쩌면 이 마을의 수호신인지도 몰랐다. 승우는 얼마 동안 당당하고 자랑스러운 엉겅퀴꽃을 바라보다가 그 자리를 벗어났다.

직각으로 꺾여 돌아 나간 높다란 콘크리트 옹벽 밑 공터에는 후줄근한 해바라기들이 목을 늘인 채 추렷이 서 있었고, 동네 애새끼들은 무슨 살판이라도 만났는지 고래고래 소리 지르면서 광동주택 외벽을 향해 축구공을 뻥뻥 내지르고 있었다. 저무는 해가 두어 뼘쯤 남아 있었다. (《제3의 문학》 2000년 창간호)

만물박사(9)

쇠비름

지난 주말, 그날도 승우는 새벽까지 꼬박 뜬눈으로 몸을 뒤척였다. 특별히 할 일이 있는 것도 아니었건만, 그는 오랜 세월 몸에 밴 습성 탓으로 꼬박 밤을 밝혔다. 과거 논문 주문이 쇄도할 때에는 일을 하느라 철야를 밥 먹듯 했지만, 그러나 일감이 뚝 끊어진 이 근래에는 이 걱정 저 걱정으로 도저히 잠을 이룰 수가 없었다.

그는 문간으로 들어온 조간을 가져다가 별 볼일 없는 두어 줄짜리 해외 단신까지 샅샅이 읽었다. 그런데도 잠이 오지 않았다. 앞으로 살아갈 일을 생각하면 참으로 눈앞이 캄캄했다. 이 나이 먹도록 제대로 기를 펴 본 적이 없지만, 당장 가족들 입에 풀칠이라도 하려면 그 어디 공공근로사업장에라도 나가야 할 형편이었다. 그러나 언제 또 무슨 급한 일감이 들어올지 몰라 경솔하게 본업을 때려치울 수도 없었다.

이럴 수도 저럴 수도 없는, 그야말로 빼지도 박지도 못할 진퇴양난이었다. 경제가 좀 나아지면 다소나마 눈먼 일감이 들어올 법도 하련만 지금 국내 경기는 총체적인 난국에 처해 있었다. 여기에 정치권의 대형 비리까지 툭툭 불거져 나오면서 꽁꽁 얼어붙은 경기는 좀처럼 풀릴 기미를 보이지 않고 있었다.

취업자 수는 몇 달째 내리 감소세를 기록하고 있었다. 취업률은 금년도 상반기의 경우 지난해 같은 기간 대비 0.8%가 떨어져 도처에 실업자가 널려 있었다. 특히 청년 취업자가 급감하고 있는 것은 큰일이 아닐 수 없었다. 지난달의 경우 20대 청년의 취업자는 1년 전보다 약 20만 명이 줄어들어 취업 대란 시대를 맞이하고 있었다.

대학을 갓 졸업한 청년 실업자가 넘쳐나는 마당에 중년, 장년 실업자는 더 말할 나위가 없었다. 오죽하면 사오정이니 오륙도니 하는 말이 일반화되었을까. 사오정은 45세 정년을 일컫는 말이었고, 오륙도는 56세가 되도록 직장에 남아 있는 사람은 도둑놈이라는 뜻이었다.

더욱이 지난 몇 달 동안 어음부도율은 계속 증가세를 보여 왔다. 창업은 부진하고, 어음부도는 늘고……. 지난 한 달 동안 부도업체 수는 500여 개가 넘었고, 부도액 규모도 1조 원 대를 기록하고 있었다.

경제의 적신호는 거기에 국한되는 것이 아니었다. 이미 오래전에 3백만 명을 넘어선 신용불량자가 계속 증가하고 있었다. 매월 10만 명 이상 새로 태어나는 신용불량자들. 그들은 카드 돌려막기 등으로 버티다가 종당에는 신용불량자로 전락하게 마련이었다.

지금 우리나라 경제는 생산·소비·무역 등 어느 곳 하나 성한 데가 없었다. 여기저기 구멍이 숭숭 뚫려 외환위기 때보다도 훨씬 더 어려운 국면에 들어서 있었다. 중소기업은 픽픽 쓰러져 나가고 시장 상인들은 개점휴업 상태로 파리만 날리는 형편이었다.

백화점에서는 연일 세일이다 뭐다 해서 고객들을 불러 모으고 있었다. 하지만 백화점을 찾는 소비자들의 발길이 뚝 끊겨 있었다. 오죽하면 시중의 대형 백화점에서는 끼워 팔기까지 하고 있었다. 그러나 백화점 경기는 여간해서 나아질 기미를 보이지 않고 있었다.

월명동의 재래시장도 예전 같지 않았다. 그전에는 시장에 활기가 넘쳤지만 이 근래 들어와서는 한산하게 변했다. 과거 과소비 문제로 세상이 떠들썩했던 시대가 있었지만 이제 소비자들은 여간해서 지갑을 열지 않고 있었다.

월명아파트 쪽 길거리 정류장에는 빈 택시가 주욱 늘어서 있었다. 택시 기사들도 벌이가 안 돼 죽겠다고 아우성치는 실정이었다. 지금 체감 경기는 수치로 나타난 각종 지표보다 훨씬 심각한 사태를 맞고 있었다.

그러나 정부는 아무런 처방도 내놓지 못하고 있었다. 얼마 전 일부 품목에 대하여 특별소비세를 인하했지만, 그러나 경기 불황의 늪이 워낙 깊어 그러한 시책만으로는 전혀 약발이 먹히지 않았다. 여기에 마땅히 투자할 곳을 찾지 못해 떠도는 수백 조의 부동자금이 이리저리 몰려다니면서 부동산 가격 상승을 부추기고 있었다.

여기저기서 서민, 특히 빈민들의 비명이 빗발치고 있었다. 그런데도 정치권에서는 여야가 맞붙어 밥그릇 싸움에만 열을 올리고 있었다. 대통령은 곧 경기가 나아질 것이라는 말만 되풀이했고, 경제부처 책임자들은 이러한 불황을 해외 경기의 하강으로 인한 일시적인 현상으로 진단했다.

대통령과 정부 당국자들은 틈만 나면 경기 활성화를 위해 해외 자본을 적극 유치하겠다고 공언했다. 하지만 정부의 각종 규제에다 폭등하는 부동산 가격은 물론 노사분규까지 겹쳐 이미 국내에 들어와 있던 외국 기업들이 보따리를 싸 가지고 경영여건이 좋은 다른 나라로 떠나가는 실정이었다.

더군다나 외국 자본가들에게는 북한 핵문제도 악재로 작용하고 있었다. 북한은 심심하면 한 차례씩 핵 카드를 들고 나와 아연 긴장 국면을 조성하곤 하였다. 정부는 핵 문제에 대한 명쾌한 해법을 제시하지 못한 채 북한에 질질 끌려다니는 인상을 주고 있었다.

이러한 마당에 외국의 자본가들이 마음 놓고 투자할 리도 만무했다. 그런데도 대통령과 정부 당국은 오늘의 이 난국을 원천적으로 해결할 의지를 보이기는커녕 원칙 없는 미봉책만 내놓고 있었다.

어디 그뿐인가. 서민 대중은 일부 부유층의 극에 달한 사치와 과소비에 살맛을 잃어가고 있었다. 소위 가진 자들은 수억 원짜리 외제 승용차를 굴리면서 호화판 해외여행에다 하루저녁 술값이 수백만 원에 이르는 양주 파티에 이르기까지 못하는 것이 없었다.

아까부터 후둑후둑 빗낱 뜨는 소리가 들려왔으므로 승우는 슬그머니 일어나 창밖으로 눈길을 던졌다. 아니나 다를까, 희미한 보안등 불빛을 받으며 빗방울이 희뜩희뜩 빗금을 긋고 있었다. 하지만 지난번 한바탕 집중호우가 지나간 터라 큰비는 내릴 것 같지 않았다.

온몸이 찌뿌드드하면서 갑자기 혓바닥이 깔깔해 왔고, 밤새도록 속을 끓인 탓인지 입안이 소태처럼 쓰기만 했다. 입을 벌리면 목구멍에서 쓴내가 풀풀 넘어왔다. 어쩌면 몸살이 나려고 그러는지도 몰랐다. 그는 냉장고 문을 열었고, 보리차를 유리잔에 한 컵 가득 따라 단숨에 들이켰다.

그러고 나서 그는 다시 서재로 들어가 몸을 뉘챘다. 몸뚱이는 천근만근 무거웠지만, 그러나 여간해서 잠이 올 것 같지 않았다. 그는 결국 뜬눈으로 밤을 지새웠는데, 먼동이 터서 밖이 훤해질 무렵 도쿄에 교환교수로 나가 있는 아우 승환이한테서 전화가 걸려왔다. 상호 의례적인 안부를 물은 뒤 승환이가 말했다.

"형님. 여기는 지금 며칠째 비가 내리고 있어요. 형님이 그립습니다. 어제는 갑자기 어렸을 때 동네 개울에서 형님하고 물고기 잡던 일이 생각나더군요. 자꾸만 눈물이 나려고 해서 아주 혼났어요."

"우린 몇 달 후에 만날 수 있잖아?"

"그렇죠. 서울에 가고 싶어도 저는 이것저것 걸려 있는 일이 많아서 시간을 낼 수가 없어요. 형님, 형수님하고 한 번 도쿄에 오세요. 두 분 여비는 제가 부담할게요."

"말은 고맙지만, 우리 부부도 집을 비울 수가 없어."

"일이 그렇게 많아요?"

"아니. 일은 별로 없지만 아이들만 남겨 놓고 멀리 나갈 수가 없거든. 우리 몇 달 뒤에 건강한 모습으로 만나."

"네, 형님. 그럼 그때 뵙기로 해요. 전 언제 어디를 가나 형님 은혜를 잊지 않고 있습니다."

"나도 아우 마음을 잘 알고 있어. 전화 요금 많이 나올 텐데 이만 끊지."

"하하……. 전화 요금이 나오면 얼마나 나오겠어요? 형님, 그럼 다시 뵈올 때까지 안녕히 계십시오. 그리고 형수님과 조카들에게도 안부 전해주십시오."

"물론이지."

"아, 참, 성당에 나가시기로 한 일은 어떻게 됐어요?"

"아직……. 게을러서 실천을 못하고 있어. 나가긴 나가야겠는데 맘대로 잘 안 되는군."

"쇠뿔도 단김에 빼라고 했어요. 작정을 하셨으면 나가셔야죠. 그러다 혹시 마음이 변하시면 어쩌시려구……. 하하하……."

승환이는 호탕하게 웃었다. 그는 형에게, 그것도 인격적으로 존경해 마지않는, 더군다나 종교에 관해 누구보다도 깊이 통찰하고 있는 형에게 입교를 권면하는 것이 못내 쑥스러운 모양이었다. 승우가 말했다.

"알았어. 오늘 중으로 꼭 성당에 들러 볼게."

"현명한 선택입니다. 형님께서 신앙을 갖게 되신다면 미처 경험하지 못한 세계를 만나실 수 있을 거예요. 하느님 앞에서 우리 인간은 하잘것없는 존재에 불과하니까요."

"그래. 잘 알았어. 오늘 오전 중으로 성당에 가서 입교 절차를 밟겠어."

승우는 승환이와 몇 마디 대화를 더 주고받은 뒤 통화를 마쳤다. 송수화기를 놓고 돌아서는 그에게 아내 현숙이 물었다.

"작은집 식구들은 어떻게 지낸대요?"

"모두 잘 있대. 당신한테 안부 전해달라고 특별히 부탁하는군. 비가 내리니까 갑자기 고국이 그리워졌나 봐."

승우는 현숙에게 눈길조차 주지 않은 채 연극배우가 대사를 외우듯 기계적으로 대꾸했다. 현숙의 참견이 결코 달갑지 않은 탓이었다. 아우의 목소리를 들어 무척 반가웠지만, 현숙이 불쑥 끼어들었으므로 그 반가움이 반감되었다. 현숙이 걱정스럽게 물었다.

"은경 아빠. 어디 아프세요?"

그러나 승우는 도리어 거의 발작적으로 야무지게 쏘아붙였다.

"듣기 싫어. 남이야 아파서 죽든 말든 무슨 상관하지 마."

아닌 밤중에 홍두깨도 분수가 있지, 현숙은 이게 무슨 날벼락인가 싶어 몸을 움찔하였다. 그녀는 남편의 안색이 침울해진 것을 보고 조심스럽게 말을 붙였던 것인데, 승우는 그동안 눈 뭉치처럼 쌓이고 쌓인 불만을 한꺼번에 왕창 터뜨리고 말았다. 현숙이 물었다.

"아니, 아침부터 왜 그러세요?"

"관둬. 당신 같은 사람하고는 말하고 싶지 않으니까."

승우는 여차하면 일전을 불사할 기세로 그녀를 아래위로 훑어보았다. 가족에게, 그것도 가난한 집에 시집 와서 고생고생하며 살아온 아내에게 그래서는 안 된다는 것을 알면서도 승우는 그녀를 매몰차게 몰아세웠다.

최근 아내가 보여준 일련의 소행을 생각하면 괘씸하기 짝이 없었다. 그녀는 날이면 날마다 도희와 어울려 다녔고, 승우가 아무리 애원하다시피 설득을 해도 한 귀로 듣고 다른 한 귀로 대강대강 흘려버리곤 하였다. 현숙이 말했다.

"정말 왜 그러세요?"

"그걸 몰라서 물어? 당신이 내 건강을 걱정해준다고 내가 고맙게 생각할 것 같아? 천만의 말씀이지. 당신은 나한테 신경 쓰지 말고 당신 몸이나 잘 챙겨."

"은경 아빠. 내가 그렇게도 미워요?"

"미운 정도가 아니야. 당신은 이미 가정을 포기했잖아? 나는 이제 더 이상 말하고 싶지 않아."

"누가 가정을 포기했다고 그러세요?"

"듣기 싫어. 난 지금 이래저래 죽을 지경이야. 그렇건만 당신이 나한테 뭐랬어? 그만큼 고생하지 않는 사람이 어디 있느냐고 오금을 박았잖아?

아무리 돈을 못 벌어 온다고 하지만, 정말 남편 알기를 뭘로 아는 거야? 어디 그뿐이야? 도희가 나보다 훨씬 더 낫다고 했잖아?"

승우는 서재로 들어와 문을 쾅 닫았다. 아내에 대한 애증이 분수처럼 솟구쳤다. 살림 따위는 뒷전으로 미뤄 놓은 채 아내가 소갈머리 없이 도희한테 홀려 놀아나는 꼴이라니……. 현숙의 안중에는 가족이고 나발이고 보이는 것이 없었고, 이 지상에서 상대할 만한 인물은 오직 도희밖에 없다고 확신하는 듯했다.

그런 아내한테는 그야말로 백약이 무효일 수밖에 없었다. 승우는 현숙의 마음을 돌려놓기 위해 나름대로 최선을 다했다. 하지만 쇠귀에 경 읽기라고나 할까, 아무리 어르고 달래도 아내는 결코 들어먹지 않았다. 현숙의 마음은 진작 가정에서 멀리 떠나 있었고, 이제는 숫제 건너서는 안 될 영영 돌아오지 못할 강까지 건너려 하고 있었다.

도희가 정신 똑바로 박힌, 눈곱만큼 본받을 만한 구석이라도 갖춘 여자라면 모르되, 승우가 볼 때에는 그녀야말로 정신이 나가도 한참 나간, 앉으나 서나 애오라지 미국만을 동경하는, 그리하여 머리가 회까닥 돌아버린 편집광(偏執狂)에 불과하였다. 미국에서 살았으면 얼마나 살았다고 걸핏하면 미국을 찬양하며 미국 놈이라면 뭐라도 빨아줄 듯이 미국 년 행세를 하려 드는지 구역질이 나서 못 봐줄 지경이었다.

며칠 전이었다. 그날도 승우는 앞이 보이지 않는 생활고 문제로 고심에 고심을 거듭하고 있었다. 그때 도희가 찾아와 다시금 한바탕 집안 공기를 들쑤셔 놓았다. 그녀가 승우에게 핀잔조로 비아냥거렸다.

"은경 아빠는 오늘도 안 나갔어요?"

"나야 본래……."

"시내에 사무실을 내면 안 돼요?"

"그야……."

"원하신다면 내가 자금을 융통해드릴 수도 있어요."

도희는 남의 속도 모르고 슬슬 농담까지 곁들이고 있었다. 마음 같아서는 그녀의 볼아가지를 확 걷어차고 싶었지만, 그러나 승우는 아내의 체면을 감안하여 초인적인 인내심을 발휘하였다.

그는 부글부글 속을 끓이다가 현관으로 다가가 운동화를 신었다. 비록 불청객이기는 하지만 집에 찾아온 손님을, 그것도 아내의 친구를 무자비하게 내쫓을 수는 없지 않은가. 그녀의 꼴을 보지 않으려면, 그리고 그따위 말 같잖은 소리를 듣지 않으려면 자리를 피하는 것이 상책이었다. 출입문 손잡이를 잡으면서 승우가 그녀에게 말했다.

"자, 그럼……."

"나가시게요?"

"네……."

"저어, 한 가지 궁금한 게 있어요."

"뭡니까?"

"이 집에서 가장 탐나는 것은 책이거든요. 이렇게 꾸미려면 돈이 얼마나 들어요?"

"글쎄요……."

울컥 치밀어 오르는 욕지기를 가까스로 참으면서 승우는 얼른 문 밖으로 나왔다. 기가 막혔다. 승우는 얼마 전 그 여자가 아무렇게나 씨불여 댔던 말을 아직도 생생히 기억하고 있었다.

아휴 답답해. 저는 이 집에 올 때마다 답답해서 못 살겠어요. 건물은 낡

아빠졌고, 실내 공간은 좁고, 책 더미는 와르르 무너져 내릴 것 같고, 앞은 콱 막히고……. 솔직히 말해서 이 집에 들어서면 숨이 콱 막힌다니까요. 현숙이하고는 피차 허물없는 사이니까 이런 말씀 드리는 거예요.

그날, 그녀는 혼자서 병 주고 약 주고 온갖 오두방정을 떨면서 별짓 다 하지 않았던가. 지난번에는 책을 모두 없애버리라고 했던 여자가 이번에는 책이 가장 탐난다구……?

한 입으로 두 말 하는 것은 그렇다 치더라도, 남이 애지중지하며 재산목록 제1호로 꼽고 있는 연구용 장서(藏書)를 겨우 하잘것없는 장식용 따위로 인식하다니 가증스럽기 짝이 없었다. 인생을 절반 이상 살아왔지만, 승우는 아직까지 그 여자처럼 골 빈 인간을 본 적이 없었다.

젠장, 아내는 어찌하여 하필 그런 싸가지 없는 계집년과 한통속이 되어 제멋대로 놀아나는 것일까. 재수가 없으면 비행기 안에서도 독사에 물린다더니, 집구석이 망하려니까 어느 날 갑자기 개뼈다귀 같은 것이 굴러 들어와 이미 기울 대로 기울어진 가정을 와장창 거덜 내지 못해 지랄발광을 하고 있었다.

이제 한창 자라나고 있는 앞길 창창한 두 딸이나 늦둥이 아들 성현이를 의식할라치면 어떤 경우에라도 아내를 버릴 수가 없었다. 하지만 상황은 점점 악화되고 있었다. 희망은 절벽이었고, 선택의 폭 또한 그만큼 좁아지고 있었다. 만약 아내가 끝내 마음을 돌이키지 않는다면 언젠가는 중대 결단을 내릴 수밖에 없지 않은가.

그러나 현숙은 아직도 승우의 깊은 마음을 전혀 읽어내지 못한 채 도리어 화합과는 거리가 먼, 어쩌면 영원히 남남으로 돌아서야 할지도 모를 파멸의 묘혈을 파고 있었다. 아내는 과연 뭘 믿고 청개구리처럼 자꾸 반대

방향으로만 나가려는 것일까.

일감이 딱 끊겨버린 지금, 승우의 미래는 전혀 예측할 수가 없었다. 이 위기를 극복하려면 온 가족이 더 정신 바짝 차리고 한마음 한뜻으로 합심하여 더욱 허리띠를 졸라매도 될까 말까 하였다. 그렇건만 부부가 맨날 티격태격 싸움질이나 해야 하다니, 그것이야말로 비렁뱅이끼리 동냥자루 찢으면서 쪽박까지 깨는 형국이 아니고 무엇인가.

생활은 쪼들리고, 부부 사이에는 금이 가고……. 승우는 짐짓 이제껏 살아온 세월을 돌아보고는 뼈아픈, 아니 온몸의 뼈가 마디마디 녹아나는 듯한 회한을 짓씹었다.

나름대로는 이 나이 먹도록 혀 빠지게 일해왔건만, 전생에 무슨 죄업(罪業)이 그렇게도 많아 요 모양 요 꼴로 살아야 하는지 참으로 서글프기 짝이 없었다. 정말 이것저것 생각하면 불평등으로 가득한, 힘겨운 노동에 대한 최소한의 대가마저 보상해주지 않는 이 사회가 원망스럽기만 하였다.

물론 논문 대필에 무슨 공정가격이 매겨져 있는 것은 아니었다. 논문 대필료는 어디까지나 논문을 필요로 하는 수요자와 그것을 대필해주는 극소수 공급자 사이에 은밀한 계약으로 책정될 수밖에 없었다. 더군다나 논문 대필이야말로 그것을 의뢰한 주문자, 즉 물주의 체면뿐만 아니라 학계의 공신력과 직결돼 있었으므로 동네방네 드러내 놓고 공개적으로 할 수 있는 사업이 아니었다.

사실 승우는 논문 대필의 계약 단계에서도 얼굴을 드러낸 적이 없었다. 그 문제는 전적으로 학문당 박일기 사장이 도맡아 처리하고 있었는데, 승우는 계약이 성사된 연후에나 비로소 주문자의 핵심적인 의도와 요구가 무엇인지를 파악하고 그와 동시에 관련 자료를 넘겨받기 위하여 상대방과 대면하곤 하였다.

물주들은 한결같이 인색했다. 그들은 대부분 가진 것이라곤 돈밖에 없는, 상류사회의 정상을 달리는 이른바 사회지도층 인사들이었다. 그들은 해외여행을 밥 먹듯 하고, 고급 룸살롱이나 요정에 드나들며 거금을 허드렛물 쓰듯 하는 것은 물론, 운동이라는 명목으로 허구한 날 잘 다듬어진 필드에 나가 돈 따먹기 골프를 치곤 하였다.

그런 사람들이 논문 대필료만큼은 사정없이 깎아 내렸다. 그들은 자신의 입신양명을 위해 꼭 필요한 논문 대필을 의뢰하면서도 노랑물이 똑똑 떨어질 정도로 구두쇠 짓을 하였다. 그들의 행태는 어쩌면 그렇게도 비슷비슷한지 정말 더럽고 치사해서 차마 말로 옮기기조차 부끄러울 지경이었다.

학문당 박 사장도 흥정에는 일가견이 있는, 아니 일가견 정도가 아니라 웬만한 장사꾼쯤이야 찜 쪄 먹고도 남을 만한 대단한 능력을 가지고 있었다. 막말로 서로 상대방을 등쳐 먹기 위해 결사적으로 밀고 당기는 흥정을 벌인다면 박 사장의 절묘한 두뇌플레이를 당할 만한 작자가 흔치 않으리라.

하지만 박 사장은 죽자 살자 무턱대고 돈만 밝히는 세간의 시정잡배들과는 차원이 달랐다. 그는 근면과 성실, 그리고 신뢰를 바탕으로 자수성가한 입지전적 인물이었다. 그뿐 아니라 그는 몇 푼 안 되는 논문 대필료 따위로 학자들과 흥정을 벌이기에는 너무 크고 높은 위치에 올라 있었다.

알 만한 사람은 다 알고 있는 사실이지만, 그는 본래 대중잡지 광고부장 출신으로서, 일찍이 구멍가게보다 별로 나을 것이 없는 여명인쇄사를 창업해 굴지의 인쇄업체로 성장시킨 주역이었다. 그는 여명인쇄사가 탄탄

대로를 달리게 되자 그 연장선상에서 개인 기업으로 학문당을 설립했다.

규모나 채산성이라는 측면에서 볼 때, 학문당은 여명인쇄사의 일개 부서만도 못할 만큼 영세하기 짝이 없었다. 그런데도 박 사장은 여명인쇄사보다도 학문당에 더 큰 애착을 가지고 있었다.

그는 여명인쇄사의 소유주가 아닌, 학문당 창업자로 대우받을 때 더 큰 보람과 희열을 만끽하였다. 겉으로 드러난 그런 취향만 본다면 일견 경영자로서 그의 배포가 작은 것이 아닌가 하고 의심할 수도 있었다. 하지만 박 사장의 내면을 조금만 깊이 들여다본다면 그럴 수밖에 없는 저간의 눈물겨운 사연이 있었다.

박 사장은 본래 남모르는 웅지를 품고 있었지만, 그러나 번번이 학력이라는 높은 장벽에 가로막혀 그 뜻을 이룰 수가 없었다. 그는 배움에 한이 맺혔고, 언젠가는 논문 제작을 통해 그 응어리를 풀어 보려 하였다. 따라서 논문 제작 업체의 설립이야말로 그의 숙원 사업이었던 것이다.

아니나 다를까, 학문당을 설립한 이후 그의 위상도 크게 달라졌다. 그가 여명인쇄사만 경영하고 있을 때에는 어디를 가나 숙명적으로 인쇄업자일 수밖에 없었고, 그보다 조금 낫다는 대우라야 성공한 사업가 또는 주목받는 경영인 정도로 취급받았다.

그런데 박 사장은 학문당을 설립한 이후 명망 있는 학자들과 잦은 접촉을 통해 꾸준히 입지(立地)를 넓혀왔다. 학문당은 마침내 국내 최고 수준의 논문 제작 업체로 확고한 위치를 굳혔고, 그 과정에서 박 사장은 내로라하는 석학들을 비롯하여 각계각층에서 소위 방귀깨나 뀐다는 중량급 거물들과도 끈끈한 교분을 맺을 수 있었다. 이를테면 그의 당초 의도가 그대로 주효한 셈이었다.

박 사장은 이제 누가 뭐래도 단순한 인쇄업자가 아니라 그 이상의 막강한 영향력을 가진 존경받는 저명인사로 자리매김하였다. 그 자신의 자긍심도 대단했다. 그는 학문당 경영을 통해 학문 발전에 일조한다는 긍지와 함께 많은 학자들과 폭넓게 교류함으로써 시중의 여타 인쇄업자들과는 근본적으로 다르게 처신하였다.

그는 그동안 자선도 많이 했다. 연구비가 모자라 쩔쩔 매는 학자에게는 일부나마 선뜻 후원금을 내놓았고, 자료 부족으로 고심하는 학자가 있으면 국내는 물론 해외에 이르기까지 사방팔방으로 정보망을 풀가동하여 대학 도서관에도 없는 희귀한 서적을 구해주기도 하였다.

그러나 박 사장은 어느 누구에게도 자신의 자선 행위를 드러내 보인 적이 없었다. 오죽하면 그는 자선에 관한 한 승우에게도 일절 입 밖에 내지 않았다. 승우는 다만 여러 가지 정황과 심증만으로 박 사장의 자선을 알고 있을 따름이었다.

아무튼 현직 교수들은 언제부턴가 학문당을 가리켜 '강의실 없는 대학'이라 불렀고, 학자들의 후견인이나 다름없는 박 사장에게는 '캠퍼스 없는 대학총장'이라는 영광스런 호칭을 붙여주었다. '강의실 없는 대학'이란 학문당이 강의실만 갖추지 않았을 뿐 대학이나 진배없다는 뜻이었고, '캠퍼스 없는 대학총장'이란 박 사장이 캠퍼스로 상징되는 외형상의 대학만 총괄하지 않을 뿐 내막으로는 웬만한 대학총장 이상으로 중요한 몫을 감당하고 있다는 의미였다.

박 사장은 그런 호칭에 대해 매우 흡족해하였다. 사실 한 시대를 대표하는 최고의 지성들로부터 그처럼 빛나는 호칭을 부여받고 있다는 것은 얼마나 가슴 벅찬 일인가. 박 사장은 그런 호칭을 들을 때마다 대통령도 부럽지 않다고 자부했다.

승우는 측근에 그런 박 사장이 있다는 것을 무척 자랑스럽게 여기고 있었다. 돈이라면 너 나 할 것 없이 두 눈을 홀딱 까뒤집고 덤비는 세상인데, 돈이 무더기로 들어오는 여명인쇄사 경영권을 처남에게 넘겨주고 별로 돈벌이도 되지 않는 학문당에 쏟아 붓는 그의 열정은 신뢰와 감명을 자아내고도 남았다.

한편, 박 사장 역시 누구 못지않게 승우를 존중하였다. 박 사장이 맨손으로 인쇄소를 차렸을 때, 승우가 일정 부분 기여한 측면도 없지 않지만, 박 사장은 무엇보다도 승우의 타고난 재능과 후천적으로 쌓아올린 가공할 실력을 높이 평가하고 있다.

사실 승우는 다방면에 걸쳐 모르는 것이 없었고, 무슨 논문이든 주제와 자료만 주어졌다 하면 일사천리로 신속 정확하게 써냈다. 좌우간 승우의 논문은 한 군데도 흠잡을 데가 없었는데, 그 논문이 주문자 명의로 학위 심사에 회부되면 심사위원들도 꼼짝없이 서명할 수밖에 없었다.

본래 논문 심사위원들 중에는 심사위원이라는 직분을 무소불위의 권력으로 착각하는 사람들도 있었다. 그들은 개떡 같은 권위를 내세워 트집 잡기를 좋아했고, 만일 학위 청구 논문 가운데 사소한 흠결이라도 발견되면 그것을 꼬투리 잡아 콩이네 팥이네 까탈을 부리게 마련이었다.

하지만 승우는 언제나 그들보다 한 수 우위에 있었다. 우선 그의 학문 수준이 심사위원들을 훨씬 능가했으므로 심사위원 아니라 심사위원 할아버지라 해도 승우가 쓴 논문에 감히 이의를 제기할 수가 없었다. 더군다나 승우는 심사위원들의 성향이나 심리 상태까지 꿰뚫어 상대방의 의표를 찌르고, 실력 대 실력으로 그들의 돼먹지 못한 권위의식을 무력화시킴으로써 그들이 끼어들 소지를 원천적으로 차단하였다.

승우가 이런저런 상념에 잠겨 있는 동안 오락가락하던 가랑비도 잠시 그쳐 있었다. 아내가 아침 식사를 준비하고 있었지만, 승우는 일부러 모른 척하고 문간을 벗어났고, 훌쩍 밖으로 나온 뒤에는 주유소 옆 오솔길을 거쳐 곧장 월명산으로 들어섰다.

새벽에 잠깐 내린 비로 월명산은 한결 산뜻해진 느낌이었다. 나무들 사이로 희뿌연 물안개가 흘러 다녔고, 상수리나무나 떡갈나무 잎사귀에는 번들번들 물기가 남아있었는데, 오솔길 주위의 풀잎에도 송골송골 이슬이 맺혀 있었다. 아직 햇살이 미치지 않은 응달을 지날 때에는 나뭇잎에서 물방울이 뚝뚝 떨어져 내렸다.

승우는 움푹 꺼진, 지난번 광대버섯을 발견하고 뿌리째 캐내어 사정없이 으깨 버렸던 그 구렁으로 내려섰다. 그는 다시금 광대버섯이 돋아났는지 눈여겨보았는데, 다행히 광대버섯은 보이지 않았고, 그 대신 언덕배기 곳곳에 불그죽죽하면서도 번들번들한 쇠비름이 질펀하게 자라나 있었다.

그런 쇠비름을 보면서 승우는 자기도 모르게 혀를 내둘렀다. 고향에 살 때 쇠비름 때문에 애먹은 생각을 하면 저절로 넌덜머리가 났다. 어떤 사람들은 쇠비름을 사료나 약재로 쓴다고 하지만, 승우는 고향에서 자라는 동안 실지로 그 잡초가 유익하게 쓰이는 것을 본 적이 없었다.

그 반면, 쇠비름은 밭이든 논이든 아무 데나 무더기로 돋아나 농작물이 흡수해야 할 거름기만 빨아먹었다. 더욱이 쇠비름은 얼마나 질긴지 미세한 실뿌리만 남아도 그 자리에 새 싹이 돋아났다. 아니, 뿌리째 뽑아서 이글이글 타는 뙤약볕 아래에 내놓아도 여간해서 말라죽지 않았다.

어느 해 여름이던가, 승우는 모친을 도와 밭을 매다가 한 아름이나 되는 쇠비름을 주섬주섬 그러모아 밭둑의 소나무 가지에 거꾸로 처억처억 걸쳐놓은 적이 있었다. 그런데 문제의 쇠비름은 며칠이 지나도록 죽지 않았고, 비가 내린 뒤에는 승우 모자(母子)를 비웃기라도 하듯 도리어 파릇파릇 생기가 되살아났다. 어쨌든 쇠비름은 쇠가죽만큼이나 지독하게 질긴 식물이었다.

그런 쇠비름을 보자 불현듯 아내 현숙의 모습이 떠올랐다. 아내는 왜 그렇게도 질긴 것일까. 듣기 좋은 말로 조곤조곤 잘 타이르기도 했고, 폭력에 가까울 정도로 윽박지르기도 했건만, 어찌하여 그녀는 옳은 길을 놔두고 자꾸만 억지를 부리며 절망의 구렁텅이로 빠지려는 것일까.

정말이지 알다가도 모를 것은 사람의 마음이었다. 승우는 이날 입때껏 아내가 그렇게 고집스럽고 질긴 여자인 줄 모르고 살아왔다. 그런데 웬걸 현숙은 옹고집으로 똘똘 뭉쳐 있었고, 자기가 한번 옳다고 간주한 일에 대해서는 한 치의 양보도 허용하지 않았다.

더욱이 현숙은 최근 도희라는 이름의 '도' 자만 꺼내도 선병질적으로 펄펄 뛰었다. 승우가 도희의 무례한 언동과 가정에 미치는 지랄 같은 영향을 지적하고 나름대로 돌파구를 마련코자 하면, 현숙은 '도' 자를 꺼내기가 무섭게 도끼눈을 뜨고 강짜를 부리면서 도희를 옹호하고 나섰다.

돼지풀과 쇠비름이라……? 정녕 초록은 동색인가, 아무리 여고 동창이라고 하지만 그들 두 사람은 무슨 동질성을 타고났기에 만나자마자 대뜸 찡구짱구가 되어 철옹성 같은 공동전선을 구축하는 것일까.

승우는 그 지긋지긋한, 숫제 쳐다보기도 싫은 쇠비름 군락지를 재빨리 벗어났다. 그러나 얼마 전 서쪽 기슭에서 보았던 돼지풀 군락지와 어린 시절 소나무 가지에 걸쳐 놓았던 그 질기디질긴 쇠비름의 잔영이 오버랩 되어 자꾸만 뇌리에 스쳤다.

그는 마침내 월명정 누마루에 올라 사방을 한 바퀴 빼잉 둘러보았다. 저 멀리 올망졸망한 주택들이 보였고, 월명아파트 단지 건너편으로 성당의 종탑이 보였다. 그 종탑에 눈길이 미치는 순간, 승우는 도쿄에서 국제 전화를 걸어 주었던 아우 승환이가 떠올라 콧잔등이 찌잉해짐을 느꼈다.

가장 아끼는 아우라서 하는 말이 아니라, 승환이는 어렸을 때부터 단 한 번도 부모나 동기간의 속을 썩인 적이 없었다. 언제나 자기 일은 자기가 알아서 처리하였고, 초등학교 시절 이후 대학을 졸업할 때까지 그는 줄곧 학업에만 정진하였다.

캠퍼스에 화염병과 쇠파이프가 난무하고 최루가스가 자욱하던 군사독재 시절에도 그는 오로지 책만 물고 늘어졌다. 그러던 어느 날, 승환이는 몸살이 나서 며칠 간 승우의 집에 들어와 건강을 돌본 적이 있었다. 대학에 들어가자마자 그는 학교 기숙사에서 기거하고 있었는데, 물경 40도를 오르내리는 고열과 몸살을 견디다 못해 승우네 집으로 찾아온 것이었다.

승우는 대번 승환이를 병원에 데려갔고, 어느 정도 안정을 되찾아 집으로 돌아온 뒤에는 열심히 약을 지어다 먹였다. 그런데도 승환의 몸살은 당초 예상보다 훨씬 오래 끌고 있었다. 평소 무병하던 체질이어서 그런지 한 번 병이 나자 회복은 여느 사람보다 훨씬 더디기만 했다.

그때 승우는 학문당 박 사장한테 돈을 변통하여 아내에게 주었고, 현숙은 보양에 도움이 될 만한 영양식을 장만해 정성스럽게 내놓았다. 하지만 승환이는 누구보다도 형 승우의 넉넉지 못한 가정 형편을 잘 알고 있었으므로 분에 넘치는 영양식을 한사코 사양하였다. 그가 현숙에게 말했다.

"형수님, 제가 어떻게 이런 값비싼 음식을 먹을 수 있겠습니까?"

"참, 별 걱정을 다 하시네요. 어서 드세요. 삼촌이 하루라도 빨리 벌떡 일어나야 해요. 그래야만 우리 식구들이 마음 놓고 활짝 웃을 수 있잖아요?"

"제가 어쩌다 이렇게 됐는지 모르겠습니다. 형님께 폐를 끼쳐서는 안 되는데……."

"폐라니, 그게 무슨 말씀이세요? 형제간에 폐니 뭐니 그런 말씀은 입 밖에 내지 않는 것이 좋겠어요."

"갑자기 몸이 아프니까 가장 먼저 형님하고 형수님이 생각나더라구요. 저도 웬만하면 그냥 버텨 볼까 했는데, 자칫 잘못하면 큰일 나게 생겼지 뭡니까? 그래서 염치불구하고 형님 댁으로 달려왔지요."

"아이구 참, 염치불구라니, 한 식구끼리 어쩌면 남의 이야기하듯 그렇게 말씀하실 수 있어요? 저는요, 삼촌이 우리 집 놔두고 기숙사에 가 계신 것만 해도 항상 죄송하고 부담스럽게 생각하고 있어요."

"그야 제 스스로 선택한 것 아닙니까? 조금도 염려하지 마십시오. 제가 뭐 형님이나 형수님한테 눈칫밥 먹은 것도 아니잖습니까? 제 입장에서는 학교에 갔다 왔다 하면서 길바닥에 깔아 없애는 시간이 아까우니까 기숙사에 들어간 것뿐이에요. 그 문제라면 지금도 아주 잘했다고 생각해요. 그만큼 시간을 절약할 수 있으니까요."

"삼촌은 참으로 대단하세요. 그런 마음가짐이라면 무슨 일인들 못 하겠어요? 하지만 건강도 돌보셔야 해요. 앞으로 큰일을 하시려면 뭐니 뭐니 해도 건강이 첫째잖아요?"

"저도 잘 압니다. 그러나 공부도 때가 있다고 생각합니다. 지금 열심히 공부하지 않으면 나중에 후회하게 되잖아요?"

"어쨌거나 무엇이든 덥석덥석 많이 드세요. 그래야만 몸살이니 뭐니 쓸데없는 잔병이 덤비질 못해요."

"고맙습니다, 형수님."

승환이는 현숙에게 연거푸 머리를 조아리며 수저를 들었다. 애써 장만한 영양식을 먹는 동안 그의 눈시울은 줄곧 벌겋게 충혈되어 있었다. 그날 저녁을 고비로 승환이는 빠르게 회복되어 갔는데, 승우는 참으로 오랜만에 그와 허심탄회한 대화를 나눌 수 있었다. 승우가 말했다.

"형 노릇을 제대로 못해서 미안해. 내가 벌이만 괜찮다면 좀 더 적극적으로 뒤를 밀어줄 수 있을 텐데……. 아우가 알다시피 내 형편이 너무 초라해서 어쩔 수가 없지 뭔가."

"형님. 굳이 말씀하시지 않아도 저는 형님이나 형수님 마음을 다 알고 있습니다. 저야말로 형님을 도와드리지 못해 이만저만 가슴 아픈 것이 아닙니다. 저는 대학에 다니는 것만으로도 과분하게 생각하고 있습니다. 사실은 형님이 대학에 가셨어야 합니다. 형님께서 대학만 졸업하셨더라면 지금쯤 깃발을 날리실 텐데……. 형님이 노력에 비해 부당한 대우를 받는다고 생각하면 가슴이 미어질 것만 같습니다. 우리 사회는 뭔가 잘못돼도 한참 잘못됐습니다. 아무리 출중한 실력을 가지고 있어도 학력 없이는 행세할 수 없는 사회……. 저는 누구보다도 형님의 억울함을 잘 알고 있습니다. 형님이 왜 대학에 못 가셨습니까? 실력이 없어서 대학에 못 가신 것이 아니잖습니까? 온갖 무지렁이들도 다 들어가는 대학……. 형님은 고등학교 다닐 때 누구 못지않은 실력을 가지고 있었잖습니까? 그런데도 형님은 집안 형편 때문에 눈물을 머금고 진학을 포기했지요. 제가 왜 그걸 모르겠습니까?"

"그만해. 그것도 다 운명이야."

"그렇습니다. 운명이라고 말할 수도 있겠지요. 하지만 형님은 결혼하신 후에도 저희들 뒷바라지하느라 한숨조차 돌릴 겨를이 없었습니다."

"내가 아우들한테 뭘 해줬다구……?"

"아닙니다. 형님은 저희들을 위해 모든 것을 다 바쳐 오셨습니다. 특히 형수님은 더 말할 나위가 없습니다. 형수님이 아니었다면 저희들은 동서남북으로 뿔뿔이 흩어져 지금쯤 양아치처럼 살아가고 있을 겁니다."

승환이는 입에 침이 마르도록 자기 형수인 현숙을 추켜세웠다. 하긴 그 말에도 일리가 있었다. 만약 승우가 현숙처럼 착한 여자를 만나지 못했더라면 동기간의 운명이 어찌 되었을까. 다행히, 현숙은 둘째가라면 서러워할 만큼 마음씨가 고왔고, 자기 남편뿐만 아니라 시동생과 시누이까지도 극진히 보살펴주었다.

그렇던 여자가 어쩌다 지금처럼 돌변했을까. 집안이 망하려면 암탉이 운다더니, 일감이 끊겨 기둥뿌리까지 근들거리는 터에 난데없이 도희가 나타난 뒤로 아내가 그렇게 표변한 것이었다. 만약 승환이나 다른 동기간들이 승우의 속사정을 안다면 기절초풍할 노릇이었다.

승우가 볼 때, 도희야말로 거지발싸개보다 못하면 못했지 별로 나을 것이 없었다. 그렇건만 현숙은 뭐가 좋다고 그런 미친 여자를 졸졸 따라다니는 것일까. 아마도 아내는 눈이 삐었거나 제정신이 아닌 모양이었다.

아내를 설득하는 데도 한계가 있었다. 똑같은 말을 되풀이하는 것도 한두 번이지, 이제는 그 어떤 애원이나 최후의 통첩을 하고 싶어도 입이 아파서 못할 형편이었으므로 승우는 복장이 터지다 못해 머지않아 정신분열증까지 일으킬 것만 같았다.

도희에게 된통 면박을 주어 다시는 집에 발을 들여놓지 못하게 할 수도 있지만, 그렇게 했다가는 오히려 현숙의 반발을 불러일으켜 작금의 이 사태를 더 악화시킬 위험이 있었다. 이러지도 못하고 저러지도 못할, 그야말로 빼지도 박지도 못할 안타까운 현실이었다.

쇠비름 같은 여자. 그동안 사회에서 제대로 대접받지 못하며 찬밥 신세로 살아온 것도 억울하기 짝이 없는데, 종당에는 아내마저 엉뚱한 길로 튕겨져 나가다니, 이대로 살 바에는 차라리 아무도 모르는 곳에 가서 목이 터져라 실컷 울어 퍼더버리고는 조용히 목숨을 끊어버리고 싶은 심정이었다.

그러나 승우의 눈앞에는 불현듯 예쁜 두 딸과 아직 젖내도 덜 가신 늦둥이 아들 성현이의 모습이 어른거리고 있었다. 그 아이들을 생각하면 함부로 목숨을 버릴 수도 없었다. 그는 이 위기를 넘기 위해 누군가 절대자의 도움이 절실하다는 것을 뼈저리게 느끼면서 자기도 모르게 성당의 종탑으로 눈길을 던졌다.

어느 사이엔가 해가 높이 떠올라 종탑의 십자가 위로 치솟고 있었는데, 마침 월명아파트 단지의 유리창까지 쨍쨍 햇빛을 반사하고 있었다. 눈이 부셨다. 승우는 손바닥으로 이마에 챙을 만들어 붙이고는 얼마 동안 종탑을 바라보다가 월명정에서 내려와 하산을 서둘렀다.

그는 꾸불텅꾸불텅 휘어진 길을 버리고 비교적 곧게 뻗은 지름길로 해서 단숨에 우편취급소까지 내려왔다. 등짝에서는 벌써부터 끈적끈적한 땀이 묻어나고 있었다. 엄청난 불볕더위가 이 도시의 뭇 인간들을 푹푹 삶아댈 모양이었다.

먹고살기도 어려운 데다 가정까지 파국으로 치닫고 있건만 날씨마저 왜 이다지도 무더운 것일까. 승우는 힐끗 광동주택 쪽을 바라보고는 횡단보도를 건너 월명아파트 단지로 들어섰다. 불과 도로 하나를 사이에 두고 있지만, 광동주택과 월명아파트는 외양부터 천양지차라고 말할 수밖에 없었다.

월명아파트 단지는 정말 별천지다. 공간구성이 시원시원하였고, 제법 값나가는 수종들로 조경이 잘 이루어진 데다 군데군데 그늘집은 물론 산뜻한 노인정과 어린이놀이터까지 골고루 완비하고 있었다.

그런 월명아파트가 제대로 된 주택이라고 한다면 광동주택은 기껏해야 허름한 헛간이나 움막 같은 연립주택에 지나지 않았다. 불편한 점 한두 가지가 아니었다. 하지만 승우는 남루하기 짝이 없던 시골의 옛 초가삼간을 회상하면서 그런 연립주택이라도 지니고 살 수 있다는 것 자체를 다행이라 여기곤 하였다.

구질구질한 환경과 아이들 교육 문제만 아니라면, 그리고 별쭝맞기 짝이 없는 동네 애새끼들 등쌀에 신경이 극도로 날카로워진 것을 제외한다면, 한여름의 모진 비바람이며 한겨울의 날 돋친 북풍한설(北風寒雪)을 피할 수 있다는 것만으로도 하느님 덕택이 아니고 무엇인가. 그런데 이제는 그런 오죽잖은 연립주택마저 언제 누구의 손에 넘어갈지 모르는 판국이었다.

승우는 손수건을 꺼내 목덜미로 흘러내리는 땀을 닦으며 곧장 성당으로 내달았다. 정문으로 들어서자 마당 한편에 성모상이 서 있었는데, 여성 신자들 몇이 성모상을 향해 공손히 인사하면서 지나갔다. 마침 화물차 한 대가 마당으로 들어왔고, 성당 건물 안에서 때맞춰 우르르 달려 나온 사람들이 화물차에서 주섬주섬 짐을 내려놓고 있었다.

승우는 사무실을 찾느라 잠시 달팽이처럼 두리번거렸다. 그동안 종종 성당 옆을 지나다니기는 했어도 막상 안에 들어와 보기는 처음이었으므로 성당 분위기가 생경하게 느껴졌다. 그때 화물차에서 내려놓은 짐을 정리하던 인상 좋은 40대 남자가 친절하게 물었다.

"어떻게 오셨습니까?"

"저도 성당에 다녀볼까 하는데 어떻게 하면 신자가 될 수 있습니까?"

"아, 그러시군요. 정말 잘 오셨습니다. 이리 오시지요."

남자는 먼지가 묻어난 손바닥을 마주쳐 툴툴 털면서 승우를 사무실로 안내했다. 사무실은 냉방이 잘 되어 여간 시원하지 않았다. 그런 사무실에는 그 남자 이외에도 여직원 한 사람이 더 있었는데, 그 여직원은 컴퓨터 키보드를 두들기며 뭔가 열심히 사무를 보고 있었다.

등짝에 묻어났던 땀이 어느 정도 식어갈 무렵, 새파란 청년 두 사람이 두툼한 서류뭉치를 가지고 들어와 무슨 문건들을 열심히 복사하기 시작하였다. 아마 성당에서 활동하는 청년단체의 간부들인 모양이었다. 40대 남자가 의자를 권했고, 엉거주춤 서 있던 승우는 그 의자에 엉덩이를 걸치고 앉았다. 승우가 멋쩍게 말했다.

"바쁘신데 괜히 번거롭게 해드려서 죄송합니다."

"아이구, 별 말씀을 다 하십니다. 저는 사무장인데요, 형제님을 진심으로 환영합니다."

사무장은 친절했다. 그의 입가에는 평화로운 미소가 가득 넘치고 있었는데, 사무장과 몇 마디 대화를 나누는 동안 승우는 도쿄에 체류하고 있는 아우 승환이를 연상하였다. 신심 좋은 사람은 표정부터 다른 모양이었다. 승우가 말했다.

"천주교에 입교하려면 소정의 절차가 필요하다고 들었습니다만……."

"네. 그렇습니다. 예비자는 일정 기간 교리 공부를 해야 합니다. 그런 다음 세례를 받게 됩니다. 저희 성당에서는 다음 달 초 새 교리반을 개강할 예정으로 지금 한창 예비자를 모집하고 있습니다. 자, 우선 예비자 교리 수강신청서를 드리겠습니다. 이 신청서에 간단한 인적사항을 기록해 가지고 금명간 본당 사무실로 제출해주십시오. 그러면 입교식에 때맞춰 연락드리겠습니다. 입교식을 마치고 나면 본격적으로 교리 공부를 시작하실 수 있습니다."

사무장은 예비자 교리 수강신청서 한 통을 봉투에 넣어주었는데, 승우는 그것을 받아들고 성당을 나와 다시 월명아파트 단지로 들어섰다. 지난밤을 뜬눈으로 지새운 터라 졸음이 쏟아졌고, 한낮이 되도록 아침 식사는 커녕 물 한 모금 마시지 않은 탓으로 배 속에서는 심심하면 한 차례씩 꼬르륵꼬르륵 피라미 여울 넘는 듯한 소리가 새어 나왔다.

그런데도 기분만은 무엇과도 견줄 수가 없었다. 우선 아우 승환이와의 약속을 지켰다는 것이 기뻤고, 입교식과 더불어 열심히 성당에 나가기만 하면 뭔가 좋은 일이 있을 것 같은, 그야말로 하느님의 은총이 풍성히 내릴 것 같은 신선한 예감이 들었다.

승우는 횡단보도를 건넜고, 뒤를 돌아볼 겨를도 없이 성큼성큼 광동주택으로 향했다. 해는 아까보다 훨씬 더 높이 떠 있었다. 그가 그 보잘것없는 연립주택 마당으로 들어섰을 때, '가' 동과 '나' 동 사이의 좁은 공간에서는 다른 날과 마찬가지로 동네 애새끼들이 공을 뻥뻥 내지르며 돼지 멱따는 소리로 버럭버럭 악다구니를 쓰고 있었다.

그 별쭝맞은 애새끼들을 보자 다시금 신경이 날카로워져서 뒷골이 땅겼지만, 그러나 승우는 내친 김에 예비자 교리 수강신청서부터 작성할 요량으로 부랴부랴 출입구 층계로 올라가 문간의 초인종을 눌렀다. 한 번, 두 번, 세 번, 네 번……. 하지만 안에서는 아내의 응답 대신 따르릉따르릉 전화벨 소리만 울려나왔다.

승우는 황급히 주머니를 뒤적였다. 그러나 아무리 뒤적여도 출입문 열쇠가 손에 잡히지 않았다. 아까 집을 나설 때 미처 열쇠를 챙기지 못한 탓이었다. 난감하기 짝이 없었다.

아내는 자동응답기조차 조작해 놓지 않은 채 외출한 모양이었다. 집 안에서 전화벨이 계속 울렸지만, 출입문이 굳게 잠겨 있었으므로 승우는 어떻게 해 볼 도리가 없었다. 그는 조바심이 나서 발을 동동 구르다가 허기진 육신을 이끌고 밖으로 나왔는데, 누구네 집에선가 점심 식사를 준비하는지 걸쭉하면서도 구수한 된장찌개 냄새가 코를 찔렀다.

가족들은 모두 어디에 갔을까. 은경이와 옥경이는 도서관에 갔거나 저희들 볼일 보러 갔다고 해도 아내와 성현이의 행방은 묘연하기만 했다. 추측컨대 도희가 와서 아내를 꼬여 냈거나, 그렇지 않으면 아내가 승우에게 골탕을 먹이려고 고의적으로 어린 성현이를 데리고 나가면서 문을 잠가 버린 듯했다.

담배를 피워 물고 필터를 질겅질겅 씹으면서 승우는 옹고집의 화신이나 다름없는 현숙을 생각했다. 그러자 군락을 이룬 월명산 쇠비름이 눈앞에 선연히 떠올랐고, 시간이 흐르면 흐를수록 아내에 대한 증오가 점점 더 증폭되었다.

쇠비름은 역시 쇠비름일 뿐 쇠비름이 참비름으로 변화하기를 기대하는 것은 죽은 나무에서 꽃이 피기를 기다리는 것만큼이나 무모한 일인지도 몰랐다. 정말이지 도희 같은 여자와 놀아나는 쓸개 빠진 아내를 생각할라치면 미쳐서 펄쩍 뛰다가 뒤로 벌렁 나자빠질 노릇이 아닐 수 없었다.

앞으로는 좀 새롭게 살아 보리라 작정했고, 그리하여 큰맘 먹고 성당에 가서 예비자 교리 수강신청서까지 받아 왔건만, 하느님은 어찌하여 이처럼 혹독한 시련을 안겨주는 것일까. 승우는 내심 하느님을 원망하면서 다른 한편으로는 아내에 대한 끝없는 분노와 적개심을 불태우고 있었다.

졸음과 시장기가 떼 지어 몰려왔다. 아, 피로, 피로……. 줄창 하품이 나왔고, 눈꺼풀이 자꾸만 흘러내렸으며, 등천하는 된장찌개 냄새가 얼마나 푸짐했던지 창자가 뒤틀리는 듯 뱃가죽이 요동을 치고 있었다.

승우는 그런 졸음이나 시장기쯤이야 얼마든지 참을 수 있었다. 문제는 졸음과 시장기가 아니라 아내의 분별없는 행동 양식이었다. 은인자중에도 한계가 있지, 이제는 아무래도 뭔가 결단을 내려야 할 것 같았다. 마지막으로 담판을 벌인 뒤에도 만약 그녀가 본래의 위치로 돌아오지 않는다면 결별 선언도 불사하리라.

승우가 그런 결심을 굳히고 있을 때, 마침 아내가 성현이 손목을 잡고 '나' 동 모퉁이를 돌아서 '가' 동 보도 쪽으로 들어서고 있었다. 승우는 닭이 소 본 듯, 소가 닭 본 듯 일부러 본 척 만 척 현숙을 외면하면서 능청스럽게 월명산을 바라보았다.

어떻게 보면 그런 행위가 옹졸하고 치사한 수작일 수도 있지만, 이 근래에는 아주 정나미가 떨어져 아내라면 꼴도 보기 싫은 탓이었다. 그런데 귀염둥이 성현이가 제 엄마보다 한발 먼저 승우를 발견하고는 반색을 하며 달려왔다.

"아빠……."

녀석은 아직 달음박질에 서툴러 금방이라도 고꾸라질 것처럼 자세가 위태위태하였다. 녀석의 서툰 달리기를 보는 순간, 승우는 일변 가슴이 울컥하면서 콧날이 시큰해짐을 느꼈다. 지천명을 바라보는 이 나이에, 그런 늦둥이를 어느 세월에 성년으로 키울까 생각하면 앞길이 까마득하기만 하였다. 승우가 그 녀석에게 말했다.

“성현아. 천천히 와.”

그런데도 성현이는 더욱 허겁지겁 달려와 승우의 두 다리를 끌어안고 매달리며 반가워서 어쩔 줄 몰랐다. 눈에 넣어도 아프지 않을 귀여운 녀석. 승우는 성현이를 불끈 안아 올렸는데, 성현이는 고사리 같은 손으로 승우의 양쪽 어깨를 앙큼하게 거머쥐고는 뺨에 쪽! 쪽! 소리가 나도록 뽀뽀 세례를 퍼부었다.

그런데 이게 웬일일까, 귀염둥이 성현이가 열심히 뽀뽀를 하는 동안 승우는 졸음도, 시장기도, 쇠비름도, 돼지풀도, 아내에 대한 증오도 씻은 듯이 잊고 있었다. 자식이 뭔지, 최소한 성현이가 재롱을 부리는 그 순간만큼은 그 어떤 고통과 번민도 마파람에 봄눈 녹듯 말끔히 사라지는 것이었다.

그때 하느님의 계시인 듯 섬광처럼 번쩍하며 뇌리에 들어와 박히는 강렬한 화두가 있었다. 사랑! 바로 그것이었다. 승우가 성현이를 얼싸안고 둥둥 얼러주는 사이, 현숙은 승우를 대할 면목이 없었던지 벌쐰 강아지처럼 부리나케 연립주택 입구로 휘익 들어가버렸다. (《문예운동》 2000년 봄호)

만물박사(10)

채송화

그날 해질 무렵이었다. 승우는 책상머리에 앉아 책을 펼쳐들었다. 정말이지 책을 읽는다는 것은 이만저만 즐거운 일이 아니었다. 독서의 기쁨. 책에 흠뻑 빠져 있을라치면 자기도 모르는 사이 모든 분심이 스르르 사라졌다. 그가 독서삼매에 빠져 있을 때 전화벨이 울려댔다. 누굴까. 그는 천천히 송수화기를 들었다.

"여보세요."

"아, 거기 김승우 씨 댁입니까?"

"그렇습니다만……."

"김승우 씨 계십니까?"

"접니다."

"아, 그러시군요. 저는 ㅇㅇ일보 오용성 기잡니다. 다름이 아니구, 몇 가지 여쭤 볼 게 있어서 전화 드렸습니다. 김승환 박사 형님 되신다고 들었는데요, 그게 맞습니까?"

"그렇습니다. 한데 무슨 일로 그러시죠?"

"김승환 박사 연락처를 알고 싶습니다만……."

"그 사람이야 지금 도쿄에 가 있잖습니까?"

"그건 잘 알고 있습니다. 직접 인터뷰를 하고 싶습니다만 연락할 방법이 없을까요?"

"왜 그러시죠?"

"지금 개각 이야기가 나오고 있는데 혹시 아우 되시는 김 박사로부터 무슨 연락이라도 받으셨는지요?"

개각을 앞두고, 오 기자는 인선에 관해 미상불 무슨 냄새를 맡은 모양이었다. 이번에도 본인의 의사와는 관계없이 승환이가 경제부처 장관으로 물망에 올랐겠지. 승환이는 그동안 여러 차례 입각 제의를 받고 고사했는데 정치권에서는 기회 있을 때마다 줄곧 아우를 괴롭히고 있었다.

오 기자가 좀 더 유능한 인물이었다면 승우가 재직하고 있는 학교라든가 인터넷 등을 통해서 승환이의 인적사항이나 소재를 파악할 수도 있었을 텐데, 그는 아주 원시적으로 여기저기 수소문을 해서 그의 형인 승우에게 전화를 걸어 은근히 입각에 따른 진위 여부를 타진해 보려는 속셈이었다. 아니면 그는 보다 정확한 정보를 얻기 위해 승우에게 연락을 취했는지도 몰랐다. 승우가 말했다.

"글쎄요. 난 잘 모르겠습니다."

승우는 일찍이 아우한테 들은 이야기도 있고 해서 일부러 시치미를 떼었다. 오 기자한테는 죄송한 일이지만, 사실은 아우의 거취 문제에 관해 형이 나서서 왈가왈부할 문제도 아니었다. 오 기자가 물었다.

"그럼 김승환 박사하고는 연락이 안 됩니까?"

"되죠. 하지만 내가 아우 문제로 섣불리 나설 일은 아닌 것 같습니다."

"그러니까 연락처를 알려주시면 되잖습니까?"

"죄송합니다. 저는 아우의 연락처를 모릅니다. 아우한테 전화가 걸려온 적은 있어도 내가 먼저 전화한 적은 없으니까 그쪽 전화번호를 잘 모르겠군요."

승우는 적당히 둘러댔다. 그것은, 상대방을 속이기 위해서가 아니라 아우를 보호하기 위하여 불가피한 선택이었다. 개각과 관련하여 괜히 아우의 이름이 오르내린다는 것은 별로 바람직한 일이 아니었다.

송충이는 솔잎을 먹고 부엉이는 산에서 울어야 제격이지. 승환이는 어디까지나 학자의 길을 고수했다. 그동안 여러 차례 정치권의 유혹을 받았던 승환이. 그러나 그는 매번 그 유혹을 뿌리쳤고, 오직 한길 학문 천착에만 전념하고 있었다.

승우는 그런 승환이를 더욱 대견하게 생각하고 있었다. 학자들 중에는 정권의 하수인이 못 되어 안달하는 작자들도 없지 않았다. 승환이는 그런 사람이 아니었다. 그는 대통령의 공식적인 자문에는 흔쾌히 응할지언정 정당이나 정부에 몸담기를 꺼렸다.

신선했던 사람도 한 번 발을 들여놓았다 하면 푹신 썩어버리는 정치권. 학생 시절에는 정의의 깃발 아래 학생운동의 선봉에 서서 민중을 일깨웠던 엘리트들도 일단 그 바닥에 발을 들여놓으면 자기도 모르게 그쪽 생리에 오염돼버리곤 하였다.

승우는 그런 사례를 너무 많이 보아왔다. 그는, 선거 때마다 뭔가 분명한 개혁 의지를 가진 젊은이들을 찍어주었다. 그러나 그 사람들도 일단 그 속에 들어가면 기득권층으로 변신하여 흐물흐물해지곤 하였다. 오 기자가 물었다.

"그렇다면 김승환 박사는 입각할 의향이 전혀 없는 모양이죠?"

"그건 나하고 무관한 일입니다. 아우 문제는 아우가 알아서 할 일이니까요."

"알겠습니다."

기자는 불쾌하다는 듯이 전화를 딱 끊었다. 버르장머리 없는 녀석. 그러나 어떻게 보면 잘된 일이었다. 기자가 계속 물고 늘어지면 답변하기도 곤란할 텐데 그 정도 선에서 끝나주었으니 얼마나 다행한 일인가.

그 이튿날 아침 승우는 까치 우짖는 소리에 다른 날보다 훨씬 일찍 눈을 떴다. 까악까악. 언제 들어도 청아한 까치 소리. 이른 아침 까치가 울면 기쁜 소식이 온다던데……. 승우는 그런 생각을 하면서 읽던 성경을 한쪽으로 밀쳐놓고는 어슬렁어슬렁 손바닥만 한 거실로 나섰다. 아니나 다를까, 투실투실 살 오른 까치 두 마리가 은행나무에 앉아 연신 꼬리를 깝신대면서 까악까악 우짖고 있었다.

이상한 일이었다. 까치가 은행나무에 날아와 앉다니……. 다른 날 같으면 별쭝맞은 동네 애새끼들이 몰려나와 부실하기 짝이 없는 광동주택 담벼락이나 은행나무를 표적으로 뻥뻥 축구공을 내지르기 때문에 까치가 앉고 싶어도 앉을 수가 없는 형편이었다.

한데 오늘은 동네가 이상하다 싶을 정도로 조용했고, 이른 아침부터 까치가 날아와 은행나무를 차지한 채 우짖고 있지 않은가. 어쩌면 까치들은 애새끼들이 몰려나오기 전에 무슨 기쁜 소식을 전하려고 일찍부터 서둘렀는지도 몰랐다. 이제 조금 있으면 애새끼들이 몰려 나와 공을 마구 내지르며 악다구니를 써대겠지.

은행나무 뒤편 사선(斜線)으로 뻗어나간 담장 밑에는 자잘한 채송화 몇 포기가 보석 같은 꽃을 피우고 있었다. 누가 가꾸지도 않았건만, 아니 애새끼들이 시도 때도 없이 그렇게나 공을 내질렀건만, 그런 무시무시한 시련과 위험 속에서도 채송화는 용케도 버티면서 다글다글 아름다운 꽃을 피웠다.

승우가 그런 채송화를 경이의 눈길로 바라보고 있을 때 난데없이 따르릉 따르릉 전화벨이 울렸다. 혹시 어제 전화를 걸었던 오기자가 아닐까. 비록 짧은 순간이었지만, 승우는 이런저런 어림짐작을 하면서 송수화기를 들었다. 이윽고 젊고 쾌활한 상대방의 목소리가 들려왔다.

"여보세요. 거기, 혹시 김승우 박사님 댁입니까?"

"박사는 아닙니다만, 누구신지……?"

"저어, 대단히 죄송합니다만, 저는 이십 몇 년 전《○○잡지》기자로 일하시던 김승우 박사님을 찾고 있습니다."

"나도 한때 그 잡지사에 근무한 적은 있소만……."

"아, 그러시군요. 제가 듣기로는 그 후 김승우 기자님은 만물박사님이 되셨다고 하던데요, 그 김승우 박사님 맞습니까?"

상대방은 이 세상에 실지로 만물박사라는 학위가 존재하는 것처럼 뭔가 착각을 하고 있었다. 하지만 상대방의 신분이랄까 정체를 제대로 파악하지 못한 상태에서 냅다 일갈을 하기도 뭣해서 승우는 고분고분 답변해주었다. 그가 말했다.

"내 별명이 만물박사이긴 합니다만, 당신은 도대체 누구시오?"

"아, 그러시군요. 드디어 찾았습니다. 저어, 혹시 김영호를 기억하시는지요?"

"김영호 씨라고 했소?"

"그렇습니다."

"글쎄, 어디서 많이 들어본 이름 같기는 한데……. 기억이 잘……."

그러면서 승우는 지난날《○○잡지》에 근무하던 시절을 떠올렸다. 하지만 그 잡지사에 근무하는 동안 하도 많은 사람들을 만났으므로 그 사람들의 이름을 일일이 다 기억한다는 것은 현실적으로 불가능했다.

그렇다고 김영호라는 이름이 전혀 생소한 것도 아니었다. 입에서 뱅뱅 도는 이름이기는 한데 아무리 머리를 굴려 봐도 그 얼굴이 얼른 떠오르지 않았다. 기억력이라면 어느 누구 못지않게 자신이 있건만, 기억이 가물가물하는 것을 본다면 아무래도 나이만은 속일 수 없는 모양이었다. 상대방이 말했다.

"잘 기억이 안 나시는 모양인데 그때 그 잡지사에서 사환으로 일했던 학생입니다."

"오, 그래. 맞았어! 이제야 생각나는군. 그때 김영호라고 심부름하던 학생이 있었지. 나중에 권투선수가 되었던 그 학생……."

"그렇습니다. 제가 바로 그 김영홉니다."

"어허, 이런! 근데 자네가 어쩐 일인가?"

"어쩐 일은요, 진작 찾아뵙고 인사드렸어야 하는데 이거 죄송하게 됐습니다."

"그야 뭐 그럴 수도 있지. 한데 그동안 어디서 어떻게 지냈나?"

"말씀드리자면 길죠. 아무튼 한 번 꼭 뵙고 싶은데 시간 좀 내주실 수 있겠어요?"

"그야 어렵잖지."

"그러시면 언제쯤 시간을 내실 수 있겠어요?"

"난 아무 때나 괜찮아."

"그럼 오늘 제가 박사님 댁으로 찾아뵈면 어떨까요?"

"난 박사가 아니래두 그러네. 우리 집에 꼭 오겠다면 막지야 않겠네만 집이 워낙 누추해서 좀 그렇군. 그보다는 시내에서 만나는 것이 어떨까."

"그것도 좋겠군요."

"어디서 만날까?"

"잠깐만요……."

영호는 잠깐 망설이더니 시청 앞에 있는, 가장 찾기 쉬운 한 호텔의 커피숍을 약속장소로 제의했다. 그곳은 과거 승우가 대흥증권 정희만 회장의 자서전『끝없는 집념』을 대필할 때 정 회장과 단독으로 만난 장소이기도 했다. 승우가 말했다.

"거기라면 집에서 나가기도 괜찮겠군."

"그렇다면 다행입니다. 그럼 시간은 몇 시쯤이 좋겠습니까?"

"나야 뭐 아무 때나 상관없지. 별로 바쁜 일 없으니까. 그쪽에서 먼저 시간을 정하면 내가 거기에다 맞추기로 하지."

"그럼 열한 시 반쯤 어떻겠습니까? 차 한 잔 드신 다음 저와 함께 점심을 드시죠."

"거 좋지. 그럼 점심은 내가 사겠네."

승우는 개뿔이나 가진 것도 없으면서 체면부터 챙겼다. 왕년의 사환 출신한테 점심 신세를 진다는 것이 어쩐지 사뭇 거북스럽고 부담스럽기 때문이었다. 그러자 영호가 길길이 뛰었다.

"아, 아닙니다. 절대로 그렇지 않습니다. 그런 말씀은 하지도 마십시오.

저는 이제 왕년의 사환이 아닙니다. 제가 모처럼 인사드리고 뭔가 눈곱만큼이라도 보답하기 위해서 이렇게 연락드렸는데 박사님께서 점심을 사시다니 그건 말도 안 됩니다."

"보답이라니, 그건 또 무슨 말인가?"

"그럴 이유가 있습니다. 그럼 이따가 열한 시 반에 거기서 뵙겠습니다."

"그렇게 하지."

통화를 마쳤다. 그러나 승우는 송수화기를 내려놓은 뒤에도 얼마 동안 멍청하게 서 있었다. 도대체 이게 어떻게 된 일일까. 사람이 살다 보면 별일이 다 있다고 하지만, 아닌 밤중에 홍두깨도 분수가 있지, 죽었는지 살았는지 소식조차 없던, 아니 까맣게 잊고 있었던 영호한테서 전화가 걸려오다니……. 대관절 이게 꿈인지 생시인지도 분간할 수가 없을 만큼 여간 어리벙벙한 것이 아니었다.

그는 마치 『전설의 고향』에서나 나옴직한 귀신 아니면 도깨비에 홀린 듯한 기분이 되어 거실에서 오락가락하였다. 그때 아내 현숙이 밖으로 나와 앞치마를 두르고 조반 준비를 시작하였다. 아내가 물었다.

"왜 이른 아침부터 거실에 나와 있어요?"

"그냥……."

"아까 무슨 전화가 오는 것 같던데, 혹시 일본 삼촌한테서 온 전화였어요?"

"아니."

"그럼 누가 그렇게 일찍 남의 집에 전화를 했대요?"

"응. 김영호라는 사람인데, 당신은 잘 모를 거야. 내가 잡지사 근무할 때 사환으로 일하던 학생이니까. 근데 무슨 일로 전화를 했는지 모르겠군."

"은경 아빠가 잡지사 근무할 때 학생이었다면 아직 젊은 사람이겠네요."

"그래도 사십 대 초반쯤 되었겠지."

"나이가 그렇게나 많아요?"

"내가 남들보다 사회생활을 일찍 시작했으니까 그렇지. 하긴 그때 나이만으로 따지자면 나하고 영호하고는 별 차이가 없었어."

그 말을 하면서도 승우는 가슴이 아려 옴을 느끼지 않을 수 없었다. 과부가 홀아비 사정을 안다고 했던가. 곤고하기 짝이 없던 대중잡지 기자 시절, 승우는 누구보다도 영호의 불우한 처지를 이해했다. 부모가 제때제때 꼬박꼬박 학비를 대줘도 공부하기 싫어서 농땡이 부리는 놈들도 한둘이 아닌데 일찍이 아버지를 여읜 소년 가장이었던 영호는 그러나 그때 잡지사에 들어와 사환 노릇을 하며 어느 야간고등학교에 다니고 있었다.

그러니까 그는 고학생이었다. 착하기 짝이 없던 영호. 그 녀석은 병석에 계시던 모친마저 세상을 떠나자 갑자기 흔들리기 시작하였다. 말하자면 청소년들에게 찾아오는 유행병 같은 반항과 자학이었다. 녀석은 걷잡을 수 없이 방황하기 시작했고, 걸핏하면 지각이나 결석을 하면서 삐딱하게 나가더니 나중에는 아예 회사를 그만두고 말았다.

그로부터 얼마 후 승우는 장충체육관에서 열린 프로복싱 미들급 동양타이틀매치를 취재하러 갔다가 천만뜻밖에도 영호를 만났다. 볼거리가 별로 많지 않았던 그 당시만 해도 프로복싱은 프로레슬링과 함께 황금 같은 전성기를 구가하고 있었는데, 한 번 동양타이틀매치 같은 빅게임이 열렸다 하면 장충체육관은 입추의 여지가 없을 만큼 관중으로 가득 차곤 했다.

물론 대중잡지에서도 프로복싱을 비중 있게 다루었다. 특히 동양챔피언쯤 되면 어떤 연예인 못지않게 인기가 있었고, 따라서 독자에게 다양한 읽을거리를 제공해야 하는, 그리하여 판매 부수를 올려야 하는 대중잡지가 프로복싱을 주요 기사로 다루는 것은 당연한 일이기도 했다.

그 무렵, 승우는 권투계에 폭넓은 취재망을 형성해 놓고 있었다. 권투협회 임원진과 웬만한 프로모터는 물론이고, 체육관 관장, 유명선수들에 이르기까지 그는 거의 모르는 사람이 없었다. 더군다나 그는 프로복싱에 있어서도 다른 기자들이 발 벗고 따라와도 도저히 따라올 수 없는 기사를 써내곤 하였다.

그는 매월 외신을 타고 들어오는 세계 권투계 소식을 빼놓지 않고 점검하였다. 특히 세계권투협회(WBA)나 세계권투평의회(WBC)의 동향을 눈여겨 살펴보았다. 그중에서도 각 체급별 랭킹 변동은 가장 큰 관심 대상이 아닐 수 없었다.

그뿐 아니라 동양권투연맹(OBF)이나 동양태평양권투연맹(OPBF)의 체급별 랭킹 변동에도 촉각을 곤두세웠다. 물론 《○○잡지》에서는 국내 선수 위주로 기사를 썼지만 세계 랭킹이나 동양 랭킹의 변동은 한국 선수들의 진로에도 큰 영향을 미치기 때문이었다.

더군다나 동양권투연맹의 랭킹 변화는 권투를 관장하는 세계기구의 랭킹 조정에도 반영될 뿐만 아니라 동양챔피언이야말로 국내 정상급 선수들, 예컨대 현역 한국챔피언들과 그에 필적하는 실력자들이 노리는 일차적 목표인지라 그 부분을 면밀히 꿰뚫어 보지 않으면 안 되었다. 그것은 동양 권투계의 판도를 읽을 수 있는 가장 좋은 자료이기도 했다.

어디 그뿐인가. 프로모터도 국내 선수들끼리의 대결이 아닌, 외국 선수들을 불러 국제시합을 벌여야만 흥행에 성공할 수 있었다. 링에 오르는 선수들 역시 국내 선수끼리의 대결이 아닌, 외국 선수들과 맞붙어 승승장구 승리를 거둬야만 선수로서의 진가를 발휘할 수 있었다. 이를테면 그것은 대전료와 직결된 문제이면서, 동시에 세계적인 선수로 커 나가는 과정이기도 하였다.

그런데 당시 우리나라 선수들은 동양 무대를 주름잡고 있었다. 필리핀·일본·태국·호주 등에도 강자들이 없지 않았지만, 그 무렵 우리나라 선수들은 내로라하는 외국 선수들을 캔버스에 눕히고 동양 왕좌를 거의 석권하다시피 하였다.

각 체급은 해당 단체의 결정에 따라 열한 체급, 열두 체급…… 등 점점 세분화되어 나왔는데 그 당시 여남은 체급 가운데 일고여덟 체급을 석권했다면 동양 프로복싱은 사실상 한국 선수들의 독무대라 해도 과언이 아니었다. 언제부턴가 프로복싱이 사양길로 들어섰지만 그 시절 우리나라의 청소년들 중에는 권투야말로 한 번쯤 몸 던져 뛰어 볼 만한 운동이라 인식하고 있었다.

돈도 벌고 스타도 되고……. 사실 배고픔과 권투는 상관관계에 있었다. 실지로 권투선수들 중에는 절대빈곤에서 탈출하기 위하여 프로복싱에 입문한 계층이 주류를 이루고 있었다. 이름하여 헝그리 복서. 그들은 4라운드짜리 오픈게임을 시작으로 6라운드, 8라운드, 10라운드…… 차례차례 수순을 밟아 랭킹을 올려 나가면서 한국챔피언, 동양챔피언을 꿈꾸게 마련이었다.

당시 국내 동양챔피언 중에는 세계챔피언을 노리는 쟁쟁한 선수들도 한둘이 아니었다. 1966년 한국이 낳은 왼손잡이 복서 김기수(金基洙) 선수가 장충체육관에서 이탈리아의 니노 벤베누티를 물리치고 세계권투협회 주니어 미들급 세계챔피언이 된 이래 국내 선수들은 세계 무대를 향해 계속 도전장을 내고 있었다.

그러나 세계의 벽은 높기만 했다. 한국 선수들은 여간해서 세계 무대에 설 수가 없었고, 모처럼 행운을 잡아 세계타이틀매치를 벌인다 해도 세계의 벽을 넘지 못한 채 무참히 무너지곤 하였다. 하지만 그때 그 시절 배고팠던 우리 선수들이 뿌린 씨앗은 훗날 우리나라가 세계챔피언들을 줄줄이 배출하는 밑거름으로 작용하였다.

당시 프로레슬링과 함께 황금기를 구가했던 프로복싱은 국제무대에 우리나라의 위상을 알리는 중요한 매개 역할을 하였고, 폭발적인 열광 속에 그 경기를 관전해온 국민들에게는 새로운 힘과 용기를 불어넣곤 하였다. 그러나 경제사정에 나아진, 힘들고 지저분하고 위험한 일을 기피하는 오늘날에는 국민들의 취향도 달라져서 사실상 프로복싱의 중흥을 기대하기 어렵게 되었다.

우리 국민들 중에는, 특히 청소년들 중에는 프로복싱이나 프로레슬링 자체를 모르는 사람도 부쩍 늘었다. 경제 사정도 좋아져 헝그리 복서가 나올 수도 없게 되었다. 프로복싱이 과거처럼 인기스포츠의 영화를 계속 누리려면 선수와 팬 등 저변 인구가 확대되어야 하건만 이제는 사실상 그런 기대를 접어야 할 상황이었다.

자타가 공인하는 세계 최고의 경제 대국인 미국에서는 아직도 프로복싱이 성행하고 있지 않은가. 그들은 내로라하는 선수들을 배출하면서 전 세계적으로 엄청난 중계료를 거둬들이고 있었다. 그러나 우리나라 국민들은 언제부턴가 프로복싱을 외면하기 시작했다.

이제 우리 국민들은 이제 농구·배구·축구·야구·골프 같은 스포츠에 더 많은 관심을 기울이게 되었다. 지난날 그렇게 깃발을 날리던 주간지들이 속절없이 사라지고 스포츠신문들이 대량으로 발행되는 오늘날 프로복싱에 관한 기사의 비중이 확 줄어든 것도 우연이 아니었다.

프로복싱이 일반 대중의 관심에서 멀어졌으니 그에 관한 기사도 당연히 적을 수밖에……. 그럼에도 불구하고 승우는 한 시대를 풍미했던 프로복싱에 아련한 향수 같은 것을 느끼곤 하였다. 과거 프로복싱과 특별한 인연이 있어서 그런 것일까, 그는 지금도 종종 프로복싱이 되살아났으면 하는 기대를 가져 보는 것이었다.

아무튼 승우는 잡지사 기자 시절 취재차 장충체육관으로 나가면 메인이벤트 못지않게 햇병아리들의 닭싸움 같은 오픈게임도 주의 깊게 지켜보곤 하였다. 싹수가 보이는 신인이 나타나면 홍보성 기사로 잘 다루어주기 위해 그렇게 무명선수들까지 눈여겨보았던 것이다.

그런데 이게 웬일일까, 그날 마침 오픈게임 첫 대전에 다른 사람도 아닌 영호가 링에 올라왔다. 그때 승우는 너무 놀란 나머지 하마터면 그만 소리를 지를 뻔했다. 잡지사 사환을 그만둔 이후 한동안 소식이 없다 했더니 녀석이 프로복싱에 입문해 있었다. 승우는 그때 뭐랄까, 인생의 선배로서 말할 수 없는 착잡함에 사로잡히지 않을 수 없었다.

영호의 트렁크 끝동에는 '××체육관'이라는 로고가 새겨져 있었다. 그러니까 영호는 그동안 그 체육관에 나가 권투를 배운 모양이었다. ××체육관이라면 기라성 같은 선수들을 배출해온 명문 도장으로, 승우는 관장 이하 트레이너는 물론 그 체육관에서 소속돼 있는 현역 선수들을 거의 다 잘 알고 있었다.

영호의 대결 상대는 최동철이었다. 그는 장래가 촉망되는 신예로서 9전 9승 5KO라는 전적을 가지고 있었다. 우선 데뷔 이래 줄곧 무패의 행진을 벌이고 있는 데다 5할이 넘는 KO율이 말해주듯 최동철은 나름대로 착실히 자기 기반을 굳혀 가고 있었다.

그동안 영호가 얼마나 열심히 운동을 했는지는 몰라도 데뷔전으로서는 너무 버거운 상대를 고른 셈이었다. 그 과정에 무슨 특별한 사연이 있는지도 모르지만, 아무리 생각해 봐도 영호를 가르치는 체육관 측에서 무리한 선택을 한 것 같았다.

이윽고 경기가 시작되었다. 1회전은 그럭저럭 탐색전으로 흐르는 느낌이었다. 아직 풋내기에 지나지 않는 영호는 아주 조심스럽게 공격을 시도했고, 제법 경기 경험이 있는 최동철은 수비에 치중하면서 이리저리 유인하는 등 영호의 권투 스타일을 탐색해 보았다.

그런데 2회전 공이 울리자마자 사정은 급변하였다. 링 한복판으로 비호처럼 뛰어나온 최동철이 집중공격을 퍼부어 대고 있었다. 그는 마치 피에 굶주린 맹수처럼 달려들어 영호를 곧 잡아먹을 듯이 무자비하게 두들겨 패고 있었다.

최동철은 안면, 턱, 복부, 몸통, 옆구리……. 어느 부위를 가릴 것 없이 자유자재로 두들겨 대고 있었다. 최동철의 화끈한 파이팅에 관중들은 열광했고, 영호는 묵사발이 되도록 일방적으로 얻어터지기만 하였다. 큰 꿈을 안고 비장한 각오 속에 글러브를 꼈을 영호. 그러나 강자만이 살아남을 수 있는 링 안에서 녀석은 이미 초죽음이 돼가고 있었다.

녀석의 얼굴은 유혈이 낭자한 채 처참하게 일그러지고 있었다. 그때 링 사이드에서 경기를 관전하던 승우는 안타까운 마음을 금할 수가 없었다. 영호가 좀 가벼운 상대를 골라 서전을 승리로 장식했더라면 좋았을 텐데 데뷔전부터 너무 강적을 만나 참담하게 무너지고 있었다. 승우는 차라리 레퍼리가 경기를 중지시켜주기를 바랐다.

그러나 게임은 사실상 끝난 셈인데도 레퍼리는 경기를 속행시키고 있었다. 영호는 점점 인사불성이 돼가고 있었다. 그러다가 그는 휘청 두 다리를 꺾는가 했더니 태풍에 나무 쓰러지듯 옆으로 나동그라져서 '큰 대(大)' 자로 뻗어버렸다. 한때 같은 회사에서 한솥밥을 먹었던 그 녀석이 그렇듯 무참히 쓰러지는 꼴이란 차마 눈뜨고 볼 수가 없었다.

영호는 비참했다. 비정하기 짝이 없는 사각의 링. 승자가 코치의 어깨에 올라가 무등을 타고 환호하는 동안 패자인 영호는 캔버스에 널브러져 있다가 세컨드의 부축을 받아 간신히 일어나 링 밖으로 내려왔다. 영호는 어쩌다 그처럼 설익은 기량을 가지고 링에 올랐을까. 좀 더 기량을 연마한 뒤 실전에 나섰더라도 그렇게 무참히 무너지지는 않았을 텐데…….

승우가 볼 때에 영호의 기량은 아직 시합에 나설 단계가 아니었다. 1회전 공이 울리자 몇 번인가 날카로운 레프트 잽을 뻗어보긴 했지만, 그 정도 기량으로는 최동철의 적수가 될 수 없었다. 최동철이 연선연승 행진에 또다시 1승, 그것도 KO승을 보탠 반면 영호는 데뷔전부터 처절한 패배를 기록했다.

그로부터 며칠 뒤 승우는 신설동에 있던 ××체육관을 찾아갔다. 승우가 그 체육관을 찾았을 때, 영호는 선배 선수의 스파링 파트너가 되어 곤죽이 되도록 얻어터지고 있었다. 물론 헤드기어 등 호구(護具)를 갖추고 있었지만, 그러나 영호는 샌드백이 무색할 정도로 무참히 얻어맞고 있었다. 오죽하면 녀석은 처음부터 끝까지 줄곧 얻어터지기만 하느라 링 사이드에 승우가 나타난 줄도 모르고 있었다.

드디어 스파링이 끝났다. 온통 땀으로 멱 감은 영호가 헤드기어를 벗고 링에서 내려설 때, 승우는 녀석을 냅다 끌어안았다. 그 순간, 소금기 듬

뿍 배어 건건찝찔한 땀내가 코를 찔렀다. 가쁜 숨을 헐떡이면서 영호가 말했다.

"바쁘실 텐데 여기까지 어쩐 일이세요?"

"어쩐 일은……. 지난번 네 데뷔전도 보았어."

"네에? 그게 정말이세요?"

"그럼."

"아휴, 챙피해. 그날은 컨디션이 워낙 안 좋았어요."

"그건 그렇구, 어서 샤워부터 해야지. 오늘은 내가 맛있는 저녁 사줄게."

"괜찮아요. 사실은 조금 있다가 일 나가야 돼요."

"일?"

"네. 카바레에 취직했거든요."

"오, 그래? 그래도 저녁은 먹어야 할 것 아냐? 샤워하고 나올 때까지 여기서 기다릴게. 우리 조용히 얘기 좀 하자구."

승우는 샤워실 쪽으로 영호의 등을 떠밀었다. 녀석이 체육관 뒤편의 샤워실로 들어간 사이 승우는 벽 밑의 낡은 의자에 앉아 트레이너와 몇 마디 대화를 나누었다. 트레이너가 말했다.

"쟤는 그런대로 싹이 괜찮아요. 나름대로 순발력도 있고, 누구 못지않게 깡다구도 있거든요. 근데 기초 체력이 너무 약해서 탈이지요."

"그렇다면 끝난 얘기 아닙니까?"

"끝나다니요?"

"기초 체력 없이 어떻게 권투를 하겠습니까? 다른 운동보다도 권투는 기초 체력이 뒷받침돼야 할 텐데……."

"체력을 꾸준히 보강해야지요."

"무슨 재주로 체력을 보강합니까?"

"우선 영양가 있는 음식으로 잘 챙겨 먹어야죠."

트레이너는 너무 뻔한 이야기만 씨불이고 있었다. 의지가지없는 영호 형편에 영양가 있는 음식으로 잘 먹기는커녕 끼니나 거르지 않으면 다행이었다. 잠시 후 영호가 샤워를 마치고 나왔으므로 승우는 그 녀석을 데리고 체육관 밖으로 나왔다.

거리에는 우수수 낙엽이 지고 있었다. 승우는 영호를 데리고 횡단보도 건너편에 있는 한 대중음식점으로 갔다. 그 음식점은 푸줏간을 겸하고 있어서 다른 음식점보다 육류를 좀 푸짐하게 먹을 수 있는 집으로 알려져 있었다.

빛 좋은 개살구라고 할까, 이름만 번드르르한 잡지 기자 월급으로 고기 맛을 본다는 것은 언감생심 꿈도 꿀 수 없던 시절이었다. 그러나 승우는 불쌍한 영호에게 뭘 좀 먹이기 위해 무리인 줄 알면서도 그 집을 택한 것이었다.

아니나 다를까, 영호는 먹성 좋게 잘도 먹었다. 연령적으로 한창 먹을 나이이기도 했지만, 녀석은 힘든 운동을 하는 터라 식욕이 더욱 왕성해진 듯했다. 철판 위에서 구워진 고기를 상추에 싸서 아귀아귀 밀어 넣는 그에게 승우가 물었다.

"어쩌다 권투를 시작했니?"

"제가 갈 길은 그 길밖에 없다고 생각했어요. 저도 살아남기 위해서는 한몫 잡아야 하니까요."

"그럼 학교는 어떻게 했어?"

"때려치웠어요."

"때려치우다니……?"

"공부 같은 거 이제는 두 번 다시 생각하지 않기로 했어요. 목구멍에 풀칠하기도 바쁜 마당에 공부는 해서 뭐하겠어요? 그보다는 돈 버는 쪽으로 나가기로 했죠. 밤에 카바레에 나가는 것이 잡지사에 다닐 때보다는 훨씬 나아요. 운동도 열심히 해서 꼭 세계챔피언이 될 거예요."

"좋지. 하지만 잘 생각해. 공부는 아무 때나 할 수 있는 것이 아냐. 지금이라도 늦지 않았으니까 복학을 하는 것이 어떨까."

"글쎄요. 말씀은 고맙습니다만, 저로서는 그럴 마음이 없어요. 설령 그까짓 야간고등학교를 졸업한다 한들 저 같은 놈을 누가 알아주겠어요?"

"그렇지 않아. 지금 당장은 카바레에 웨이터로 나가는 것이 좋을지도 모르지. 그렇지만 나중 일을 생각해야지. 최소한 고등학교만 나오면 뭔가 좋은 길이 열릴 수도 있어."

"그런 말씀이라면 더 듣고 싶지 않군요. 제 인생은 제가 책임질 테니까 너무 걱정하지 마세요."

"네가 너무 안타까워서 그래. 그러다가 엉뚱한 길로 나가면 어떻게 하지?"

"될 대로 되라는 거죠 뭐. 저는 아무것도 두렵지 않아요. 어차피 막가는 인생이니까요."

"예끼, 이 녀석. 그걸 말이라고 해? 난 널 그렇게 보지 않았어. 내가 만약 너를 하찮게 여겼다면 여기까지 찾아오지도 않았을 거야. 난 너를 특별히 생각해서 이렇게 고기까지 사 먹이고 있건만, 넌 기껏 그렇게 삐딱한 소리만 하는구나. 정말 그렇게 해도 되겠어?"

"죄송해요. 그렇지만 저로서는 어쩔 수가 없어요. 저는 솔직히 말씀드려서 죽지 못해 살고 있으니까요. 그동안 제가 어른들한테 얼마나 이용당

했는지 아세요? 말도 못해요. 저는 링에서 뛰다가 맞아 죽어도 후회하지 않을 거예요."

승우는 그때 영호의 또 다른 일면을 발견하고는 닭살이 돋을 정도로 놀랐다. 그는 영호를 착실한 모범 소년으로 보았었는데, 녀석의 내면에서는 세상에 대한 저주와 적개심이 용암처럼 부글부글 들끓고 있었기 때문이었다.

하긴 영호야말로 세상에서 철저히 버림받았다 해도 과언이 아니었다. 그는 어린 나이에 부모를 여의고 근근이 살아가고 있었지만 어느 누구 하나 그 아이를 거들떠보지 않았다. 그뿐이 아니었다. 어른들은 구김살 없이 자라나야 할 그 아이를 돌봐주기는커녕 도리어 돈벌이의 현장으로 뛰어든 그에게 어른들도 감당하기 힘든 땀과 눈물을 강요하고 있었다.

하지만 승우로서는 그를 도울 재간이 없었다. 자기 목구멍에 풀칠하기도 버거운 형편에, 더군다나 뒤를 돌봐주어야 할 부양가족들까지 줄줄이 딸린 마당에 어떻게 그 아이까지 떠맡을 것인가. 승우는 녀석의 처지를 십분 이해하면서도 도움을 줄 수 없어 못내 안타까워하였다.

그날, 승우는 집으로 돌아온 뒤에도 고민을 많이 했다. 영호의 처지가 너무 딱하게 느껴졌기 때문이었다. 마음 같아서는 그 어디 마음씨 좋은 독지가라도 소개해주고 싶었지만, 시골에서 거의 무작성 상경하다시피 한 승우 자신도 서울에는 이렇다 할 연고가 없었으므로 어떻게 해 볼 도리가 없었다.

그 뒤로도 승우는 빅게임이 열릴 때마다 거의 어김없이 장충체육관에 들르곤 하였다. 그러나 어찌된 일인지 영호는 두 번 다시 볼 수가 없었다. 영호는 처참하게 무너진 그 데뷔전을 결국 고별전이랄까 은퇴전으로 기록한 모양이었다. 하기야 야무진 꿈을 안고 프로복싱에 뛰어들었다가 소리 없이 사라진 청소년들이 어디 한둘이었던가.

영호는 어떻게 되었을까. 승우는 프로복싱을 취재할 때마다 영호를 생각하곤 하였다. 그러던 어느 날, 그는 신설동의 그 체육관으로 전화를 걸어 트레이너에게 직접 영호의 행방을 물은 적이 있었다.

하지만 트레이너의 대답은 의외로 간단했다. 영호가 온다간다 말도 없이 체육관에 발을 끊었다는 것이었다. 말하자면 곧 권투를 그만둔 셈이었다. 만약 다른 체육관으로 소속을 옮겼다면 다시 경기장에 모습을 나타내야 할 텐데 그렇지도 않은 것으로 미루어 녀석은 영영 권투를 때려치운 것이 틀림없었다.

그렇다면 녀석은 어디에서 무엇을 할까. 카바레에서 일해 가지고 과연 제대로 앞길을 개척할 수 있을까. 승우는 그런 의구심 속에 어디서 무엇을 하든 영호가 잘되기를 빌 따름이었다.

그런데 사실은 승우 자신도 얼마 안 가 큰 위기를 맞지 않으면 안 되었다. 대중잡지가 선정적인 주간지에 밀려 속절없이 쇠락의 길로 들어섰기 때문이었다.

승우의 삶은 고달프기 짝이 없었다. 만약 박일기가 아니었더라면 그는 완전히 설자리를 잃을 수도 있었다. 그러나 하늘이 무너져도 솟아날 구멍이 있다던가, 승우는 박일기가 차린 여명인쇄소에 들락거리며 겨우 굶어죽지 않고 입에 풀칠할 수 있을 정도의 밥벌이를 할 수 있었던 것이다.

승우는 그는 그 곤궁했던 시절을 회상하면서 약속 시간에 맞춰 시청 앞에 있는 호텔로 나갔고, 그가 커피숍으로 들어서자 미리 나와 대기하고 있던 영호가 반색을 하며 반겨주었다. 영호의 모습은 몰라보게 달라져 있었다. 우선 영양 좋은 얼굴에 번들번들 기름기가 묻어나 있었고, 제법 희끗희끗해진 머리칼이라든가 아무튼 그는 전체적으로 틀이 딱 잡혀 있었다. 툭 불거져 나온 이마, 삐뚜름하게 휜 콧날만은 옛 모습 그대로 변함이 없었다. 승우가 말했다.

"야, 이거 얼마 만인가."

"반갑습니다. 박사님……."

"난 박사가 아니라니까."

"그렇다고 이제 와서 새삼스럽게 기자님이라고 부를 수도 없잖습니까. 남들도 다 만물박사님이라고 한다던데요 뭐."

"그건 어디까지나 별명일 뿐이야."

"별명도 그렇게 영광스런 별명이라면 얼마나 좋습니까. 만물박사! 정말 기막힌 별명입니다. 아무튼 뵙게 돼서 여간 기쁘지 않습니다. 그동안 먹고살기 바쁘다는 핑계로 찾아뵙지도 못했지 뭡니까. 제게는 은인이신데……."

"은인?"

"그러믄요. 제가 길을 잃고 헤맬 때 저를 얼마나 도와주셨습니까."

"난 아무것도 도와준 일이 없는데……"

"그렇지 않습니다. 제가 가장 고생하던 시절, 신설동까지 찾아오셔서 그 값비싼 불고기까지 사주시던 그 은혜를 어찌 잊겠습니까."

승우는 그 대목에서 약간 당혹감을 느끼지 않을 수 없었다. 그때 신설동에서 고기를 사준 것은 분명한데 불고기를 사주었는지 돼지갈비를 사주었는지는 아리송하기 때문이었다. 그러나 영호는 그날의 메뉴까지 생생하게 기억하고 있지 않은가. 승우가 말했다.

"겨우 고기 한 번 사준 것을 가지고 아직까지 잊지 않고 있다니……."

"잊을 수가 없죠. 저로서는 가장 힘든 시절이었으니까요. 죽지 못해 목숨만 부지하고 있었다고나 할까요, 저는 그때 절망의 구렁텅이를 헤매고 있었습니다."

그때쯤 해서는 영호의 눈시울이 벌겋게 물들고 있었다. 승우도 그 고달팠던 지난 시절이 떠올라 콧날이 시큰하면서 눈시울이 화끈해짐을 느꼈다. 승우가 말했다.

"그래. 그때는 다 살기가 힘들었어."

"그 당시 박사님 월급이 얼마인지 저는 잘 알고 있었습니다. 박봉에 시달리면서도 제게 영양 보충을 시켜주셨잖아요? 어디 그뿐입니까. 그때 제게 들려주셨던 따뜻한 말씀들을 저는 한 번도 잊은 적이 없습니다. 그래 박사님은 그동안 어떻게 지내셨어요?"

"그때나 지금이나 별로 나아진 것이 없어. 살기가 왜 이렇게도 힘든지……."

"그러실 거예요. 저도 그렇게 짐작했어요. 박사님은 너무 고지식하시잖아요. 요즘 세상에 박사님처럼 정직하신 분은 살기 힘들어요. 주제넘은 말씀 같습니다만 맑은 물에는 고기가 안 놀아요. 더군다나 이놈의 세상은 학력만 따지는 세상이잖아요. 제가 알기로도 박사님은 학력 때문에 고전을 면치 못했을 거예요."

"잘 아는군."

"박사님은 학자가 되었어야 해요. 아니, 웬만한 학자는 박사님 앞에서 뺨 맞고 돌아가겠죠. 하지만 그놈의 졸업장이라는 것이 뭔지……."

"그래 영호는 어떻게 지냈어?"

"저는 일찌감치 돈 버는 길로 들어서서 제법 살게 됐어요. 이것저것 손대지 않은 사업이 없죠. 남들은 성공했다고 그러더군요. 하지만 제가 갈 길은 아직도 멀어요. 앞으로 제게 연락하실 일이 있으시면 이쪽으로 전화 주세요."

그러면서 영호는 명함을 내밀었는데, 거기에는 '㈜태흥물산'이라는 상호와 함께 '대표이사 회장'이라는 직함이 빽적지근하게 적혀 있었다. 태흥물산이라면 재계의 떠오르는 샛별이었으므로 승우도 그 상호를 익히 알고 있었다. 그런데 영호가 바로 그 회사의 회장이라니……. 승우가 말했다.

"아니, 영호가 바로……."

"왜 그렇게 놀라십니까?"

"태흥물산이 바로 자네 회사였단 말야?"

"그렇습니다. 제가 창업한 회사죠."

"오, 그랬었군. 태흥물산 창업주가 김영호 회장이라는 것은 귀동냥으로 들어 알고 있었지. 하지만 그 김영호 회장이 자네일 줄은 꿈에도 생각 못 했어."

"김영호라는 이름은 너무 흔하니까요. 어쨌든 점심 식사부터 하실까요. 자세한 말씀은 차차 드리기로 하구요. 오늘 이렇게 뵙게 되었으니까 앞으로는 자주 연락드리겠습니다."

"바쁠 텐데…… 이렇게 일부러 시간을 냈군."

승우는 혼잣말처럼 중얼거렸다. 태흥물산 회장이라면 큰맘 먹지 않고서는 시간을 내기가 용이치 않을 것이라는 판단 때문이었다. 영호가 말했다.

"박사님께서 어떤 음식을 좋아하는지도 모르면서 제가 근처 음식점에 예약을 해놨습니다. 오늘만은 양해해주십시오. 앞으로는 꼭 사전에 말씀을 드리고 음식점을 정하도록 하겠습니다. 괜찮겠습니까."

"그야 뭐 아무려면 어떻겠나."

그들은 커피숍을 나와 영호가 예약해 놓은 음식점으로 자리를 옮겼다. 영호가 음식점으로 들어서자마자 종업원들이 몰려나와 앞서거니 뒤서거니 코가 땅에 닿도록 인사하였다. 그것만 보더라도 그 음식점은 영호의 단골집인 듯했다. 빼어난 미모의 여주인이 나와 깍듯이 인사하면서 어느 방으로 안내해주었다.

그런데 그 방의 한쪽 벽에는 채송화를 화제(畵題)로 한 한국화 한 점이 걸려 있었다. 왜 하필 채송화를 그렸을까. 승우는 그 그림을 눈여겨보면서 저고리를 벗어 옷걸이에 처억 걸었다. 그때 그림을 가리키면서 영호가 물었다.

"이 그림 어떻습니까."

"아주 잘 그렸군. 대단한 필력이야."

"저는 그림의 수준에 대해서는 잘 모릅니다. 그렇지만 어떤 꽃보다도 채송화를 좋아합니다. 우선 생명력이 강하잖아요. 마디마디 분질러 심어도 잘 자란단 말예요. 기름진 땅이든 척박한 땅이든 그런 것도 가리지 않구요. 더군다나 채송화는 아주 겸손하게 납작 엎드려서 아름다운 꽃을 피우잖아요."

"그래. 맞았어. 채송화처럼 생명력 강한 식물도 드물 거야."

승우는 영호의 말에 맞장구를 쳐주었다. 영호의 아픈 과거가 떠올랐기 때문이었다. 영호는 필경 채송화처럼 마디마디 분질러지는, 뼈마디가 녹아나는 그 아픔까지도 거뜬히 극복하면서 오늘 같은 성공을 거두지 않았을까. 영호가 말했다.

"저는 이 집을 이용할 때마다 꼭 이 방을 예약합니다. 채송화 그림 때문이죠. 저 채송화를 보면 느껴지는 것이 많거든요."

영호는 시종 채송화 예찬론을 펴고 있었다. 잠시 후 교자상 위에는 음식이 그들먹하게 차려졌다. 승우는 언젠가 대흥증권 김대상 전무로부터 '대접 당하던' 일을 회상했다. 승우는 그때 본인의 의사와는 관계없이 김 전무에게 납치되다시피 어느 호화 음식점으로 끌려가 격식에도 어울리지 않는 향응을 받은 적이 있었던 것이다.

그는 그때 그랬던 것처럼 다시금 집에 남아 있는 가족들을 떠올렸다. 가족들은 언제 굶어 죽을지 모르는 절박한 상황인데, 혼자 나와 이렇듯 융숭한 대접을 받으며 산해진미를 먹어도 되는 것인지 참으로 면구스럽기만 했다. 그는 음식이 찌룩찌룩 목구멍에 걸리는 것을 의식하면서 영호가 찬탄해 마지않는 채송화 그림을 올려다보았다.

아니나 다를까, 채송화 그림은 걸작 중의 걸작이었다. 그래. 아주 잘 그린 그림이야. 승우는 나름대로 그런 평가를 내렸고, 어린 시절 뒤꼍 꽃밭에 채송화 심던 기억을 반추했다. 비가 촉촉이 내리는 날 채송화 마디를 오독오독 분질러 심곤 했었지. 그러면 그 채송화 줄기들이 뿌리를 내리고 자라나 한여름 내 아름다운 꽃을 피워 놓곤 했었다.

쇠비름과의 한해살이풀. 원산지는 남아메리카 브라질이지만 오래전 우리나라에 들어와 관상용으로 자리매김하였다. 말하자면 귀화식물인 셈인데 화려하지 않으면서도 소박한 꽃을 피워 서민들의 사랑을 받게 되었다. 채송화는 대화마치현(大花馬齒莧)·반지연(半支連)·양마치현(洋馬齒莧)·따꽃·때명화·대명화라는 별칭을 가지고 있으며, 무엇보다도 생명력이 강한 데다 굳이 공들여 가꾸지 않아도 장기간 예쁜 꽃이 피는지라 서민들의 사랑을 받게 되었던 것이다.

옛날옛날 아주 먼 옛날, 어느 나라엔가 보석을 유난히도 좋아하는 여왕이 살고 있었다. 그 여왕은 어찌나 보석을 좋아했던지 세금을 받을 때에도 보석으로 거둬들였다. 백성들의 원성이 자자했다. 그러나 문제의 여왕은 백성들이야 죽건 말건 보석을 거둬들이기에 혈안이 되어 있있다.

그러던 어느 날이었다. 악명 높은 여왕의 소문을 듣고 동쪽 나라에서 어떤 노인이 큰 궤짝을 짊어지고 왔다. 그 노인은 여왕을 찾아가 궤짝을 열고 그 안에 들어 있던 보석들을 보여주었다. 그러자 여왕이 노인에게 물었다.

"그 보석을 나에게 파시겠소?"

"값만 맞으면 팔 수 있습니다."

"나는 가진 돈이 없소. 내가 가진 것이라곤 보석뿐이오."

"하하하……. 보석을 받고 보석을 팔 수는 없지요. 그럼 이 보석을 팔 수가 없군요."

그러면서 노인은 궤짝을 도로 닫았다. 이를테면 흥정이 결렬된 셈이었다. 그때 여왕이 노인의 옷자락을 잡고 통사정하였다.

"나는 무엇이라도 드릴 수 있소. 무엇을 내놓으면 그 보석들을 내게 넘길 수 있겠소? 어서 조건을 말씀해 보시오."

"정말입니까?"

"물론이오. 나는 노인이 원하는 것을 다 줄 수 있소."

"그렇다면 제 보석 한 개에 여왕마마의 백성을 한 사람씩 주십시오."

"좋소. 그렇게 합시다."

여왕은 노인의 요구를 흔쾌히 받아들였다. 하기야 보석에 도취한 여왕의 안중에는 백성 따위야 아무것도 아니었다. 이윽고 여왕과 노인 사이에 거래가 시작되었다. 여왕이 백성 한 사람을 내놓을 때마다 노인은 보석을 한 점씩 건네주었다.

그런데 이게 웬일일까, 여왕이 모든 백성을 다 내놓았는데도 노인의 궤짝 안에는 마지막 한 개의 보석이 남아 있었다. 여왕의 백성 수보다 노인의 보석 수가 더 많은 셈이었다. 여왕은 그 마지막 보석까지 다 갖고 싶었으나 이제 더 내놓을 백성이 없었다. 노인이 마지막 보석을 챙기면서 말했다.

"그럼 이 보석은 제가 도로 가져가겠습니다."

"아, 이를 어쩌면 좋을까. 그 보석까지 내가 갖고 싶은데 무슨 방법이 없겠소?"

"있긴 있지요."

그 말을 듣고 여왕은 귀가 번쩍 띄어 노인 곁으로 다가섰다. 노인이 무슨 요구를 하든 그 마지막 보석까지 차지하고야 말리라. 황홀한 기대에 부풀어 있던 여왕이 물었다.

"어서 그 방법을 말씀해 보시오."

"좋습니다. 이제 이 보석을 여왕마마와 바꾸면 어떻겠습니까? 저에게는 아직도 사람이 더 필요하거든요. 얼마나 좋습니까. 여왕마마는 이 보석을 갖게 되고, 저는 한 사람이라도 더 차지하게 되고……. 이거야말로 누이 좋고 매부 좋은 일 아닙니까?"

"아주 기발한 생각이오. 우리 그렇게 합시다."

여왕은 노인의 말에 선뜻 동의하였다. 그런 다음 자기와 바꾸기로 한 보석을 받으려 하였다. 바로 그 순간이었다. 문제의 보석이 지축을 흔드는 폭음과 함께 폭발하였고, 여왕과 노인은 흔적도 없이 사라졌다. 기겁한 백성들은 뿔뿔이 흩어졌고, 백성들한테서 거둬들인 보석들도 파편이 되어 산지사방으로 날아갔다.

그 후 전국 각지에는 어지럽게 흩어졌던 보석 조각들이 제각기 아름다운 꽃으로 피어나기 시작했다. 그 꽃들은 그동안 백성들이 여왕에게 세금으로 바쳤던 보석과 닮아 있었다. 예나 지금이나 권력자의 탐욕은 한이 없고, 끗발 없는 민초들은 그 권력자의 더러운 욕망 앞에 고혈을 빨리며 신음하게 마련이었다.

승우는 이제껏 억눌리고 짓밟히면서 살아왔다. 그리하여 가난만은 대물림하지 말아야겠다고 다짐하면서 이를 악물고 살아왔지만 당장 끼니를 걱정해야 하는 이 현실이 사뭇 서글프기만 하였다. 하지만 어둠의 자식이나 다름없던 영호는 그 천신만고의 가시밭길을 헤쳐 보석으로 다시 태어난 듯했다.

승우는 이 다음에 다시 좀 더 여유롭게 영호를 만나게 되면 이렇듯 채송화에 얽힌 설화를 자세히 들려주는 것은 물론이고 어떻게 해서 그처럼 크게 성공했는지 그 과정을 차근차근 자세히 물어볼 생각이었다. 꿈결인 듯 생시인 듯 어디선가 까악까악 까치 우짖는 소리가 들려왔다. (단행본 『불빛』 2000년)

[부록 · 1]

문학은 내 운명이었다

중·고등학교 시절부터 문학에 뜻을 두었다. 나는 그때부터 나름대로 힘든 문학 수업을 거쳐 지난 76년《현대문학(現代文學)》추천을 통해 문단에 나왔다. 그러니까 문단에 얼굴을 내민 지도 어언 30여 년이 훌쩍 지나갔다. 그동안 나는 한 해도 거르지 않고 꾸준히 작품을 발표하는 가운데 창작집·장편소설 등 약 30여 권의 작품집을 발간했다.

이 과정에서 많은 어려움이 있었다. 그중에서도 가장 힘들었던 것은 '생활'이었다. 이른바 '전업 작가'라는 허울 좋은 허명(虛名)을 걸고 작품만 써서 생계를 꾸려야 하는 형편이니 가정 살림을 이끌어 나가기가 여간 어려운 것이 아니었다.

본래 나는 아주 빈한한 집안에서 태어났다. 그뿐 아니라 찌들 대로 찌든 가난 속에서 성장했다. 초년고생은 사서라도 한다는 말이 있듯, 어렸을 때 하도 고생을 많이 해서 웬만한 어려움이야 능히 감수할 수 있는 내성(耐性)을 갖추고 있지만, 입에 풀칠하기도 바쁠 만큼 숨통을 죄어 오는 막다른 곤경에 처했을 때에는 참으로 막막하기 짝이 없었다.

물론 그런 어려움을 견디다 못해 임시방편으로 잠깐씩 직장을 마련해서 아슬아슬한 위기를 넘기곤 했다. 하지만 그것은 짤막짤막한 단편(斷片)에 지나지 않고, 실질적으로 지난 30여 년 동안 내가 살아온 과정은 별 볼일 없는 전업 작가의 길 바로 그것이었다. 따라서 내 삶은 늘 줍고 배고픈 고난의 가시밭길일 수밖에 없었다.

생계유지가 어려워질 때마다 나는 이 난국을 어떻게 뛰어넘을 것인가 고민하고 또 고민했다. 하지만 내가 할 수 있는 일이란 극히 한정돼 있었다. 예컨대 남의 원고 대필, 출판물 편집 같은 것이었다. 그러니까 결국 문학과 직·간접으로 연결된, 즉 글 쓰고 책 만드는 일 이외에는 별다른 방도가 없었다. 그런 점에서 문학이야말로 어쩌면 내게 운명이 아니었나 생각해 보는 것이다. (서울문학인대회 문집 『나에게 문학은 무엇인가』, 문학의집 서울, 2007년)

[부록 · 2]

칼날, 그리고 처절한 몸부림

1.

필자는 충남 부여군 석성면 증산리 원증산 마을에서 출생했다. 그 당시 우리 원증산 마을에는 농가 20여 호가 있었다. 나중에 알게 된 사실이지만 나는 세 살 때 큰집에 양자로 들어갔다. 종가인 큰집에 후사가 없기 때문이었다.

큰집과 본가가 같은 원증산 마을에 있었다. 큰집은 북향, 본가는 남향, 생가와 양가 두 집이 손에 잡힐 듯 빤히 건너다보였다. 동기간은 위로 누님 두 분, 나, 밑으로 남동생과 여동생을 합쳐 넷이다. 7남매 중 전체 서열은 세 번째, 아들만으로 따지면 장남이다. 작은누님과 나는 큰집에서, 다른 동기간은 본가에서 자랐다. 어느덧 큰누님은 세상을 떠났고, 이제 6남매가 같은 하늘 아래 우애 좋게 살아가고 있다.

큰집과 본가가 모두 가난했다. 이미 오래전에 돌아가신 큰아버지, 큰어머니, 아버지, 어머니가 찌든 가난 속에서 한평생 죽도록 고생하셨다. 팔자니 운명이니 하는 말들이 있지만, 그 곤고한 가난을 팔자나 운명으로 받아들이기에는 그 어른들의 삶이 처절할 만큼 핍진했다. 생가와 양가의 부모님은 결국 돌아가실 때까지도 그 혹독한 가난에서 헤어나지 못했다.

여섯 살 때 한글을 전부 깨친 뒤 일곱 살 때 천자문을 떼었다. 그때 우리 집으로 마실 오는 동네 어른들에게 얘기책을 읽어드렸다. 가물가물한, 마치 조는 듯한 석유등잔 불빛 아래에서 『춘향전(春香傳)』, 『심청전(沈清傳)』, 『흥부전(興夫傳)』, 『유충렬전(劉忠烈傳)』, 『장국진전(張國振傳)』, 『홍길동전(洪吉童傳)』, 『삼국지(三國志)』, 『옥루몽(玉樓夢)』, 『홍루몽(紅樓夢)』 따위를 읽었다.

그 무렵 동네 어른들로부터 '수재'니 '천재'니 '신동'이니 하는 과분한 칭찬을 들었다. 하지만 나 자신은 단 한 번도 수재라거나 천재라거나 신동이라고 생각해 본 적이 없다. 내 귀에는 그런 칭사가 괜한 '추임새' 쯤으로 들려왔다.

여덟 살 때 십자거리에 있는 석양초등학교에 들어갔다. 1학년부터 6학년까지 줄곧 전교 1등만 했다. 어쩌다 단체 기합을 받을 때를 제외하고는 선생님으로부터 야단 한 번 맞은 적이 없었다. 내 사전에 회초리나 매 따위는 존재하지 않았다. 한마디로 전형적인 모범생이었다.

6학년 때에는 담임선생님께서 필경을 맡길 정도였다. 줄판에 '사자표' 등사 원지를 올려놓고 철필로 살그랑살그랑 얇게 입힌 촛농을 긁었다. 흔히 '가리방(がり-ばん, がり版) 긁는다'고 했다. 졸업할 때 전교 수석으로 충청남도 교육감 표창을 받았다. 하지만 그것보다 더 자랑스러운 것은 6년 개근이었다.

2.

집안 형편으로 볼 때, 입에 풀칠이라도 하려면 이제 어디 가서 당장 애머슴이라도 살아야 할 형편이었다. 그때 큰아버지보다 쬐끔 형편이 나았던 아버지께서 큰 결단을 내렸다. 장리쌀을 현금으로 바꿔 중학교에 들어갈 입학금을 마련해주셨다.

그렇게 해서 논산대건중학교에 들어갔다. 우리 집에서 논산읍에 있는 학교까지는 장장 25리(10킬로미터) 길이었다. 열네 살 어린 나이부터 눈이 오나 비가 오나 그 머나먼 길을 도보로 통학했다. 한 손에 책가방, 다른 한 손에 영어 단어장을 들고 그 길을 걸었다.

도보 통학의 고통은 컸다. 내면에서 저항이 꿈틀거리고 있었다. 환경이 조금만 좋으면 공부에 몰입할 수 있을 텐데 그렇지 못해 항상 불만을 느꼈다. 1등을 하고 싶어도 할 수가 없었다. 마음으로야 1등도 우습게 여겨졌지만, 여건이 허락하지 않기 때문이었다.

도시락을 가지고 다닐 형편이 못 되었다. 당연히 점심은 빳빳이 굶었다. 허기져서 견디기 어려울 때는 벌컥벌컥 수돗물을 들이켜 배를 채우곤 했다. 새벽에 집을 떠나 학교에서 공부를 마치고 해질 때 허덕허덕 집에 돌아오면 예습이나 복습은커녕 그날 숙제하기도 바쁜 실정이었다.

중학교 3학년 때였다. 수업료를 낼 수가 없어 학업 작파를 결심했다. 그때 담임이셨던 권길중(權吉重) 선생님께서 아르바이트로 필경 일감을 주선해주었다. 고학이었다. 방과 후 집에 돌아오면 숙제하랴, 필경하랴, 정말로 힘들었다. 그 무렵 문학이라는 것을 알게 되었다. 그때부터 문학의 길을 꿈꾸기 시작했다. 중학교 3년 동안에도 개근했다.

졸업 후 권길중 선생님의 특별한 배려로 논산대건고등학교에 입학했다.

우리 학교가 중·고등학교 병설이기 때문에 가능했다. 집안 형편으로 볼 때 고등학교 다닌다는 자체가 일종의 사치였다. 내게는 신문팔이나 구두닦이가 딱 알맞았다. 하지만 그쪽 계통으로 나가기도 쉽지 않았다.

권 선생님의 천거로 학교 협동조합 구매부에서 1학년 때에는 부조합장, 2학년 때부터 3학년 때까지는 조합장으로 일했다. 근로 장학생으로 수업료 면제 혜택을 받을 수 있었다. 이 3년 동안 적지 않은 협동조합 입출금을 다루면서 날마다 1일 결산을 하면 1원 한 장 착오가 없었다. 협동조합 담당 선생님께서 '천재'라고 칭찬해주셨지만, 나는 지금까지도 그 칭찬을 액면 그대로 받아들인 적이 없다. 그저 '기적'이라고 밖에는 달리 설명할 길이 없기 때문이다.

중학교에 이어 고등학교 시절에도 여전히 등사 원지를 긁었다. 따라서 거의 매일 1인 2역, 1인 3역을 하지 않으면 안 되었다. 그러면서도 참고서 대신 문학서적을 손에서 놓지 않았다. 시·소설·희곡을 읽으면 가슴에 다가오는 '울림'이 있었다.

고등학교 3학년 때 서라벌예대 주최 전국고등학생 문예작품 현상모집에 단막희곡을 써서 응모했다. 결과는 당선작 없는 가작이었다. 그해 10월 31일 시상식에 참석하느라 난생처음 서울 구경을 했다.

고등학교도 3년 동안 개근했다. 따라서 초·중·고 통산 12년 개근이라는 결코 쉽지 않은 불멸의 대기록을 세웠다.

3.

주위에서 대학 진학을 강력히 권고했다. 하지만 그건 우리 집 형편을 모르는 사람들의 배부른 잠꼬대에 지나지 않았다. 집안의 가난은 남들이 피상적으로 생각하는 것보다 훨씬 심각했다. 오죽하면 유년 시절과 청소년기의 사진이 한 장도 없다. 그놈의 돈이 없어 사진을 찍지 못한 탓이었다.

앞길이 막막했다. 한때 공무원 시험을 겨냥했다. 하지만 호적상 나이가 두 살 줄어 응시 자격 미달이었다. 공민권을 행사할 수가 없었다. 참으로 미치고 환장할 노릇이었다. 고교 졸업 직후 막노동에 뛰어들었다. 동네 냇가에 나가 삽으로 모래를 긁어모았다가 대형 트럭에 실어주었다. 굴착기가 거의 없었던, 사실은 자동차도 희귀하던 시절이었다. 이때 술과 담배를 배웠다.

그러던 어느 날이었다. 신의 계시인 듯 퍼뜩 이래서는 안 되겠다는 생각이 들었다. 그해 여름 무작정 상경길에 올랐다. 처음 내린 곳은 영등포역이었다. 청운의 꿈을 안고 첫발을 내딛은 영등포에는, 그러나 활짝 열린 고생문이 기다리고 있었다. 객지인 서울에는 사돈의 팔촌조차 살지 않았다. 그러므로 나의 상경은 무모하기 짝이 없는, 맨땅에 박치기 하는 어리석음 그 이상도 그 이하도 아니었다.

그해 겨울은 유난히도 추웠다. 입을 것이 없었다. 배가 고팠다. 고생이 심하면 심할수록 오기로, 깡으로 버티면서 피눈물 나는 세파와 정면 대결을 벌였다. 이런저런 상처도 컸다. 서슬 시퍼런 칼날 위를 걸으며 몸부림치는 동안 자학도 할 만큼 했다. 고생은 가위 살인적이었다. 실지로 죽을 고비도 여러 차례 넘겼다. 그 이전 학창시절까지 '순한 양'이었던 나는 험악한 객지 생활을 하는 동안 어느 사이엔가 굶주린 '맹수'처럼 변해가고 있었다.

그래도 어디를 가든 문학 서적만은 신줏단지 모시듯 끌어안고 다녔다. 그 후 어느 잡지사에 첫발을 들여놓은 것은 호적상 나이 18세가 되었을 때의 일이었다. 이를 계기로 원고지와 더불어 밥을 먹게 되었고, 그때부터 문학 수업에 더욱 박차를 가했다.

1973년 문화공보부 문예작품 현상모집에 장막희곡을 응모하여 당선작 없는 가작으로 입상하였고, 1974년에는 《신동아(新東亞)》 논픽션 현상모집에 당선하였다. 이는 장차 본격적으로 문단에 나서기 위한 일종의 워밍업이라고나 할까 탐색전이라고나 할까, 그것도 아니라면 일종의 예비고사라고 말할 수 있었다.

그동안 죽도록 노력하면서 나름대로 내공을 쌓은 보람이 있었다. 1976년 9월 드디어 《현대문학(現代文學)》 소설 초회추천(初回推薦)을 받고, 그 이듬해 1월 대망의 완료추천(完了推薦)을 받았다. 추천위원은 저 유명한 『북간도(北間島)』의 작가 안수길(安壽吉) 선생님이었다. 이로써 필자는 문단 말석에 끼었고, 지난 35년 동안 애오라지 문학에 목을 매단 채 외길을 걸어왔다. 창작집, 장편소설, 기타 교양서적까지 합하면 약 30여 권의 책을 출간했다.

소설을 써서 먹고산다는 것, 그것은 결코 쉬운 일이 아니었다. 생활은 항상 불안정했다. 일찍이 괴테가 말하기를, 눈물 젖은 빵을 먹어보지 않은 사람과는 인생을 논하지 말라 했다. 필자는 삶이 고단하면 고단할수록 지난 세월 저 쓰라렸던 형극의 나날을 돌아보며 내 자신에게 매서운 채찍을 가하고 있다. (《대한문학》 제36호, 2011년)